도대체 누가
도둑놈이야?

도대체 누가 도둑놈이야?

초판발행   2010년 6월 15일

발행인   안건모
책임편집   안명희
편집   최규화
디자인   이수정
독자사업   정인열, 윤지은
총무   정현민

펴낸곳   (주) 도서출판 작은책
등록   2005년 8월 29일(서울 라10296)
주소   서울 마포구 서교동 481-2 태복빌딩 5층
전화   02-323-5391
팩스   02-332-9464
홈페이지   http://www.sbook.co.kr
전자우편   sbook@sbook.co.kr

ISBN 978-89-88540-18-3   04810
      978-89-88540-15-2   04810 (세트)

도대체 누가 도둑놈이야?

작은책 엮음

작은책

우리가 읽어야 할 역사는...

2004년 12월 31일에 20년 동안 하던 버스 운전을 그만두고 월간 〈작은책〉이라는 잡지를 만드는 일을 하기 시작했다. 평생을 현장 노동만 했던 사람이 작은책 편집 일을 할 수 있을까 걱정했다. 역시 쉽지는 않았다. 게다가 2005년 8월에 작은책이 법인으로 바뀌면서 대표까지 맡게 되었다. 편집에 경영까지? 엎친 데 덮친 격이었다. 글 청탁하랴, 원고 보랴, 독자관리에 광고영업 하랴, 가판하랴, 집회 나가랴, 어떻게 꾸려나갔는지 모르겠다.

일하는 사람들의 글쓰기 시리즈 3권인 이 책, 《도대체 누가 도둑놈이야?》는 내가 〈작은책〉 발행인으로 일을 할 때부터 작년까지 〈작은책〉에 실렸던 글들을 가려 뽑은 책이다. 내 손을 거의 안 거친 원고가 없을 정도로 애정이 깊다.

그때 쓴 글을 다시 읽으니 새롭다. 아, 정청라 씨가 쓴 글도 있었구나. 글을 한두 편 쓴 정청라 씨를 기억하시는 분은 거의 없을 것이다. 나도 까맣게 잊고 있었으니. 작은책에서 편집부로 일하던 손소전 씨와 함께 귀농한 친구다. 얼마 전에 《청라 이모의 오손도손 벼농사 이야기》라는 책을 냈다. 벼가 고맙고 밥이 고맙고 농부가 고마워 쓴 첫 농사일기라고 했다. 〈작은책〉에 글을 썼던 사람들이 이렇게 책을 내는 걸 보면 참 뿌듯하다.

이근제, 남창기, 김재영, 박용섭 씨 같은 분들은 살아온 이야기를 연재했다. 글 한 편 못쓰던 분들이 자기 역사를 기록한 것이다. 〈작은책〉은 평범한 분들이 글을 쓰게 하는 재주(?)가 있다. 평범한 독자였던 둔 강정민 씨도 지금 "여성의 일과 삶"을 연재하고 있다. 이분 또한 글이라곤 써보지도 않았던 분이다.

삼성SDI에서 노동조합을 설립하다가 '명예훼손과 출판물에 관한 법률위반'이라는 얼토당토않은 죄로 구속된 김성환 위원장 부인 임경옥 씨가 쓴 글을 보면 눈물이 난다. 임경옥 씨는 "삼성족벌의 파렴치한 행위들을 낱낱이 이 사회에 고발하는 것은 멈출 수 있는 일이 아니"라고 외친다. "남편이 보고 싶어서 눈물이 난다"고 했던 임경옥 씨는 지금 남편이 석방돼 같이 지내고 있다. 하지만 아직도 달라진 건 없다. 삼성은 다시 이건희가 들어앉아 정부 위에서 나라를 흔들고 있다.

지하철 매표소 노동자가 쓴 글을 보면서 섬뜩했다. 그래, 매표소가 자동화되면서 잘렸던 그때 그 매표소 노동자들은 지금 뭐하지? 90일 넘게 천막농성을 하던 그이들은 지금 어떻게 살고 있을까? 우리가 너무 빨리 잊고 사는 것은 아닌지. 또 양천구청 환경미화원 노동자들은 어떻게 됐을까? 네 명이 해고되면서도 노동조합을 만들었기에 나머지 노동자들은 그나마 밥 먹을 시간을 얻을 수 있었다. "선생님, 우리랑 같이 졸업 못해요?" 하는 글도 있다. 일제고사를 거부했다고 파면당한 선생님들 이야기이다. 그 선생님은 또 어떻게 됐을까? 법원 소송에서 이겼다는 소식은 들었는데 어떻게 살고 있을까?

　우리는 지난 이야기를 잊지 않고 기억해야만 하는 까닭이 있다. 역사는 기억하는 자의 것이기 때문이다. 쓰디쓴 과거를 잊지 않고 살아야 나와 우리 아이들이 행복한 세상에서 잘 살 수 있다. '태정태세문단세' 하고 조선시대 왕 이름 달달 외우는 게 역사가 아니다. 진보 월간 〈작은책〉에서 고르고 고른 '우리들 이야기'가 당신이 읽어야 할 역사다.

2010년 6월
안건모

| 차례 |

글모음 둘　　**이러다 고자 되는 거 아냐**

글모음
하나

나더러 어쩌란 말이야

야, 너 참말로
코딱지 닮았대이!

코딱지나물이란 풀을 작년 3월, 울산에서 경주로 넘어가는 시골 밭둑에서 처음 봤다. 분명히 다섯 살 때도, 일곱 살 때도, 열다섯 살 때도 보고 자랐을 건데, 나는 작년 3월에 코딱지나물을 처음 봤다.

나는 시골에서 자라서 그런지 어릴 때부터 언제나 더 멀리, 더 넓은 세상으로 나가고 싶어했다. 나이 들어 내 손에 돈이 생기면 여행을 가리라 마음먹었다. 그러다 알게 된 것이 '도보여행'이다.

3년 전, 공부방 실무자를 하면서 짧게나마 도보여행을 다니기 시작했다. 그때, 옛길 따라 도보여행을 다니던 분들과 어찌 인연이 닿았고, 작년 3월에 영남대로를 걷게 되었다. 영남대로는 부산-울산-경주-충주-서울로 이어지는 옛날 큰길이다.

부산에서 출발해 울산 북구를 지나 경주로 넘어가는 길이었다. 딸기 농사를 짓는 비닐하우스들이 많은 동네였다. 갑자기 앞서가던 언니가 밭둑으로 내려가더니 "아유, 이뻐라." 감탄을 하며 연신 사진을 찍어댄다. 이번엔 또 뭐지 싶어 내려갔더니, 작고 볼품없어 보이는 풀꽃이었다. 길쭉길쭉하게 생긴 것이, 꽃이 특별히 이쁘거나 크지도 않고 자세히 들여다보지 않으면 잘 보이지도 않았다.

"얘는 광대나물이야. 꽃을 받치고 있는 잎이 꼭 광대들이 입는 옷같이 생겨서 그렇대."

그러고 보니 목이 동그랗게 감기는 것이 진짜 광대들 옷 같다.

'이야, 신기하다.'

그제야 자세히 들여다보게 된다.

그런데 얘는 별명도 있단다. 꽃이 길쭉하게 생긴 통꽃인데, 꽃대가 길게 삐쭉 삐져나와 있는 게 꼭 코딱지 파다가 콧물이 길게 딸려나오는 모양새다. 그래서 코딱지나물이란다.

'히야! 재밌다!'

코딱지나물이란 이름이 딱 어울린다. 고 녀석, 누가 이름 지어줬는진 몰라도 정말 이름 하나 잘 지었네 싶다. 혼자 코딱지 파다가 월척을 건진 것처럼 기분이 뿌듯할 때가 있다. 그럴 때는 꼭 이렇게 큰 덩어리와 그에 딸린 콧물이 따라나 오기 쉽다.

그러고 나서 작년 4~5월엔 온통 코딱지나물만 보이기 시작했다. 길가다 코딱지나물만 보면 가던 길 멈추고 한참을 보게 되었다. 고 녀석들이 하도 귀여워 말도 걸고, 내 얘기도 들려준다. '야, 너 진짜 코딱지 닮았다야.'

코딱지나물은 밭둑이나 길가에 흔히 자라는 두해살이풀인데, 나는 이제야 이 녀석이랑 친구가 되었다.

괭이밥, 여뀌, 고마리, 달개비꽃도 분명히 보고 자랐을 건데, 나는 스무 살이 넘어서야 애네들을 처음 보게 되었다. 아니, 늘 보았겠지만 이제야 그 녀석들을 알게 된 것이다. 그리고 비로소 그네들의 이름을 부르게 되었다.

시골 살림이란 것이 늘 팍팍하고 힘들었기 때문에 부모님들에게는 늘 그것들이 귀찮고 성가신 잡초일 뿐이었다. 밭을 매다가 "엄마, 이건 뭔데?" 하고 물으면, "뭐긴 뭐야, 잡초지." 하는 말. 해거름에 일하고 들어오는 엄마를 마중 나갔다가 길섶에 핀 개망초를 보면서 "이건 뭔데?" 물으면 달랑 "풀이지." 하는 대꾸를 들어야 했다.

냉이, 달래, 쑥, 씬내이(씀바귀), 참꽃(진달래), 아카시아(아까시) 따위의 먹을 수 있거나 쓰임이 있는 풀들만 이름이 있었다. 봄이면 냉이나 달래 캐다 국 끓여 먹고, 쑥 뜯어다 쑥떡 해먹고, 가을엔 꿀밤(도토리) 주워다 묵 해먹고, 그렇게 자랐다. 걔네들은 어릴 때부터 늘 가까이 하던 풀이라 그런지 봉천동 길가나 국사봉 산에서 만나면 더 애틋하고 사랑스러웠다. 하지만 내겐 보이지 않던 수많은 다른 풀들도 늘 거기 있지 않았을까?

코딱지나물을 알게 되고 괭이밥을 알게 되면서 모든 것이 새로워졌다. 내가 알지 못해 느끼지 못했지만 항상 걔들은 거기 있었고, 내가 아는 것보다 훨씬 많은 생명들이 길가에 자라고 있었다. 그리고 어쩜 그리도 이름이 딱 어울리고 얘깃거리들이 많은지 옛날옛날 사람들이 지은 이름을 보고, 알게 되면 될수록 신기하고 꼭 알맞다는 생각이 든다. 그래서 더 알고 싶고 궁금해지나 보다.

어느 책에서 "사랑하면 알게 되고, 알게 되면 보이나니, 그때 보는 것은 전과 같지 않으리라." 하는 내용의 글을 보았다. 지금 내가 보는 것은 비록 어린 시절을 함께한 추억이 없는 것들이라도 보는 것이 전과는 분명 다를 거다. 사랑하니까. 그리고 알고 싶으니까.

| **정순화** 서울 봉천동 두리하나 공부방 교사, 2005년 1월 |

내
동기들

'재수 없는 놈은 뒤로 자빠져도 코가 깨진다'는 속담이 있다. 결코 평탄치 않았던 내 삶에서 코가 깨진 적이 어디 한두 번이랴마는 그 중에도 기억에 남는 일이 있다.

80년대 학생운동에는 정해진 코스가 있었다. 열심히 학생운동을 하다가 사회운동으로 이전을 할 때는 군대 문제를 피하기 위해 데모를 주동해서 감옥엘 갔다. 감옥에 가서 짧게는 6개월, 길게는 2년 정도 심신을 단련하다 공장으로 들어가 노동운동을 시작하는 것이 정해져 있는 '엘리트' 코스였다.

그러나 지지리도 재수가 없었던 나는 그 코스를 밟지 못하고 말았다. 소위 '학원 자율화'가 하필 그때 나타나서 내 꿈을 산산이 부셔버리고 말았다. 옥상에를 올라가도, 심지어는 거리에 나가서 데모를 주도해도 도대체 '짭새'들이 잡아가지를 않고 멀뚱멀뚱 보고만 있으니 정말 기가 차고 환장할 노릇이었다.

감옥에 가서 운동의 도를 닦고 있어야 할 내가 군대라는 이상한 집단에 적응하기는 무척 힘들었다. 왜 그렇게 술이 먹고 싶던지. 그렇다고 내가 알코올 중독자도 아닌데? 술에 대한 끊임없는 집착으로 나의 군대 생활은 험난하기가 이를 데 없었다. 몰래 술 먹다가 들통이 나서 고생을 한 적은 셀 수도 없고, 급기야는 '어디 해볼 테면 해봐라'라는 심보로 아예 드러내놓고 마시고 다녔다. 이제 고참들도 포기하고, 동기들도 '저놈은 그런 놈이니까'라고 포기를 해가는 시점에 나는 또 일을 저지르고야 말았다.

더운 여름날 토요일. 그날따라 왜 그리 막걸리가 먹고 싶던지. 아마도 몇몇 분대가 아침에 '모심기 대민봉사'를 나간 것이 샘이 나서 더더욱 그랬을 것이다. 공용(공적인 업무)을 나가야 된다고 늙은 수송관(나는 군대 운전병이었다. 그것도 공병대 수송부였다. 정말이다.)을 속이고 드디어 영내를 벗어날 수 있었다.

강원도 산골짜기를 굽이굽이 돌아 드디어 '대민봉사'를 하고 있는 모내기 장소에 도착하였다. 마침 새참을 먹고 있었다. 그런데 이게 웬일이래. 새참에 따라나온 것은 걸쭉한 막걸리가 아니라 한 달마다 한 번씩은 피를 토하고야 마는 그 유명한 강원도 '경월소주'가 아닌가?

'홧김에 서방질'이라고 경월소주에다 화풀이를 하고 말았다. 그리고 모내기. 그때부터는 기억이 가물가물하다. 그나마 기억에 남는 것은 동네 청년하고 싸움이 붙어 논두렁에 처박혔던 일과 탈탈거리는 경운기에 시체처럼 실려오던 아스라한 장면밖에.

그 다음 날 눈을 떠보니 부대 안에 있는 의무실이었다. 아침 점호를 나가려고 아무리 몸을 일으켜도 술에 절은 육신이 말을 듣지 않았다. 점호 인원이 한 명 비어서 주번사관에게 당할 대로 당한 주번하사가 성난 수소처럼 의무실로 들이닥쳤다. '동기 집합'의 불호령이 떨어졌다. '또 저놈이야!' 하고 내심 못마땅했겠지만 그래도 동기라고 일렬로 늘어선 여섯 명은 의무실을 가득 채운 살기 어린 주번하사의 표정에 이미 얼어버리고 말았다. 나도 동기들 곁에 가서 줄을 서려 했으나 도대체 이놈의 몸뚱이가 말을 들어야 말이지. 서다가 꼬꾸라지기를 반복하자 주번하사도 포기했는지 "너는 앉아 있어"라고 하더니 만만한 동기들에게 온갖 화풀이를 해대기 시작했다. 그 심정이라니.

노동자, 농민의 자식으로 태어나 그 먼 강원도 인제까지 끌려와서 동기 한 명 잘못 만난 죄로 군대 생활 내내 뺑뺑이에 온갖 기합을 받아야 했던 나의 동기들, 그러면서도 화 한 번 내지 않고 감싸주던 순박하기만 하던 내 동기들. 그이들이 있었기에 삭막하기만 하던 군대 생활을 그래도 큰 탈 없이 보내지 않았나 생각된다. 그들이 내게 보내준 그 순박하고 따뜻한 마음이 지금도 나에게는 잊을 수 없는 선물이다.

| **박선봉** 민주노총 문화국장, 2005년 1월 |

아줌마로
세상 살기

그 전날 눈이 펑펑 쏟아졌다. 결혼 전날 눈이 많이 내리면 결혼해서 잘 살 거라고, 아마 우리는 정말로 잘 살려나 보다 그렇게 말하면서 웃었다. 되돌아 생각해보면 희망으로 부푼 시간이었다. 그렇게 결혼을 하고 농사를 짓는다고 농촌에서 몇 년을 살았다. 주인 없는 농촌의 빈집을 청소하고 도배도 다시 하고 장판도 다시 깔고, 우리가 함께할 보금자리를 가꾸고 꾸미느라고 바쁘기도 했다. 우리는 정말 아무 연고도 없는 마을에서 땅 한 평 없는데도 농사를 짓고자 그렇게 작은 출발을 하고 있었다.

결혼하고 첫해, 배 과수원을 임대하여 배농사를 지었다. 명색이 과수원집 딸내미였어도 무늬만 농사꾼이라 배를 솎는 일도, 싸는 일도 서툴기 짝이 없었다. 그렇지만 그해는 그나마 남들은 태풍 피해로 속이 쓰렸지만, 우리는 바람이 잘 안 타는 곳에 과수원에 있어서인지 배가 많이 안 떨어져 생산비도 건지고 이익도 조금 낼 수 있었다.

그 다음 해에 딸이 태어난 뒤부터 생활비가 더 들어가는데 유래 없는 배 풍년으로 배 값이 형편없이 떨어졌다. 속이 쓰렸다. 임대료도 만만치 않게 주었는데. 그리고 그렇게 몇 년 동안 땅 한 평 없이 남의 땅 임대만 해서 배농사를 지었는데, 통장의 잔고가 불어날 생각은 안 하고 늘어만 나는 것이 빚이었다. 남들은 촌에서 억은 되어야 농가부채로 쳐준다고, 몇천만 원은 빚도 아니라고 하지만 땅 한 평 산 것도 아니고, 그렇다고 축사를 지은 것도 아니고, 아무것도 투자한 것이 없는데 먹고사는 데만 몇천만 원을 뚝딱 빚을 졌다는 것이 때로는 기가 막힐 뿐이었다. 그렇다고 제대로 써보지도 않았고 지지리 궁상을 떨고 살았는데도. 어쩔 수 없이 딸이 조금 크고 나서 우리는 농사도 많지 않았기에 취업을 고민했다.

그렇지만 우리 나라에서 기혼 여성이, 흔히 아줌마라는 이름으로 낮춰 불리는 여성들이 갈 곳은 정말로 없었다. 여러 구인 광고지를 보고 돌아다니다가 어떤 입시학원에 면접을 갔다. 면담을 하는 가운데 원장이라는 사람이 대뜸 그런다.

"이것 풀 수 있겠어요? 지금 여기서 한번 풀어보세요."

뭉개지는 자존심을 어쩔 수 없었다. 그냥 이력서를 가지고 그곳을 나왔다. 바람이 몹시 부는 초겨울 날이었다.

그 뒤로 거의 취직하는 것을 포기하고 살았다. 그러다 우연히 다시 생활정보지에서 학원 강사를 구한다는 광고를 보았다. 다시 만난 원장은 오히려 아줌마들이 책임감 있게 잘한다고 굉장히 환영하는 눈치였다. 우선은 말이라도 그렇게 해주는 것이 너무도 고마웠다. 그렇지만 그것은 10시간도 넘는 수업에 온몸을 혹사시키면서, 싼 노동력을 착취하기 위한 하나의 방안일 수도 있다는 생각을 하게 되었다.

그래도 그렇게 받은 첫 월급이 내 인생 가장 많이 받은 월급이라는 생각이 나를 몹시도 슬프게 했다. 나는 대학을 졸업하고 바로 농민회 상근자로 일을 해서 월급보다는 쥐꼬리만 한 생활보조비라는 것을 받으면서 살다가 결혼을 했다.

그러나 그나마 나는 나은 편이었다. 전화로 가끔 통화하는 친구는 출산과 동시에 육아 때문에 직장을 그만두었다. 결혼 전에는 도시 계획과 관련한 업체에서 일을 했는데 그곳은 아르바이트 일도 많이 주는 곳이다. 아이가 어느 정도 크고 몹시도 일을 하고 싶은데도 아르바이트도 안 준다는 것이다. 그러면서 자조적으로 그런다. "결혼한 여자가 갈 곳은 식당밖에 없다"고.

다른 대학 친구의 부인은 결혼 전엔 잘나가는 간호사였다고 한다. 수술실에서 일할 정도로. 그런데 거기도 마찬가지로 출산과 더불어 육아 문제로 직장을 그만두었다고 한다. 그런데 지금은 애도 어느 정도 크고 다시 일자리를 갖고 싶어도 갈 곳이 없단다. 여기저기 대학병원들은 있는 사람도 짜른다고 난리고, 개인병원에서는 나이가 너무 많단다.

그 친구가 그런다. 너는 그나마 다행이라고. 이렇게 사는 내가 다행이라고?

| **신수산** 화순 농민, 2005년 1월 |

큰 교문,
작은 교문

　집안 형편이 어려워져 잠시 엄마, 아빠와 떨어져서 외가에 살게 됐던 나. 할머니 손을 잡고 입학식이 열리기 직전 교문에 들어섰다. 나를 집어삼킬 것 같이 커다랗게 보이던 교문, 굉장히 넓은 운동장, 난 겁에 질려 크게 숨을 내쉬었다. 여기저기서 아이들이 웅성거리는 소리가 들렸는데 그때 내 귀에서는 바다소라를 귀에 댔을 때나 나는 파도 소리가 들렸다. 그러자 이 모든 게 꿈처럼 느껴졌고 나는 내가 개미만 하다고 생각하며 할머니 손을 꽉 잡았다. 만약 엄마 옆이었다면 학교 안 가겠다고 발버둥치며 울었을 게 뻔한데, 할머니 옆이라 그럴 수도 없었다. 대신 할머니 등 뒤에 거의 숨다시피 한 채 교무실로 들어갔다.

교무실에는 웬 남자아이가 울고 있었다. 그리고 그 옆에 난처한 얼굴로 서 계시는 교감선생님이 계셨다. 할머니는 그 선생님께 다가가 입학시키려고 데려왔다고 하며 간단히 내 이름만 말했다. 그러자 내 얼굴을 보며 다급하다는 듯이 교감선생님께서 말씀하셨다.

"너, 글자 읽을 줄 아니?"

난 고개를 끄덕였다.

"정말? 그럼 네가 나가서 선서문 읽을래? 할 수 있지?"

난 선서문이 뭔지도 모르면서 주저 없이 다시 고개를 끄덕였다. 학교도 처음, 시골도 처음, 온통 낯선 것에 둘러싸여 잔뜩 겁을 먹고 있던 내게 어디서 그런 용기가 나온 걸까. 확인하려고 나에게 선서문에 적힌 몇 글자를 읽어보게 하신 교감선생님은 그런대로 읽는 것 같으니까 나를 구령대 위로 올려 보내셨다. 그리하여 체구도 자그맣고, 엄마 없이 할머니 손에 이끌려온 내가 입학생들 앞에 나가 선서문을 읽게 되었다. 교문 들어설 때까지만 해도 벌벌 떨던 내가 말이다.

할머니는 그런 손녀가 자랑스럽게 느껴지셨나 보다. 집으로 돌아오는 길에 학교 앞 작은 구멍가게에 들러 속주머니를 털어 맛있는 과자를 잔뜩 사주셨다. 뿐만 아니라 다리 아프니까 업히라고 하며 나를 등에 업은 채 십 리도 넘는 먼 길을 걸으셨다. 콧노래까지 흥얼거리시며 말이다.

할머니는 내가 명절이나 집안행사 때 시골에 내려가면 늘 그때 이야기를 하신다. 마치 그 일이 할머니 인생의 빛나는 훈장이라도 된다는 듯이 말이다.

"할머니, 그 이야기는 벌써 백 번도 넘게 들었어요. 그게 뭐 그리 대단한 일이라고……."

할머니 앞에서 비록 말은 그렇게 하지만 사실은 할머니 이야기를 들으면 왠지 가슴 한구석이 찡하고, 마음이 저릿저릿하다. 그래서 지난 명절에는 시골에 내려간 김에 그 학교를 다시 찾아가보았다. 학교 들어가는 길목에 있는 구멍가게, 구멍가게를 지나면 나오는 작은 다리, 모든 것이 그대로였다. 그런데 교문이 참 작아 보이는 것이다. 처음 학교 가던 날에 그렇게 무시무시하게 커 보이던 교문이 왜 이렇게 작아 졌지? 그 사이 교문을 작은 것으로 바꿨을 리는 없을 테고……. 그 이유야 뻔하다. 교문이 작아진 게 아니라 내가 많이 커버린 것이다. 그렇기에 이젠 그 교문을 봐도 벌벌 떨지 않는다. 할머니 손을 꽉 잡고 들어가야 안심이 되었던 그 교문이 오히려 우습기만 하다. 그런데 문득 그 커다랗던 교문이 그리워진다.

| **정청라** 취업준비생, 2005년 3월 |

구두쇠
작전

"재섭아! 오줌 누고 제발 물 좀 내리지 말고, 욕조에서 퍼서
부어라!"

오늘도 일자리를 구하려고 지역 신문을 뒤적이다 아들 녀
석이 화장실 물을 내리는 소리에 내가 소리를 버럭 질렀다.
"알았어요." 하면서 내가 하는 소리가 듣기 싫은지 입으로는
대답을 하면서 짜증이 난 얼굴이다.

처음에 아내와 결혼을 하고 나서 아내는 나보고 '너무 헤
프다'고 늘 잔소리를 했다. 내가 생각해도 사실 그땐 그랬다.
돈 귀한 줄 모르고 주머니에 돈이 있는 꼴을 보지 못했기 때
문이다. 내가 어릴 땐 아버지가 공무원인 까닭에 넉넉하지는
않았지만 그럭저럭 궁하지 않게 살았고, 늘 남에게 베푸는

어머니 성격을 닮아서 그런지 남에게 못 줘서 안달이었다. 이런 성격에 장사를 했다가 다 털어먹고, 이렇게 살아서는 안 되겠다 싶어서 시작한 것이 구두쇠 작전이다.

우리 집 화장실에는 세탁기가 욕조 위에 있다. 욕조에 두꺼운 합판을 올려 수평을 잡고 그 위에 세탁기를 올려놓았다. 멋쟁이 아들 녀석과 칠면조같이 하루에도 몇 번씩 옷을 갈아입는 딸내미 때문에 이틀이 멀다고 빨래를 한다. 그런 까닭에 빨래를 할 때마다 물이 욕조에 가득 차 있다. 그 물로 화장실 변기에 물을 퍼서 붓거나, 청소를 하거나, 걸레를 처음 빨거나 할 때 허드렛물로 쓴다. 늘 아들 녀석이나 딸내미는 귀찮아 잘 하지는 않지만 아내나 나는 버릇이 되어버렸다.

또 가끔 아내와 나는 방 온도 때문에 신경전을 벌이기도 한다.

"재섭이 아빠, 오늘은 추운데 보일러 온도 좀 높이지. 아이들 감기 걸리겠어."

"알았어. 내가 올릴게."

'속으로 애들은 감기도 걸리면서 커야지.' 하면서 얼른 보일러실에 가서 올린 척하고 침대에 눕는다. 그래도 춥다 싶으면 아내가 화장실 가면서 보일러를 높인다. 그러면 뭐 하나 내가 또 낮추는데.

얼마 전에는 우리 집 보일러가 고장이 나서 10만 원 정도 들여야 고친다는 진단이 나왔다. 배선을 갈고, 뭔지는 몰라도 다른 것도 고쳐야 한단다. 머지않아 우리 집은 곧 재개발이 되니까 싸게 해달라고 했다. 그렇게 싼 값으로 고친 까닭에 남들은 방에서 온도를 조절하는데 우리는 보일러실까지 가서 온도 조절을 해야 한다. 남들이 몰라서 그렇지 이렇게 하면 일석삼조다. 둘이 눈치 보며 왔다갔다하니 운동도 되고, 가스 값도 절약되고, 추워서 딱 붙어 자니 사랑은 깊어가고.

또, 나보다 10센티미터나 큰 아들 녀석 옷 물려 입기, 가끔 냉장고를 뒤져서 삼겹살 먹고 남은 거나 어묵 따위가 보이면 바로 김치를 볶아서 먹기, 명절이나 제사 때 남은 나물 반찬이 있으면 떨어질 때까지 비빔밥으로 먹기……. 이런 구두쇠 작전은 그 밖에도 많은데 그만 해야겠다.

이 글을 보는 사람들은 아마도 '이런 남편이랑 피곤해서 어떻게 살아?' 할 것이다. 그렇다고 내가 지지리 궁상만 떠는 것은 아니다. 일요일이면 늘 식구들이랑 함께한다. 영화도 보고 등산도 가고, 토요일 밤에는 찜질방도 가고, 인라인스케이트 타러 한강에도 간다. 영화는 가끔 구청 문화회관에서도 보지만, 극장에서도 본다. 극장에서는 할인카드를 사용해 조조영화를 보면 2천 원 정도면 되기 때문에 싸게 볼 수 있다. 또 일주일에 한 번씩은 외식을 하거나 술도 먹는다. 아내와 단둘이 아이들 떼어놓고 자주 가는 단골집도 있다. 소금구이 2인 분에 소주 한 병이면 딱 만 원인 까닭에 비싸지도 않고 배도 채울 수 있는 집이다. 이렇게 절약하고 아내까지 열심히 일해준 덕분에 고등학교에 다니는 아들 녀석 학원비와 체육관비를 낼 수 있고, 초등학교 다니는 딸내미까지 네 식구가 열심히 산다.

그러나 요즘에는 식구들한테 미안하다. 내가 직장도 못 잡고 놀고 있는데다가 담배도 못 끊고 있어서다. 식구들한테는 절약하자고 하면서도 돈도 못 벌고 담배도 못 끊으니 내가 할 말이 없다. 나름대로 열심히 이력서를 가지고 뛰지만 잘 안 된다.

아내는 요즘 공인중개사 시험 준비를 한다. 아내가 잠깐 책을 보는 시간에 설거지를 하면서 '내가 너무 심한가?' 하는 생각도 든다.

그래도 이렇게 절약한 덕분에 버스 운전수 월급으로 빚도 많이 갚았고, 아낄 수 있는 건 아껴서 식구들이 함께 쓸 돈을 만드는 것이니 식구들도 이해해줄 것이다.

| **박광현** 운전기사, 2005년 4월 |

다섯 살 때
친해졌다

"엄마, 돈가스 찍어먹는 거 어디 갔어?"

"응, 떨어져서 그래. 그냥 케첩에 찍어먹어."

"싫어, 돈가스 소스스스스으승⋯⋯."

아침부터 큰애가 반찬투정이다. 지금은 그냥 먹고 다음에 사오겠다고 해도 막무가내다. 듣고 있던 남편이 큰소리를 냈고, 큰애가 울고 말았다. 남편하고 아이들이 밥상에 같이 앉으면 꼭 큰소리가 나고, 매를 들든가 애가 울든가 그런다. 조금만 참아달라고 여러 번 얘기했지만 그게 쉽지 않나 보다. 서운한 마음에 남편을 째려봤다.

"그래, 내가 안 먹을게."

그러더니 숟가락을 놓고 방에 들어가버렸다. 답답함.

"인서 네가 잘못해서 아빠 밥 안 먹는 거니까, 가서 아빠 식사하세요 하고 와."

큰애가 갔다 오더니,

"아빠 밥 안 먹는데."

"다시 갔다 와."

우물쭈물거리는 큰애를 한 번 더 다그쳤다.

"얼른!"

"엄마, 아빠는 왜 나만 미워해……. 앵……."

그러더니 방에 들어가서 아빠 손을 잡고 나온다. 귀여운 놈. 그렇게 우리는 서먹하게 아침밥을 먹었다.

남편은 아침 먹고 바로 취침이다. 안 자는 것 다 안다. 빨래 개고 청소하면서 안방에 들어가 봤는데 남편 숨소리가 고르지 않다. 안 잔다는 얘기다. 뭔가 생각하고 있겠지. 마누라한테 서운한 마음도 있을 테고. 설거지를 다 하고 안방에 들어갔다.

"언제까지 잘 거야? 한 시간만 자아……. 자고 일어나서 수암산이나 갔다 와. 애들하고. 치킨 한 마리 시켜서."

남편은 귀찮아서인지 잠결인지 끄덕인다.

다 못한 부업이 있어서 난 못 간다. 한 시간 지나고 깨워서 치킨 시켜서 거의 억지로 등 떠밀어 수암산에 보냈다. 세 시간 정도 지나서 아들 둘이랑 남편이 신이 나서 들어왔다. 너무 좋았단다. 아이들은 꼭대기까지 가자 하고, 아빠는 안 된다고 실랑이하다 왔단다. 작은애는 좋았냐니까, 쪼금 추운 것 빼고는 다 좋았단다. 귀여운 놈들이다.

늦은 저녁을 먹고, 다 못 끝낸 부업하느라 늦게 잠자리에 누웠다.

"인서 아빠, 난 애들하고 다섯 살 때 친해졌다. 그전에는 귀찮고 늘 챙겨야 한다는 것 땜에 부담스러웠거든. 그런데 다섯 살 되니까 그냥 좋아. 귀찮게 해도 좋고 그냥 이뻐. 다!"

남편은 그냥 웃고 만다.

누구랑 친해지는 건 쉽지 않다. 부모자식 간에도 5년이 걸렸으니 남들하고는 오죽할까. 그리고 친해지는 건 서로 잘해줘서 되는 것도 아니다. 부끄럽지만 난 아이들을 혼내고 나서 더 친해졌다. 아이들한테 매를 들었다가 며칠 동안 끙끙대면서 친해진 것 같다.

처음으로 둘을 유치원에 보내놓고, 마음이 허해서 글을 써 본다.

| 봉이 2005년 4월 |

제일 싼 거
주세요

1남 3녀를 둔 어미가 하고픈 말이 있다.

고된 시집살이에 반항도 못하고, 아들 낳을 때까지 낳든가 아들 잘 낳는 씨받이라도 들여야 된다는 잡담들이 오고갈 때, 안 쫓겨나려고 아들을 낳을 때까지 배짱을 부렸다. 아들 낳기는 성공했으나 모유가 모자라 우유와 모유를 번갈아 먹이면서 경제권도 없는 몸이 키우려니 애로는 말로 표현이 안 된다.

우유는 꼭 한 통씩 약 일주일이면 바닥이 보였고 우유 값을 탈 땐 여간 힘이 든 게 아니었다. 경제권은 시아버님의 특권, 그러나 시아버님이 화낼 땐 수전노라 표현하곤 했다. 그래도 엄마 마음을 헤아렸는지 아이들은 무럭무럭 장마에 오이 크

듯 별 탈 없이 커갔다.

시집살이 12년 만에 분가 아닌 분가를 했으나, 워낙 기반이 잡히지 않은 채 독립해서 빚은 날로 늘어만 갔다. 나는 시장에 가면 "아주머니, 제일로 싼 것으로 주세요. 우리는 식구가 많아서요." 하면서 얼버무려가며 생활용품을 사게 된다.

신발도 밑창이 다 떨어져서 비가 오면 몸으로 느껴져야만 새 신을 신을 수 있었다. 그래서인지 새 신을 보듬고 놀다가 머리 위에 놓고 잠이 든 모습에 코가 찡했다. 네 명의 신발 값만 해도 얼마이겠는가. 그래서 나는 덧셈은 모른다. 대신 뺄셈은 잘한다. 네 명의 신발을 샀을 때 천 원만 깎아도 얼마인가밖에 모른다. 그래도 엄마라고 큰소리를 친다. 소리친 뒤엔 언제나 속으로 잘못했다, 진심은 아니라고 말하며 뉘우친다.

그런데 오늘 셋째 아이가 일본 시디를 인터넷으로 구입했다며 자랑이다. 그 노랫소리 듣기도 싫거니와 일본 가수 걸 왜 샀냐고 야단치니 엄마가 용돈도 안 주었으면서 왜 그런 말을 하냐며 대든다. 할 말을 잊은 채 누워서 욱한 마음에 세상을 등지고 싶은 걸 간신히 참는다.

10분이 지나 또 왜 샀냐고 하니 이번에는 큰딸까지 합세해서 대든다. 엄마가 안 사주었으니 말을 하지 말란다. 경제적으로 넉넉히 해주지 못하는 이 어미가 할 말은 없지만 눈물을 머금고 또 한마디. "소년소녀 가장이나 어머니가 몸져 누워

있는 사람 생각을 해봐라. 너희들은 그나마 밥이라도 먹게 해주니 아무 말 말어. 시끄러워. 그만 대들어." 하며 소리가 자꾸만 높아진다. "그래, 나도 다른 애들처럼 하고 싶어도 엄마한테 말 안 하는 것을 엄마는 알아? 우리에게 뭐를 잘해주었는데?" 하고픈 말을 토해내듯이 마구 해댄다.

이 어미도 할 말은 있다. 지금껏 내 자신이 부끄럽지 않게 살아왔고 앞으로도 그렇게 살리라고 다짐한다. 비록 너희들에게 좋은 옷 좋은 신, 그리도 받고 싶은 용돈은 못 주었어도 떳떳하게 살리라고. 세상에 어떤 어미가 최고를 싫어하겠는가, 좋은 단어이지.

쓰라린 마음은 가슴속에 묻어두고 겉으로 내색은 안 하며 속으로 중얼거린다. '그래 얘들아! 미안하다.'

이 세상에 태어나 돈 없는 어미 만나 요즈음 세태를 못 따르고 그저 재활용 옷에 재활용 신발 잘 입고 잘 신고 집을 나설 땐 뒷모습을 보며 씁쓸한 이 어미의 마음은 너희들은 아직 잘 모를 것이다.

| **김형숙** 공공근로, 2005년 5월 |

농약
하기

맨 처음이 언젠지는 몰라도 처음엔 언니랑 나랑 아빠랑 농약 하러 갔다. 그때는 새벽에 일찍 나가고 해서 정말 싫었다. 새벽이라서 춥고 배고프고 졸렸는데, 아빠가 더 힘들겠지 하면서 투덜대지 않으려고 했다. 하지만 언니는 늘 투덜거렸다.

농약을 하려면 경운기랑 사람 세 명, 물, 농약, 논줄, 6미터 정도 물을 뿜어내는 길다란 것이 있어야 된다. 그리고 경운기에 실려 있는 물통에 물을 받아서 농약을 타고 잘 섞어준다. 그다음 농약이 흐르지 않게 뚜껑을 닫고 논으로 간다. 논에 가면 아빠는 마스크를 쓰고 언니랑 나는 경운기가 움직이지 않게 돌을 구해 받친다. 그럼 아빠가 논줄을 어깨에 메고 언니가 그 논줄을 잡아서 끌고 간다. 나는 논줄을 풀어준다.

아빠가 앞으로 가면서 농약을 이리저리 뿌리면 언니가 그 길을 따라간다. 한 번 왔다갔다하면 농약은 끝나고 풀린 논줄을 다시 돌려 말아 넣는다. 아빠가 늦게 오질 않으니깐 최대한 빨리 감아야 된다. 논줄을 못 본 사람들은 모르지만 점점 굵어지고 무겁다. 거기다 물까지 들어가서 힘들다. 그러고는 농약이 끝난다.

네 군데를 하고 집에 돌아오면 온몸에서 농약 냄새가 난다. 그리고 땀범벅이 돼서 빨리 씻고 싶은 마음이 생긴다. 하지만 아빠가 제일 힘들고 많은 일을 하니깐 아빠 먼저 씻고 언니랑 나랑 씻는다. 집에 오면 동생들이 놀고 있을 때가 많다. 그럼 한 대 쥐어박고 싶어진다. 오늘 하루 종일 더운 데서 땀 흘리면서 쉬지도 못하고 일한 사람도 있는데 동생들이 놀고 있으면 화가 난다.

이제는 언니가 없어서 동생이랑 같이 한다. 매번 봄, 여름, 가을 때 농약을 하러 가면 그럴 때마다 꼭 친구나 선배나 후배가 지나간다. 그럴 때 정말 창피하고 고개 숙이게 되는데 날 보고 가는 그 사람들도 절대 시선이 머무르진 않는다. 왜냐하면 서로 민망하기 때문이다. 그리고 다음 날 학교에 가면 '농약 냄새가 날까?' 하고 걱정을 한다. 하지만 농약 냄새가 싫은 거지 농약 하는 게 싫은 게 아니다. 농약을 한 번 다친 뒤에 경운기 쪽으로 돌아오는 아빠를 보면 빨리 물을 드린다. 우리는 목도 안 마르면서 물을 먹지만 아빠는 너무 목이 말라서 정말 꿀꺽꿀꺽 드실 때 보면 도와드려야겠다고 생각한다. 도움이 못 될망정 시원한 물 한잔이라도 드릴 수 있으니깐 말이다. 아빠 갈증을 잠깐이지만 식혀줄 수 있어서 농약 할 때 도와드리는 일이 좋다. 그리고 그때만 창피하고 더운 거지 다음에도 도와드려야 된다고 생각한다.

그 밖에는 농약 하러 가서 웃긴 일도 있고 짜증나는 일도 있다. 그 가운데 웃긴 일은 경운기를 세우고 올라가서 논줄을 풀려고 하는데 갑자기 경운기가 움직이더니 자꾸 굴러가는 것이었다. 잘못하면 논에 경운기가 빠질 수도 있었다. 다행히 아빠도 보고 언니도 보고 같이 계신 아저씨도 보셔서 얼른 달려오신 아저씨께서 경운기를 멈춰주셨다. 그때 내 다리는 후들거렸고 놀란 가슴 진정시키느라 바빴다.

짜증나는 일은 아빠가 논 끝에서 뭐라고 말을 하지만 너무 멀어서 무슨 말인지 못 알아들을 때가 많다. 그러면 아빠는 더 고래고래 소리를 치고, 언니하고 나는 무슨 말인지 몰라서 잘 들어보고 아빠가 했던 말이 어떤 말인지 알아듣고 몸짓으로 대답한다. 특히 우리가 못 알아들었던 말은 '농약이 얼마나 남아있느냐'는 거였다. 나중에라도 그 말이 뭔지 알아들었을 때는 손과 손으로 30센티미터가 남았으면 손바닥을 떼서 대답한다. 그럼 아빠가 농약을 다 끝난 뒤에 오면 꼭 하는 말이 있다. "빨리 대답해야지! 농약 다 떨어지는데 빨리 대답해야 아빠가 논에 농약을 다 뿌리고 오지!" 하시면서 화를 내신다. 언니랑 나는 아무 말도 없이 듣고 있지만, 논 끝에서 말하는 아빠랑 경운기에 있는 우리랑 대화가 통할 수 없다고 본다. 그럴 때 정말 내 잘못도 아닌 것 같은데 내 잘못이 된다. 왜냐하면 아빠가 날 보면서 그런 말을 하기 때문이다.

그리고 그때 언니랑 했던 이야기나 노래나 아빠랑 같이 경운기 타고 집에 돌아오는 길이 가장 기억에 남는다. 경운기 소리가 커서 노래를 부르면서 가는데, 빨리 달리는 차와 달리 달달달 소리와 함께 차보다 세 배 정도 느린 경운기를 타고 집에 갈 때 기분은 상쾌하다. 경운기가 덜덜덜 떨면서 갈때 나도 경운기처럼 덜덜덜 몸이 떨린다. 노래 부르고, 장난치고, 시원한 바람을 맞으면서 집에 오는 일은 언제나 똑같은 일이지만 즐겁고 재밌다. 시원한 바람 맞으러 이번 해에도 농약 하러 가야겠다.

| **한혜경** 정읍 서영여자고등학교 2학년, 2005년 6월 |

이

혜송이가 자전거 탄다고 나갔다가 선캡 쓴다고 다시 들어
왔다.

"선캡 안 꺼내놓은 것 같은데 다음에 찾아줄게. 이거라도
쓸래?"

"그런 모자 쓰면 엄마가 이 생긴다며!"

하늘색 야구모자를 들어보였더니 그냥 나가버린다.

한 석 주쯤 됐다. 밤에 대문 열고 들어서는데 혜인이가 혜
송이 머리를 만지며 고개만 돌린 채로 말한다.

"엄마, 혜송이 머리에 이 있어요!"

혜송이는 언니한테 머리를 대고 있다. 작고 동그란 플라스
틱 뚜껑에 물이 담겨 있고, 그 옆에는 휴지가 있다.

"뭐어, 정말이야?"

"정말 이 맞아! 언니가 이렇게 많이 잡았잖아."

혜송이가 못 믿느냐는 듯이 그 뚜껑을 가리킨다. 까만 깨 같은 것이 몇 개 떠있다. 방바닥에 돌아다니는 놈도 있어서 휴지로 눌렀다. 갑자기 여기저기가 근질거린다.

"꾹 눌러 죽이는 건데 왜 여기다 담았어?"

"휴지로 하니까 잘 안 죽어서 물에 빠뜨려 죽이는 거야."

혜송이 머리를 한번 들춰보니 서캐가 정말 많다.

서캐라고 알고 보니까, 이라는 걸 알아차릴 기회는 많았단 생각이 든다. 혜송이 머리를 빗기고 묶을 때 얼마 전부터 하얀 게 보였는데 머리뿌리가 올라온 거겠지 했고, 한번은 남편이 "이거 이 아냐?" 했는데 우린 다 지나쳤다. 또 혜송이 머리 위에 있는 벌레를 잡아서 "이게 어디서 머리로 떨어졌지?" 한 적이 있다. 알고 보니 그게 다 이였다.

저녁을 정신없이 먹고 셋이서 모여 앉았다. 혜송이 머리에서 서캐를 잡겠다는 건 엄두를 못 내겠고, 머리에 돌아다니는 이를 잡았다. 이걸 어떻게 하지? 약국에 가면 수가 있겠지. 약국에 갔다. 약사가 요즘 이가 돈다면서 여럿이 사갔다고 했다. 이 죽이는 샴푸 '라이센드'를 두 병 샀다. 그걸 들고 집으로 오는데 할머니랑 이 잡던 생각이 났다.

4학년 땐가 내 머리에 이가 있었다. 그때 반에 몇 명씩은 이가 있었던 것 같다. 조회나 체육 시간에 줄 서 있을 때 앞에 이 있는 사람이 서면 이가 기어다니는 게 보였다. 햇빛이 있으면 이가 나온다고 우리 할머니가 알려줬다.

할머니랑 오후에 해 드는 쪽 마루에 앉아 이를 잡았다. 처음에는 참빗으로 빗었다. 신문지를 가로로 내 앞에 먼저 깔고 무릎을 세운 채로 다리를 벌려 그 사이에 머리를 숙이면 할머니가 빗질을 한다. 그럼 이들이 떨어진다. "할머니, 이 여기 있다!" 하고 내가 찾아내면 할머니가 눌러 죽인다. 이젠 더 안 나온다 싶으면 신문지를 접어서 한쪽으로 치우고, 할머니 무릎을 베고 눕는다. 그러면 할머니가 서캐를 잡아주신다. 해 때문에 눈 감고 있다 보면 잠이 참 잘 왔다.

집에 돌아와 혜송이를 앉히고 샴푸를 넉넉히 발라 머리를 문질렀다. "4분 정도 방치한 뒤 헹구시오"라고 쓰여 있는데 15분도 넘게 발라놨다가 헹궈냈다. 바르고 기다리는 동안 백과사전에서 이를 찾아보았다. 이를 태연히 잘도 잡더니 그림으로 보자 '으아!' 하고 둘 다 호들갑이다.

"머리에 있으니까 우리 건 머릿니네."

학교 선생님도 요즘 이 있는 사람이 반에 많다고 했단다.

"엄마, 사실이어도 그렇지 성헌이는 어쩜 그럴 수가 있어. 학원에서 '이혜송, 너 서캐 많다.' 그러는 거 있지? 자기는 나보다 더 많으면서!"

"그래서 뭐라 그랬어?"

"우리 엄마가 머리뿌리랬어, 그랬어."

젖은 머리를 말려주면서 서캐가 너무 많아 심란한데, 혜인이가 욕실에서 부른다.

"엄마, 나도 서캐 있어요."

귀 위에 네 갠가 있다. 잡아서 손톱으로 누르니 '딱' 소리가 난다.

"혜송이 꺼 잡을 땐 소리가 별로 안 컸는데 내 머리에서 잡으니까 왜 이렇게 소리가 커? 으! 끔찍해."

"너도 빨리 머리 대. 감자!"

나머지 반 통으로 혜인이도 감겼다. 혜인이가 엄마도 있을지 모른다며 보자고 하더니 진짜 있다고 한다.

"비듬 아니야?"

"정말 서캐 맞아요. 볼래요?"

손톱으로 누르는데 '딱' 소리가 어찌나 큰지 '악' 소리가 절로 났다. 혜인이 말이 딱 맞네. 나도 그 샴푸로 감았다. 남편 거 반을 남겨두었다. 두 통 사기를 정말 잘했다. 샤워까지 하고 혹시나 해서 티셔츠를 털었는데 하얀 세면대에 까만 이 두 마리가 투둑 떨어진다. 이제 다 죽었는지 보려고 혜송이 머리에 있는 서캐를 잡아봤다. 또 '딱' 소리가 난다. 11시가 다 되어가는 시간, 약국에 전화를 했다. 다행히도 받았다.

"저 아까 이 약 사간 사람인데요, 왜 샴푸로 감았는데도 서캐가 '딱' 소리가 나요? 죽은 건 소리가 안 나는 거 아니에요?"

"글쎄요, 웬만하면 다 죽는데. 나도 약을 팔지만 이를 잡아서 죽여본 적은 없어서 잘 모르겠어요. 아마 죽을 걸요. 고생 좀 하시겠어요."

이가 나한테 한번 해보자고 덤비는 것 같다. 어니 숨어서 이 소동을 지켜보는 것 같다. 어디서부터 치울까? 혜송이 책가방부터 모자, 두건, 옷, 보이는 대로 다 내놓고 털고 하는 사이 남편이 들어온다. 애들이 아빠도 이 있을지 모른다고 머리를 보자고 다가간다.

"아빠는 없어. 거 봐, 내가 전에 이 있다고 했잖아."

"아빠는 그럼 옷에 이 있을지도 몰라."

"혹시 모르니까 이걸로 머리 감어."

너무 늦은 시간이라 이웃에 미안하지만 그래도 청소기 구석구석 돌리고 베개 커버, 이불, 침대보, 다 내다놓고 파리약 뿌리고 걸레로 닦았다. 자려고 누웠는데 애들 방에서 혜인이가 머리를 자꾸 만지는지 혜송이가 싫다는 소리가 들린다. 이제 그만 좀 하고 자라고 소리 지른 뒤 자려는데, 이번엔 남편이 긁적거린다.

"나도 왜 이렇게 근질거리냐?"

"아, 이 얘기 좀 그만해! 돌아버리겠어."

그 뒤 며칠은 몸에 있는 점, 방바닥이나 침대보에 까만 먼지만 봐도 깜짝깜짝 놀랐다. 그리고 나흘 뒤 토요일, 혜송이는 단발머리를 하게 되었다.

| **염연숙** 주부, 2005년 8월 |

망개떡
장수

저녁 무렵 휴대폰으로 전화가 왔다.

"고물상 아저씨, 어디예요?"

"나요? 지금 짐 부리고 있어요."

"아니, 지금 삼겹살 해서 술 한잔하려고 하는데 오실 수 있으면 오시라고요."

"알았어요. 한 30분 있다 갈게요."

동네에서 슈퍼를 하는 아줌마 한 분이 술 한잔하자고 한다. 일을 마무리하고 작업복 차림으로 갔다.

먼 바다에서 갓 잡은 꼴뚜기를 안주로 하고 꼴뚜기를 날것으로 못 먹는 사람들을 위해 꼴뚜기 일부는 끓는 물에 살짝 데쳐서 파, 마늘, 상추와 곁들이고 한쪽에선 번개탄에 삼겹살을 굽는다. 이만하면 가짓수는 많지 않지만 산해진미가 따로 없다.

술을 몇 잔씩 마신 뒤 처음 보는 사람들과 서로 인사하고 얘기를 나누다 보니 개를 좋아하는 사람들이 있어서 자연히 개 이야기로 꽃을 피운다. 개의 꼬리가 어떻고 혀가 어떻고 골격이 어떻고 한참 개 얘기를 하는데 망개떡 장수가 떡을 팔러왔다.

머리에는 모자 대신 등산 지도가 그려진 빨간 손수건을 접어서 매고, 어깨에 올려놓고 휘청휘청 발걸음에 맞춰 물건을 운반하는 목도를 메고 있다. 네모 난 나무통 두 개를 양쪽으로 매달고 통마다 두 짝의 여닫이 유리문을 만들어 문을 꼭 맞게 닫은 초록색 통이었다. 위 칸에는 망개떡, 아래 칸에는 내가 이름을 알 수 없는 떡을 담고 있었다.

망개떡을 받치고 있는 것은 넝쿨손이 있고 뻗어가는 줄기가 어슷비슷 자라며 마디에 가시가 있고 줄기는 나무같이 딱딱한, 야산에서 흔히 볼 수 있는 넝쿨 식물의 이파리였다. 그 잎을 찐 다음 이파리 위에 떡을 올려놓고 있어서 이파리가 떡의 받침 노릇을 했다.

그런데 이 아저씨, 다짜고짜 떡을 사라며 떡부터 꺼내놓는다. 술자리에 같이 있던 사람이 한마디 한다.

"아저씨, 여기는 술 먹는 자리라서 떡 먹을 사람은 없고, 대신 술이나 한잔하세요. 날씨가 많이 추워서 술 한잔하면 몸도 풀릴 거예요."

"아, 예, 한잔만 주십쇼."

한 잔 마시고 꼴뚜기를 안주 삼아 먹더니 궁둥이를 깔고 앉아 터를 잡는다. 망개떡 장수는 떡 팔 생각은 안 하고 떡 팔러 다닐 때 경험담을 술술 꺼내놓았다.

김밥 장수도 해보고 메밀묵, 찹쌀떡 장수도 해봤다며 남쪽 지방으로는 마산·창원에서부터 강원도 탄광촌과 서울 청량리 오팔팔까지 안 다녀본 데가 없다고 한다. 지리와 그 고장 특성에 대해서 박사였다. 취기가 오르니 음담패설과 여자하고 연애했던 얘기를 자랑 삼아 마냥 앉아서 술과 안주를 먹는데, 금방 자리를 뜰 것 같지 않다. 그만 먹고 빨리 떡 팔러 가라고 했더니 망개떡 장수 하는 말, 세월을 잊은 듯하다.

"괜찮아요. 팔다 못 팔아 떡이 쉬면 떡이 밑지지 사람이 밑지는 거 아니에요."

꼴뚜기가 맛있다며 큰 접시에 담긴 꼴뚜기를 혼자 거의 다 먹는다. 술도 많고 안주로는 꼴뚜기와 삼겹살도 많았지만 삼겹살은 안 먹고 꼴뚜기만 먹는다. 옆 사람이 핀잔을 주며 한마디 한다.

"아저씨, 꼴뚜기 값이 얼만데 안주만 실컷 먹고 떡을 사라고 해요? 아저씨가 안주 값으로 떡을 주고 가야지. 술 먹고 안주 먹고 떡 팔고, 그러면 아저씨만 횡재하네!"

그때서야 떡 장수, 미안하다며 떡을 꺼낸다.

"아이고, 내가 진짜 잘 먹었으니까 떡을 한 개씩 드려야 되겠네."

빙 둘러앉은 사람들에게 망개떡을 한 개씩 돌아가며 준다.

장사를 하면서 돈도 많이 벌어봤다며, 돈 벌 때 정신 차려 돈을 아껴 썼으면 이 나이에 요 모양 요 꼴은 안 됐을 거란다. 그러면서도 별로 후회는 안 하는 것 같다.

떡 장수 말에 따르면 자기의 흠은 돈을 버는 대로 쓰는 낭비벽과 주마다 로또복권을 사는데 당첨번호를 맞추지 못하는 것이라고 자기가 자기를 평가한다.

한때 청량리 오팔팔로 김밥 장사할 때 이야기를 구수한 입담으로 풀어놓는다. 김밥을 가게에서 팔지 못하고 갖고 다니며 팔다 보니 배고플 때쯤 출출한 사람들을 찾아다녀야 하는데, 주로 사창가 쪽을 다녔다고 한다. 같이 술을 먹던 사람 중 한 사람이 물었다.

"그런 데서 김밥을 사먹어요?"

"그럼요, 잘 사먹죠. 근데 안 팔릴 때도 있어요. 그때는 '기임바아압' 하는 게 아니고 '기인바아암, 짧은 바아암' 하고 다니죠. 그러면 사람들이 호기심에 '기인바암 얼마요?' 하고 물어봐요. '천 원요.' 그러면 손님이 '아니, 지금 기인바암 그러지 않았어요? 기인바암이 싸네.' 그러면서 멋쩍으니까 김밥 한 줄 사죠."

내가 되물었다.

"아니, 김밥 팔려고 사창가에서 기인바암 그러면 거기 온 남자들에게 사기 치는 거 아닌가?"

망개떡 장수가 말한다.

"김밥 하고 긴밤 하고 비슷하게 말해야죠. 어차피 지들도 사랑을 하려면 먹고 해야 하거든요. 금강산도 식후경이라고 배고픈데 사랑이 되겠어요? 먹고 해야지. 그래서 기인바아암 그래도 괜찮아요."

날씨도 춥고 시간도 많이 지나 어둑어둑한데 떡이 쉬어 밑지면 어떡하냐고, 어서어서 떡 팔러 가라고 보냈는데 늦은 시간에 많이 팔았는지 모르겠다. 한 개 맛 본 망개떡, 맛있다.

| **박용섭** 고물상 운영, 2005년 8월 |

박스
할머니

작년 추운 겨울날
나와 친구들은 군고구마 아르바이트를 했다.
역시 돈을 벌기 위해서다.

정각 10시
항상 찾아오시는 허리가 굽은 꼬부랑할머니
허리는 너무 굽어서 꼽추 같고 장갑은 빵꾸투성이에다
고무신을 신고 오시는 박스 할머니
맨날 10시에 찾아와선
"야야~ 느그 박스 남은 거 없나?"
우리는 고구마를 팔고 남은
박스를 할머니에게 드린다.
흐뭇한 할머니의 표정.

그러나 우리는 가슴이 아프다.

그냥 답답하고 아프다.

다음 날에도 그 다음 날에도
여전히 찾아오시는 할머니
할머니께서는 기쁠지 몰라도 우린 가슴을 조아리며 박스를
드린다.

어느 날, 박스가 하나도 남지 않았다.
시간은 9시 40분
우린 할머니를 위해
박스를 찾아나섰다.
박스는 차곡차곡 쌓이기 시작했다.
손이 꽁꽁 얼어버릴 것 같았다.

정각 10시
할머니께선 웃는 얼굴로 왔다가
우리를 보곤 울어버리셨다.
땀을 흘리며 박스를 쌓고 있는 우리를 보고.

| **김주철** 경남공업고등학교 2학년, 2005년 9월 |

고무신

지금부터 40여 년 전, 정확히는 1962년, 국민학교 3학년 때였어.

가을걷이도 끝나가는 어느 늦가을 오후, 마지막 시간이 끝나고 교실 청소를 한다고 아이들이 시끌벅적대는데, 한 아이가 걱정스런 얼굴로 안절부절못하고 있어. 쌍꺼풀에 개구리 왕눈이처럼 유난히도 눈이 큰 아이, 거기다 얌전하고 공부도 꽤나 잘해 선생님께 귀여움 받는 아이, 그래서 동무들에게 부러움과 시샘을 함께 받는 아이였어. 험험.

청소 끝나고 급장에게 검사를 맡고 아이들은 하나둘씩 사라지는데, 이 아이는 교실 둘레를 몇 번씩 살펴보고 몇 켤레안 남은 신발장을 자꾸만 들여다보더니 끝내 달구똥 같은 눈물을 뚝뚝 떨구었어.

"윤길아, 너 왜 울고 있어?"

"선생님, 지 고무신이 없어졌어예."

아하! 이 녀석이 고무신을 잃어버린 것이여. 그것도 산 지 며칠 되지도 않았고 그냥 고무신보다 조금은 더 비싼 신발이여. 넉넉잡고 반 년은 족히 신을 수 있는, 질기다고 소문난 '타이어표' 검정 고무신을 잃었으니, 집에 가서 엄마한테 야단맞을 생각을 하니 눈물을 떨굴 만도 혀.

그때만 해도 고무신이 빵꾸나거나 찢어지면, 집에서 엄마들이 베를 대고 기워 신기거나 신기료 장수에게 때워서 신겼지. 기왕에 신기료 장수 말이 나왔으니 얘기 좀 해야겠어. 어쩌다 한번 신기료 장수가 동네에 들어오면, 너도나도 신발 때우러 온 동네 낡은 신발(엿 바꿔먹을 것)들이 무더기로 쏟아져 나오는 거여.

동네 사람들 너나없이 그놈의 고무신을 오래 신으려고 본래 신발보다 훨씬 두꺼운 시꺼먼 고무창을 대고 때워 신을 만큼 귀한 때였어. 그러니 새 신발일 때는 누가 훔쳐갈까 봐 신주머니를 갖고 댕기던 시절이었지.

어디 신발뿐이랴! 오후 수업이 있는 날엔 쌀과 보리 반반 섞인 도시락을 싸오는 아이는 반에서 겨우 한둘. 꽁보리밥이라도 싸오면 그나마 다행이여. 태반이 도시락을 못 싸와 학교에서 우유 섞인 강냉이가루 빵을 급식받던 시절이었어. 하여튼 아마도 나보다 더 찢어지게 가난한 녀석이 내 새 신발에 눈독을 들이다 잽싸게 빼돌린(?) 모양이여.

"그래?"

선생님은 좀 머뭇거리시더니 따라오라시며 휘적휘적 걸어가시고 나는 맨발로 선생님을 쫄쫄 따라갔어. 선생님은 숙직실로 들어가시더니 새것인 듯한 털신 한 켤레를 내놓으시며 신고 가라는 것이었어. 아마 선생님께서 겨울 채비로 미리사 놓으신 신발 같았어.

"선생님, 고맙심니더."

두 해째 우리 담임을 맡으신 선생님은 1년 내내 검정 치마에 흰 저고리, 옷 두 벌로 견딜 만큼 검소하셨지. 고운 얼굴에 늘 해맑은 웃음을 머금고 아이들 온갖 개구짓을 너그럽게받아주시는 우리 선생님은 요즘 말로 인기 '짱'이었어.

선생님이 주신 털신을 털거덕털거덕 끌며 운동장을 나오면서 내 꼴을 보니 영 말이 아닌 기라. 걸음걸이도 어색하고. 엎드려 내 조그만 발을 털신 코 앞쪽으로 바싹 당기니 신발뒤꿈치가 주먹이 들락거릴 만큼 남는 게 아닌가!

내가 봐도 내 꼴이 우스운데 아이들이 보면 우짜노 싶어서운동장을 한 바퀴 휭 하니 둘러보니 마침 운동장엔 노는 아이들이 몇 없었어. 가끔 지나가는 아이들도 내 발쪽은 눈여겨보지 않기에 다행이다 싶었지만 그래도 자꾸만 켕기는 거여.

아나나 다를까! 교문을 나서자마자 아이들이 와~ 웃음을 터뜨리는 거여. 동무 녀석들은 내가 나오질 않자 기다리고 있었던 거여. 분명히 내 꼴을 본 한 녀석이 쪼르르 달려가 금방 소문을 퍼뜨린 기라. 이 녀석들이 나를 놀리려고 아주 작정을 했던지 가스나들까지 동원해서.

"얼레리꼴레리~ 얼레리꼴레리~ 융기라는~ 털신이래요~."

얼굴이 확 달아오른 나는 재빨리 도망치려 했지만 '털거덕 질질~ 털거덕 질질~.' 아뿔사! 선생님 털신이 너무 큰 기라.

"에이, 선생님은 와 이리 큰 신을 준 기고."

나는 고마운 선생님을 오히려 원망하면서 털신을 털거덕거리며 엎어질 듯 앞서가고, 녀석들은 줄곧 나를 쫓아오며 '얼레리꼴레리'를 노래하고…….

애고~ 그날 나는, 털거덕거리는 털신 때문에 도망도 못 가고 꼼짝없이 놀림을 당해야 했어. 녀석들을 뒤통수에 달고 집까지 오는 길이 왜 그리도 멀기만 한지.

"이노무 자슥, 산 지 미칠 됐다고 그새 잃어뿌러?"

철썩철썩!

"우와앙~ 그랑께 신쭈무이 맹글어 돌라카이 와 안 맹글어 주노!"

엄마한테 볼기짝이 시뻘겋도록 언어맞았지. 그때 엄마는

내게 다시 사준 고무신 값을 메우기 위해 나락이삭 주우러 늦가을 들녘을 몇 날 며칠 헤매신 것으로 알고 있어.

그런데 지금도 이해할 수 없는 것은, 그때 우리 엄마는 왜 신주머니를 만들어주지 않았을까? 신발 잃은 것이 꼭 그때뿐만 아니라 핵교 댕기는 동안 몇 번은 잃어버렸는데, 그때마다 내가 신주머니를 만들어달라 해도 엄마는 그냥 댕기라며 한사코 만들어주지 않으셨거든.

아마도 어릴 때부터 남을 믿지 못하고 의심하는 버릇을 키우는 것이 아이들 정서상 바람직하지 못하다고 생각하신 건지, 아니면 다른 까닭이 있었는지 지금도 알 수 없어.

지금 신발장엔 온갖 패션의 신발들! 딸내미 신발, 아들놈 신발, 그리고 내 신발이 꽉 차고 넘쳐나 현관에도 열 켤레쯤 널려 있어. 어디 신발뿐이랴. 지금은 온갖 문명의 이기들이 넘쳐나고 입을거리, 먹을거리가 얼마나 풍성한가.

하지만…… 뭔가 허전한 거라. 옛날 그 검정 고무신, 선생님 털신, 그리고 얼레리꼴레리를 외쳐대던 고 얄미운 가스나들…….

그때가 왜 자꾸 그리워지는 걸까.

| **안윤길** 현대중공업 노동자, 2005년 11월 |

우리가 살아가는
이웃들의 이야기

일 시 : 2006년 / 반 : 잎새 반 / 이름 : 이두연

제 목 : 우리가 살아가는 이웃들의 이야기

우리가 알고 있는 이웃에는 아직도 자기 이름도 못쓰는

사람들이 너무나 많이 있는 것 같다.

글씨를 못쓰고 읽기 못해서 남들한테 바보처럼

보이고 상대를 어렵게하는 사람도 많이 있다.

그래서 공부하는 곳을 소개 하면서 배우라고 하지만

창피하고 남들이 알면 어떻게 해라면 망설이고 한다.

공부는 자기자신을 위해서 배워야 한다고 생각 한다.

배움이라는 것은 자기 삶의 질을 높이고 즐거운 생활을

살수 있는 바탕이라고 생각 하고 싶다.

내가 아는 어떤 사람은 카드로 물건을 삼백을 긁은

것도 몰랐다고 나에게 하소연을 하면서 공부를 배우지

못 해서 이름도 못 쓰는 것을 알고 이렇게 이용한다 면서

속상 해 하면서 도 자존심 때문에 배움을 망설이고

있었고 한다.

무엇이든 늦었다고 생각 할때가 가장 빠르다고 하더니 지금도

늦지 않으니 공부를 시작 하면 좋겠다.

| 이두연 서울어머니학교 잎새반, 2006년 3월 |

엄마는
피임두 몰라?

"여보, 큰애가 나 보고 철이 없대……."

저녁에 아내가 나에게 하는 말입니다. 이게 무슨 말인가 했더니 사건의 내막은 이렇습니다.

한두 달 전에 문득 아내가 하는 말입니다.

"여보, 나 생리를 안 해."

"그럼 병원에 가봐야지."

"한의원에 가봤는데, 피가 부족해서 그렇대."

"그래서?"

결론은 값비싼 한약 한 보따리였습니다. 아무래도 돌팔이한테 당하는 것 같아 내키지는 않았지만, 어쨌든 그래서 니 마음이 좋아진다면 그게 약 아니냐 싶어서 알았다고 했습니다. 그렇게 또 한동안 지내다가 아내는 아무래도 좀 불안한지 약국에서 파는 임신 확인 키튼가 뭔가 하는 걸 사왔습니다.

"건 왜?"

"그래두 혹시 모르잖아. 이렇게까지 안 한 적은 없었거든."

다음 날 새벽, 부스럭거리면서 일어나더니 화장실로 들어갑니다.

"여보, 나 임신했나 봐."

"?……! 그 한의사 새끼 그거……."

"여보, 어떡하지?"

"얼마나 된 거야?"

"가만 보니까 지금 석 달째인 거 같애."

피가 부족해서 생리를 안 한다니……. 이 여자가 대학까지 나온데다 그것도 생물학과를 나온 사람입니다. 하여간 순진한 거 하나는 가히 알아줄 만한 여자입니다.

제가 원래 평소에는 좀 버벅거리다가도 위기다 싶으면 아주 냉정하고 침착해지는 경향이 있습니다.

"여보, 이건 우리가 결정할 문제가 아니야."

"……."

"생각해봐. 우리 나이가 지금 몇 살이야? 애가 클 때까지 뒷감당은 고사하고 살아있으리라는 보장도 없는 거 아냐?"

"그래두 어떻게 해? 생긴 애를 지울 순 없잖아."

"내 말은 이 애를 키울 사람은 우리가 아니라 먼저 나온 애들이라는 거야."

아침밥을 간단히 먹고 긴급히 가족회의를 소집했습니다.

"아빠, 나 늦었어. 학교 가야 돼."

"알았어. 잠깐만 있어봐. 어 그러니까 거 뭐냐, 엄마가 임신을 했다. 니들이 키워준다면 낳고……."

"그게 무슨 말이야? 동생이 생긴다고?"

"어. 우리가 나이가 있으니까 정신적, 경제적으로 너희가 후원자가 되어야 한다는 거야. 그래야 낳을 수 있다는 거지."

"그러니까 애를 못 낳게 되면 그건 우리 때문인 거야?"

"아……. 뭐 그런 뜻은 아니고 단지 현실과 예상되는 사실을 너희들에게 이야기하는 거야."

큰애가 신발을 신으면서 말합니다.

"알았어. 내가 키울게."

작은놈은 사실 이게 뭘 의미하는지 잘 모르는 것 같기는 하지만, 지 오빠 흉내를 냅니다.

"나두 알았어. 근데, 난 동생 싫은데……."

'저 눔의 기지배가, 저거…….'

그날 저녁 보충 설명을 위해 다시 가족회의를 소집했습니다.

"분명히 얘기하지만 엄마와 아빠는 그 거시기 성인 오락은 한 적이 있지만 수정을 위한 행위는 한 적이 없다. 그러니까 너희 엄마는 거의 동정녀와 같은 상태에서 아기를 가진 거야. 이 아이가 예수님처럼 세상에 큰 도움이 되기 위해 엄마 몸을 빌려나오는 거 아닌가 한다.”

“헐…….”

‘저 자식이 근데…….’

“아빠, 근데 성인 오락이 뭐야?”

‘이 년은 또 왜…….’

“아……. 뭐 어쨌든 그래서 말인데, 우리 가족 모두, 특히 너희들은 이걸 잘 알아야 돼. 그분께서는 말하자면 이 세상을 구원하기 위해 오시는 거구, 너희들은 그분을 모시기 위해 먼저 와있는 거라는 거다. 이게 바로 너희들 삶의 의미야. 알겠냐?”

그리고 얼마 동안 시간이 지났습니다. 나날이 아내 배는 불러가고, 그러던 어느 날 큰애가 지 엄마한테 이랬다는 겁니다.

“어우, 엄마는 왜 그렇게 철이 없어. 엄마는 피임두 몰라?”

| 김성일 산나로 아빠, 2006년 5월 |

내 실력도
무지 자랐구나

올해도 나는 농사를 짓는다.

학교를 그만두었을 때였다. 시간이 많으니 집 둘레를 휘적 휘적 돌아다니다가 척하니 가지를 드리운 뽕나무를 봤다. 나무 타기 좋게 생긴 나무였다. 저기서 나무도 타고 오디도 따 먹고 하면 좋겠다. 그 뽕나무 밑으로는 작은 빈터가 있었다. 그걸 보자 나도 무언가를 길러볼까 하는 생각이 들어서 부모님께 저 밭을 내가 해보겠다고 했다.

뭘 할까? 하니까 콩을 심어보라고 하신다.

"직접 길러보면 콩이 맛있어질지 모르잖냐?"

처음 하는 농사. 밭에 가면 모기가 "앵~"거리면서 반겨주는 바람에 콩 옆에 앉았다가도 바로 일어서 도망쳤다. 그렇게 첫해는 일도 제대로 안 했고, 건진 것도 없었다. 콩이 맛 있어지지도 않았다. 다만 콩에도 꽃이, 그것도 아주 예쁜 꽃 이 핀다는 것만 배웠다.

그 다음 해부터는 우리 집에 큰 일(벼 베기, 감자 심기)들도 같이 하기 시작했다. 그리고 엄마는 내게 작은 텃밭을 내주 었다. 그 밭은 작지만 땅이 좋아서 온갖 푸성귀를 길렀다. 하 루에 한 번씩 물장난을 하며 물을 주고, 양상추를 뜯어먹는 달팽이를 잡아서 실컷 구경(?)하면서. 아침에는 상추를 한 바 구니 뜯어서 쌈을 싸먹었다. '풀'들을 잘 안 먹던 나도 내가 기른 푸성귀들은 잘 먹게 됐다. 내가 열심히 해온 걸 식구들 이 알아주고, 잘 먹어주니까 얼마나 뿌듯하던지.

푸성귀를 두 해 하고 나서 다시 밭을 옮겼다. 내 방 바로 뒤 에 있는 밭으로 지하철 한 칸보다 좀 작은데 그렇게 길쭉하 게 생겼다. 그 밭에는 양옆으로 대추나무들이 서 있다. 이번 에는 홍화 한 가지를 책임지고 해봤다. 아~, 홍화는 어찌나 싹이 안 나던지……. 어떻게 저떻게 한 뼘 정도 길렀더니 진 딧물이 생겨 '와, 농사 어렵구나.' 그런 생각이 들었다. 여름 이 다가오자 우람하게 생긴 홍화도, 넘어질 것처럼 생긴 홍 화도 꽃봉오리가 올라오더니 노란 꽃잎을 비췄다. 꽃이 피기 시작하니까 밭에 가는 게 너무 즐거웠다. 홍화 꽃은 노란색-주황색-빨간색으로 변하는데, 그 모습을 사진으로 찍고~ 그림도 그려보고~.

가을이 오고, 홍화에 씨앗이 맺혔다. 따보니까 꽃은 어찌 피웠어도 씨앗은 쭉정이인 홍화도 있다. 그래도 나름대로 우리 식구 먹을 거는 했다. 거두는 일이 가장 어렵다. 농사 아무리 잘하면 뭐 해. 갈무리를 잘해야 남지. 다음 해 씨앗을 골라야 하는데, 꾀를 못 부리고 일일이 손으로 골랐다. 물론 느긋~하게, 조금씩, 한 달을 꼬박 했다.

지난해랑 올해는 녹두를 한다. 녹두는 홍화처럼 어렵지 않다. 싹도 잘 나고 비바람에 넘어지는 일도 없고……. 다만 거둘 때, 날마다 하지 않으면 녹두 스스로 씨앗을 펑~! 터뜨려서 땅에 뿌려버린다. 나는 농사일은 잘 못해도 날마다 밭에 다니는 일은 잘한다. 녹두 싹 날 때는 싹 보려고, 대추 열릴 때는 대추 따먹으려고……. 하루 한두 번 맘이 내킬 때면 밭에 가서 맘 내키는 만큼 일을 하고 내려온다.

예전엔 심고 거두는 큰 일은 엄마가 같이 해주셨다. 나 혼자 하면 속도가 안 났다. 그러다 지난해부터는 일이 더뎌도 나 혼자서 하기 시작했다. 올해는 내가 놀랄 만큼 일이 그냥 번쩍 끝난다. 녹두만 자라는 게 아니라 내 실력도 무지 자랐구나. 스스로 뿌듯하다.

| 김정현 자유인, 2006년 7월 |

채칼
시범 조교

"자암시, 숙달된 조교의 시범이 있겠습니다."

말에 고물도 묻기 전에 고스방(고 서방-남편)이 냉장고 문을 열더니 잽싸게 오이 하나를 꺼내와 채칼 위에다 오이를 얹고는 모양을 만들어내며 오이를 동글동글하게 썰고 있다. 오이는 동글동글하게 썰리면서도 중간 모양은 벌집피자 과자 모양처럼 격자무늬 구멍이 생긴다.

"봐라 봐라, 이렇게 하면 되구만……. 여편네가 이런 거 사다주면 채국에 오이 모양도 좀 다양하게 맹글어서 만들어주면 떠묵는 사람이 훨씬 맛도 좋을 낀데."

신이 난 고스방이 한 입으로는 말씀을 주끼며 자랑을 하고, 한 손으로는 너무 신나게 채칼에 오일 썰어대는 바람에 오이가 짧막해진 것을 알아차릴 겨를도 없이 손에 잡은 오이 꽁다리가 튕겨져 나가며 악 소리와 함께 손가락 끝에서는 선혈이 낭자하다.

며칠 전, 주차장 옆에 똥찌그리한 중소기업 발명품 가게에서 떨이로 고스방이 채칼 세트를 사왔다. 여편네가 게으름이 나서 대애충 해주는 음식을 먹는 줄 모르고 착한 고스방은 자기가 주방 기구를 제대로 못 사대서 이런 음식을 먹나 싶어서 자주 주방 기구를 사온다.

심심하면 중소기업 발명품 가게 어쩌고 하는 천막을 들추고 들어가서는 분쇄기며 도깨비방망이, 라면 두 개 끓이는 양은 냄비에 프라이팬, 국자 세트에 녹즙기까지……. 거기다 어떨 땐 목욕 수건에 행주까지 부지런히 사다댄다. 그렇게 고스방을 홀려서 팔아먹던 그 가게가 드뎌 가게를 빼면서 떨이를 하는데, 고스방이 여태까지의 구매 행각을 졸지에 그만두자니 섭섭하기도 했겠다. 거기서 건진 게 저 채칼이다.

내가 보기엔 채칼이 너무 날카로워 손 다치기 십상이겠더만 고스방은 이걸 쓰면 여편네가 반찬 맹그는 게 그저 되는 줄 알고 끼니마다 왜 저걸 사용한 반찬을 내놓지 않느냐고 성화다.

결혼 전, 친정아부지는 부엌칼을 잘 갈아주셨다. 칼날 무딜 여가가 없게 칼날을 날렵하게 세워주셔서 비교적 썰어대는 일에는 나도 일가견이 있었던 것이다. 그런데 시집오고 나니 고스방이나 시아버님이나 칼 갈아줄 줄을 몰랐다. 그러니 무 채나 감자채를 썰 때 칼이 잘 들어야 채가 곱게 나오는데 그 렇지 못하니 채를 썰면 좀 미웠다. 이 없으면 잇몸이랬다고, 급하면 내가 부엌칼 들고 장꾸방(장독간)으로 나가 장독 뚜껑 에다 몇 번 뒤집어가며 칼날을 갈면 그럭저럭 쓸 만해서 아 쉬운 대로 살아가고 있었다. 그러면서도 은근슬쩍 친정아부 지 일화를 들어가며 칼을 좀 갈아주었으면 하는 바람도 섞어 보긴 했지만, 고스방이 저렇게 반응을 할 줄이야.

채칼을 사가지고 온 날 저녁에 들어오면서 내 종아리 굵기 만 한 무와 오이를 잔뜩 사가지고 왔다. 일테면 채칼 사다줬 으니 쌈무도 만들고 무생채도 하고 오이냉국도 만들어달라 는 요구였다.

그날도 시범을 보인다고 내 앞에서 무 썰더니만 손가락 끝 에 기어이 피를 보고 말더만 또 저런다. 이번에는 저번과는 달리 살이 움푹 패였다. 피는 솟구치지 아프긴 하지 짜증이 나는 얼굴이다. 졸지에 아까징기(빨간약)를 꺼내서 발라놓고 는 지혈이 잘 안 되어서 다 저녁에 동네 철둑 비얄(비탈)로 뛰 어나가 쑥 한 옴큼 뜯어와 짓이겨 지혈을 한다. 어찌나 아픈 지 인상은 죽을 인상이고 신음 소리까지 낸다. 아이구 엄마 나 죽겠네……

옆에서 지켜보시던 울 시엄니 얼굴이 흙빛이 되었다. 귀헌 아들이 피를 철철 흘리며 아파서 신음 소릴 내니 어찌 편하시랴. 아이구 이럴 어째, 어이구 이럴 어째……. 어쩌긴요 어머님. 기댈리 봐야지.

겨우 지혈시키고 반창고를 챙챙 매어놓고 완전 지혈이 될 때까지 그리 해 있으라니 아파서 죽것다는 표정이다. 그러고는 하는 말, "이거 절로 치왓!"

숙달된 채칼 시범 조교님께서 피를 보자 채칼이고 요리 모양이고 다 때기나발치고(내팽개치고)는 절대 만지지 말라고 엄명을 내렸다.

"여보, 이 콘돔은 와 이래. 사이즈가 쪼만해?"

아침에 일어나 화장대 위에 보니까 이상한 고무풍선 같은 게 두 봉다리 들었고 하나는 밖에 나와서 구겨져 있다. 헉……, 이게 뭐야? 아이들 볼세라 얼릉 치우면서 고스방한테 소근소근 물었다.

"여보, 이걸 새삼시럽게 말라꼬 사왔어요. 그라고, 이기 당신 거에 들어가나, 짝아서……."

잠결에 깬 고스방……. 여편네가 실성했나 하고 쳐다본다.

"아이고, 이핀네야. 그게 뭔데? 손가락 다친 데 씻으면 물 들어간다고 사온 고무캡이여어~."

"잉, 이게 그거시여? 내가 언제 콘돔을 봤어야 말이지."

중얼중얼……

(가마이 생각하다가)

"이히히히히, 하하하하, 하이고, 웃기 주기네."

허기사 저렇게 작은 걸 끼울려면 용쓰다 꼬추에 힘 빠져 깅다 새뿌리겠다. 어휴~ 내가 생각해도 내가 좀 푼수여.

| **전상순** 주부 농사꾼, 2007년 1월 |

과연 무리한 요구일까요?

세진실업창원공장 노보 1994.

얘들아,
만순이 잘 챙겨

만순이……. 이놈 이름만 들어도 웃음이 쿡 나온다.

3년 전, 내가 1학년 담임을 맡았을 때 중학교를 갓 졸업하고 우리 학교에 입학한 만순이. 똑 소리 나는 첫째 누나가 만순이의 생활 전반을 책임지고 있었다.

무척 선량해보이고 조용하면서도 가끔 엉뚱한 행동으로 반 아이들을 웃음 짓게 했던 만순이. 그해 4월인가 만순이가 다니던 직장을 방문했을 때가 생각난다. 사장님이 "저놈 참 맘에 든다. 요즘 아이 같지 않다." 하며 칭찬을 하셨다. 화장실 갈 때도 "저 대변 좀 보고 오겠습니다." 하고 정중히 말한다고 하시면서.

중학교를 갓 졸업하고 와서 직장 생활하랴 야간에 공부하랴 기숙사에서 정해진 규율대로 움직이랴……. 만순이에게 야간학교 생활은 결코 만만치 않았을 것이다. 용케 잘 다니는가 싶더니 5월 말쯤인가 만순이가 눈에 눈물이 그렁그렁 맺혀서는 "선생님, 저……, 바람 좀 쐬고 올게요. 학교 생활하기가 너무 힘들어서요." 한다. 짠한 마음에 조퇴 처리와 하루 외박을 허용해줬다.

그 후에 불안정한 모습을 종종 보이던 만순이, 결국 여름방학이 끝나고 잠수를 탔다.

보름이 지났을까, 큰누나가 고생고생해서 만순이를 찾아 학교에 데리고 왔다. 만순이 큰누나는 여기 아니면 안 된다며, 잠잘 곳도 필요하고 돈도 벌고 공부도 해야 하는 형편이니 꼭 이 학교에 붙어 있으라고 신신당부를 했다. 억지로 끌려온 듯한 만순이는 '울며 겨자 먹기' 식으로 학교에 남았다.

만순이가 그렇게 되돌아오고 바로 다음 날인가 우리 학교에서는 '개교 기념 논두렁 마라톤 대회'가 열렸다. 개교기념일 전날, 학교 뒤편에 있는 논두렁길을 코스로 전교생이 한바탕 달리기를 하는 것이다. 그런데 이게 웬일인가. 오랜만에 얼굴을 보인 만순이가 등 뒤로 무수한 학생들을 제치고 엄청난 격차로 당당히 선두로 달려들어 오는 것이 아닌가. 한동안 얼굴이 안 보이던 놈이 나타나서는 1등으로 의기양양하게 들어오니 그날의 진풍경이 되었다.

상품으로 새 옷을 받은 만순이. 아직 가라앉지도 않은 그 마음이 얼마나 들떴으랴. 그 옷을 입고 신이 나 주말 외출을 나간 만순이는 그대로 학교에 오지 않았다.

학교를 그만둔 놈들은 속을 썩일 대로 썩이다 심각하게 사라지는데 그렇게 엉뚱하게 사라진 만순이를 생각하면 늘 웃음부터 나왔다.

그런데 만순이가 학교를 그만둔 지 정확히 2년이 지난 올 8월에 만순이가 다시 우리 반으로 편입하게 되었다. 이번에는 자기 의지도 상당히 있어 보였다. 아무튼 너무나 반가운 나는 조회시간과 종례시간에 만순이 일화들을 재밌는 이야깃거리 삼아 반 아이들에게 들려주었다.

더 흥미로운 것은 올해 '개교 기념 논두렁 마라톤 대회'에서도 만순이가 당당히 1등으로 들어온 것이다. 상품을 주는 교감선생님이 "역대로 마라톤 대회에서 2연패를 한 학생은 최만순 학생이 처음일 겁니다." 하신다. 상품은 예쁜 운동복.

마라톤 대회가 끝나고 반 아이들이 모여 음료와 과일을 먹었다. 내가 우스갯소리로 "얘들아, 만순이 잘 챙겨. 만순이가 또 새 옷 입고 선녀처럼 어디로 사라질지 몰라." 하니 만순이의 어색한 웃음과 함께 우리 반은 한바탕 웃음도가니가 됐다.

만순이는 아직도 생활에 기복이 있다. 학교에 와 처음으로 들어간 직장에 며칠 나가다가 말도 없이 그만두었다. 그래도 이제는 자기 의지가 분명해서인지 쉽게 흔들리지 않는 듯하다.

그래, 최만순. 힘들었겠지. 지금도 만만치 않을 거다. 아침 7시부터 눈 비비고 일어나 직장을 나가 5시까지 일하고, 바쁘게 저녁 챙겨먹고, 6시부터 9시 30분까지 교실에 딱딱한 의자에 앉아 수업받고, 기숙사에서 씻고 청소하고 11시면 여지없이 자야 하는 그 생활이 얼마나 갑갑하고 힘들까.

그래도 세상이 만만치 않으니 스스로 뭐라도 해야겠다는 생각으로 학교에 다시 돌아왔겠지. 그래…… 그런 의미에서는 2년 동안 방황한 게 조금은 유익했겠네. 헛바람 들지 않고 지금 네 조건을 부정하지 않고 스스로 어떻게든 해봐야겠다는 결론에 이른 걸 보면.

만순아, 이번에는 중간에 포기하지 말고 꼭 마침표 찍자. 선생님이랑 같이.

| **박정하** 부천실업고등학교 교사, 2007년 1월 |

영훈이의
떡볶이 값

언젠가 본 동화 속 이야기처럼 오늘은 바람과 해님이 누가 힘이 더 센지 내기를 하는 날인가 봅니다. 아무래도 바람이 이기는 쪽 같고요. 찬바람이 마구 우리 동네를 돌아다니며 회오리바람으로 노랗게 노랗게 물들었던 나뭇잎들을 다 떼어냅니다. 떨어지기 싫어서 엄마 몸을 붙들고 나뭇잎들이 울고 있는데도 자꾸만 큰 입으로 입김을 불어서 멀리 날려버리는 걸 보니 바람은 심술쟁이가 분명합니다.

하루 종일 동네를 휩쓸고도 바람은 아직 골목에 머물러 있고 밖은 깜깜해졌습니다. 찬바람은 더욱 세차게 부는데 초등학교 2학년인 영훈이는 떡볶이를 파는 가게 앞에서 몇 번을 기웃거리더니 용기를 낸 듯 아줌마에게로 다가갑니다.

"어서 와, 뭘 줄까?"

아줌마가 웃으며 반기는데 영훈이는 대답을 하지 않고 김이 모락모락 나는 떡볶이만 물끄러미 바라보고 있습니다.

"떡볶이 줄까?"

아줌마가 묻자 그때서야 영훈이는 말을 합니다.

"그런데요, 아줌마……."

뒷말은 잇지 않은 채 영훈이는 자꾸만 아줌마 애를 태웁니다.

"그래, 말해보렴."

"있잖아요, 아줌마……."

"이 녀석아, 아줌마 바빠. 빨리 말해봐."

아줌마가 재촉하자 영훈이는 문방구에서 파는 카드 두 장을 내밀며 "아줌마, 이 카드는 유희왕 마법카드인데요. 드릴 테니 떡볶이 주시면 안 돼요? 배고파요." 합니다.

아이들이 캐릭터 카드를 사서 필요 없는 카드는 땅바닥에 버리는데 조금 전에 그걸 줍는 영훈이를 아줌마는 보았습니다. 주운 카드를 내미는 걸 아줌마는 알면서도 모르는 척 영훈이를 바라보며 말합니다.

"배고프면 집에 가서 밥을 먹어야지. 아줌마는 그 마법카드가 필요 없는 걸? 엄마한테 가서 밥 달라고 하렴."

그러자 영훈이는 금세 울 것 같은 표정으로 아줌마를 바라

봅니다.

"엄마는 저랑 같이 살지 않고요. 할아버지는 아까 전에 고물상에 종이 주운 것 팔러 가셨는데 아직 오지 않아요."

"집에 밥이 없니?"

"네, 할아버지가 종이 팔아서 라면 사오신다고 했어요."

영훈이 엄마와 아빠는 이혼을 하셨고 아버지는 돈 많이 벌어서 오겠다며 영종도라는 섬으로 가서 연락도 없습니다. 할아버지는 폐지를 주워서 고물상에 팔며 영훈이와 함께 산동네에서 사는데 늘 라면에 소주만 드시고요.

오늘은 토요일이라서 학교에서 급식도 하지 않아 점심도 못 먹었는데 할아버지께서는 낮에 500원짜리 동전을 영훈이에게 주시며 맛있는 걸 사먹으라고 했습니다. 영훈이는 그 돈으로 문방구에서 100원짜리 과자를 다섯 개 사서 먹었는데 지금은 너무나 배가 고픈가 봅니다.

영훈이 이야기를 들은 아줌마는 영훈이에게 떡볶이와 어묵을 싸주며 집에 가서 할아버지와 함께 먹고 급식을 하지 않는 토요일 점심 때 오면 떡볶이를 또 준다고 오라고 합니다. 추워서 빨갛게 된 영훈이 얼굴에 봄이면 산동네에 늘 피던 배꽃이 바람 찬 날에도 피어났습니다.

영훈이를 보내고 한참 바쁜 아줌마는 정신이 없어서 손님들이 먹던 자리를 치우지도 못했는데 꼬마 손님들이 한 무리들이닥치더니 그 가운데 한 아이가 아줌마에게 묻습니다.

"아줌마, 이 꼬진 카드 누구 거예요? 아줌마가 주웠어요?"

옆에 서 있던 아이들도 자기네들은 거들떠보지도 않는 카드를 집어들고 낄낄거리며 웃습니다. 영훈이는 아까 약속했던 대로 떡볶이 값으로 카드 두 장을 놓고 간 것입니다. 아줌마는 영훈이가 올라간 산동네 쪽을 한참 바라보더니 카드 두 장을 집어들어서 돈을 집어넣는 앞치마 주머니 속의 지폐와 지폐 사이에 넣어두었습니다.

집에 돌아온 아줌마는 일곱 살짜리 딸 나래에게 말해줍니다.

"엄마는 오늘, 엄마가 떡볶이 장사를 시작한 이후에 가장 많은 돈을 벌었단다." 하고 말해주자 나래는 눈을 동그랗게 뜨더니 묻습니다.

"엄마, 얼마 벌었는데요? 100만 원이요?"

나래는 세상에서 100만 원이 가장 액수가 큰 돈인 줄 알거든요. 아줌마도 아까 영훈이 얼굴에 피었던 배꽃처럼 활짝 웃으며 대답했습니다.

"아니, 200만 원!"

| 송영애 떡볶이 가게 운영, 2007년 3월 |

운산리
어머니 한글 교실

"해봐."

"단이는?"

"내가 보면 되지, 또 뭔 수가 안 생기겠나? 하다 보면 다 되
게 돼있다."

남편이 어머니들 한글 배우는 데 떼밀면서 하는 말이었다.
나도 내심 한번 해볼까 했는데 돌도 안 된 단이 걱정에 하겠
다고 선뜻 나서질 못했다. 그런데 남편이 적극적으로 단이를
보겠다고 나서니(흔치 않은 일이다.) '그래? 그럼 한번 해보지
뭐.' 하는 마음으로 시작했다. 아기를 떼어놓고는 처음 하는
일이다.

아기를 남편에게 맡기고 홀홀 걸어가는 산뜻한 찌릿함을

만끽할 수도 있고, 얼굴만 익은 마을 분들께 '저 여기 삽니다.' 하고 확실하게 알릴 수도 있어 나에게는 더없이 좋은 일이다. 더욱이 내가 이틀을 나가고 선희 씨가 사흘을 나가기로 해서 부담없이 할 수 있게 되었다. 물론 이것도 농한기라 할 수 있는 일이다. 봄이면 남편이 똥줄 빠지게 바빠질 터라 엄두도 못 내지만 아직은 남편이 아기를 볼 수 있는 짬이 있어서 가능한 일이다. 하여간 이렇게 시작한 운산리 한글 교실은 기대했던 것보다 훨씬 재미있다.

어머니들은 'ㄱ ㄴ ㄷ'도 모르는 분, 'ㄱ ㄴ ㄷ'은 아는데 읽을 줄 모르는 분, 읽기는 하는데 쓸 줄 모르는 분, 받침 쓰는 게 어렵다는 분, 어머니들 말대로 '여러 찔'이었다. 하지만 다들 제일 모르는 분한테 맞춰서 배워야 한다고 입을 모으셨다.

어머니들과 공부를 하다 보면 가끔 노래도 나오고 마을 화젯거리도 나온다. 처음엔 "뭣한다고 나가꼬(낳아서) 핵교도 안 보냈나 몰러." 하고 돌아가신 분 원망도 하시면서 부끄럼도 비치시더니 다음 날부턴 편하게 말씀하신다.

"아, 그놈이 우리 마늘밭을 다 밟아놨어."

"그래? 여즉 못 잡았어?"

"아따, 워치케나(어떻게나) 빠른지 못 잡것드라고."

이때쯤 되면 잔뜩 궁금해진 나도 끼어든다.

"산에서 맷돼지 내려왔어요?"

"아니, 사슴. 중산리 사슴이 여기꺼정 왔당께. 그놈 잡을라고 난린디 여태 못 잡았당망."

"아, 이제 그만하고 공부혀!"

그래도 이야기는 계속 이어진다.

"마취해서 데려간당망."

"○○떡(댁) 손들고 서 있어."

"나? 나는 말시켜서 대답만 혔어."

귀엽고 재밌다. 얘기를 더 듣고 싶은 맘을 억지로 누르고, 운을 뗀다.

"그럼, 다시 할게요. 자, '노'자 들어가는 말이에요. '노~루~.' 다 같이 따라하세요. 노루."

"(다 같이) 노루."

"노루"(나중에 따로 하시는 분이 있게 마련이다.)

그 사슴은 며칠 뒤 마취주사로 비틀거리게 하여 남편을 포함한 장정 서너 명이 농장 우리에 겨우 넣었다고 한다.

"오늘은 ○○가 공부 열심히 한다고 격포에서 밥 사줬어."

"아, 열심히 한다고 사줬간? 열심히 하라고 사줬지!"

"그려. 맞어 맞어. 어서 공부허자고."

한글 공부가 소문이 퍼져 샘이 난 지동리 할머니들도 시작한다고 하고, 면장도 찾아와서 라면과 사탕을 넣어주며 큰절을 올리니 어머니들 기분이야 그야말로 '지화자 좋을씨구'

다. 자연스레 따라 읽는 목소리도 우렁차다.

수업이 끝나면 어김없이 먹을 것을 내오신다. 떡이며 유과, 부침개, 누룽지. 마을회관에 날마다 한 분씩 돌아가며 참거리를 해오시는 것 같다. 다 같이 나누어 먹으면서 긴긴 겨울날을 함께 보내려고 해온 음식을 기어코 먹여서 보내신다. 내가 먹는 둥 마는 둥 하면 "미안해서 못 먹는감망. 남편이랑 애기 주라고 좀 싸줘!" 하신다.

"아니에요. 그냥 갈게요."

"아녀, 가져가."

말이 떨어지기 무섭게 한 분이 벌떡 일어나 비닐봉지를 가져와 이것저것 싸서 손에 쥐어주신다.

"아이고, 그럼 잘 먹겠습니다."

"그려, 그려."

"그럼 가보겠습니다."

"그려, 욕봤네."

"욕봤어."

"추운디 꼭 싸매고 가."

한 분 한 분 다 말씀으로 배웅하신다.

| 김경선 변산공동체 마을 주민, 2007년 4월 |

벌
이사하기

태어나 지금까지 도시에 발붙이며 살던 삶을 접고 우리 부부가 직접 손으로 농사지어 먹고살기로 하고 시골로 내려온 지 두 달째다. 우리가 가진 건 네 마지기 논과 밭 조금. 흙과 풀에 기대어 우리 먹을거리나 조금 얻는 농사를 짓자고 했다. 이웃 어른들은 틈만 나면 논이고 밭이고 비료 안 주고 농약·제초제 안 뿌리면 아무것도 되지 않는다고 걱정을 하신다. 우리는 논과 밭에 비료나 농약, 제초제는 전혀 하지 않기로 생각을 모았지만, 밭에 함께 갈 때마다 심어놓은 씨앗 주변의 풀이라도 뽑아주려는 나와 조금 더 자라면 베어서 눕히면 된다는 남편과 아직도 실랑이가 끊이지 않는다. 우리 농사를 풀과 흙에게 어디까지 맡겨야 할지는 조금 더 두고 볼

일이다.

얼마 전 우리에게 농사 말고 할 일이 하나 더 생겼다. 우리 집은 벽돌 슬라브 집인데, 대문과 담벼락 틈바구니에 벌이 살고 있다. 지난해부터 그곳에 벌이 살고 있는 줄은 알았지만 양벌이 아니라 참벌(이곳에서는 토종벌을 참벌이라고 한다.) 이기도 하고 나름대로 잘 살고 있는 목숨을 없애기가 좀 그래서 그냥 두었다. 겨울을 못 나겠지 했는데 겨울을 넘기고도 살아남아 이웃 분들한테 파리약을 뿌려 없애네, 농약을 치면 없어지네, 혹은 꿀을 먹으려면 벽을 뜯어내네, 담을 헐어내네 하며 말깨나 듣고 있는데 얼마 전 어느 맑은 날 분봉을 한 것이다.

마침 날이 좋아 둘이서 뒤란을 정리하던 중이었다. 문득 보니 벌들이 담벼락 틈에서 다 나온 것처럼 붕붕대며 대문 둘레에 가득했다. 처음엔 왜 그런지 모르고 행여 쏘일까 싶어 집안으로 숨기도 했는데 나중에 보니 앞마당 감나무 가지에 벌들이 기다란 혹처럼 한 덩어리로 매달려 있었다. 마침 경운기를 몰고 일 나가시는 옆집 아저씨를 불러 도움을 청했다. 아저씨는 멍석을 고깔처럼 말아서 꿀까지 발라 가져오시고 아주머니는 벌 쓸어담는 데 쓴다며 쑥을 빗자루처럼 묶어 오셨다. 아저씨가 사다리를 놓고 감나무 가지에 올라 고깔 안으로 벌들을 유인해 쑥 빗자루로 쓸어담았다. 이때 "두레,

두레"라고 말하는 거라고 했다. 분봉할 땐 어지간히 놀래게 하지만 않으면 쏘지 않는다고 했다. 벌들이 들어있는 고깔 아래로 벌통을 세 칸 놓았다. 맨 아래 칸엔 벌들이 드나드는 문이 있는데 아직까진 고깔과 벌통 사이로 벌들이 다닌다. 벌들이 안정되었을 때 멍석 아랫부분을 조금 자르고 벌통과 붙여서 틈을 흙으로 메워 붙여주면 벌들이 맨 아래 칸 문으로 다닐 것이라고 했다. 예전에 벌을 키워본 경험이 있으신 분들이라 가지고 있던 벌통도 빌려주시고 한 번 분봉하면 서너 번까지도 나온다며 잘 키워보라 하셨다. 그렇게 갑작스레 벌통을 받아놓고 아침저녁으로 벌들이 드나드는 걸 보니 뿌듯한 마음이 들었다. 이웃 분들은 이사 오자마자 벌통도 들이고 좋은 일이라며 축하해주셨다.

그렇게 엉겁결에 벌통을 들이고 열흘 정도 지났을까. 비온 다음 날 아주 이른 아침이었다. 벌들이 소란스러웠던 것도 못 보았는데 감나무 가지에 또 벌 한 무더기가 붙어있는 것을 발견했다. 이전처럼 옆집 아저씨가 멍석을 고깔처럼 말아 오셔서 벌들을 유인해 쑥 빗자루로 쓸어담았다. 나는 부지런히 벌통을 빌려오고, 이웃 아저씨 한 분과 남편은 벌통에 먼지를 털고 임시로 드나들 문틈을 만들고 이번엔 고깔에 있는 벌들을 통에 그대로 털어 넣고 뚜껑을 닫았다. 그렇게 한바탕 소동을 하고 도와주신 아저씨와 아주머니도 가시고 한 두어 시간 지났는데 두 번째로 받은 벌통에서 벌들이 쏟아져나와 다시 감나무 가지에 한 덩어리로 붙었다. 우리는 "아, 이번 벌들은 그 집이 마음에 안 드나 보다." 싶으면서도 그럼 어쩌나 걱정이 앞섰다. 그런데 벌통을 열어보니 새로 받은 벌통에 주먹만 한 벌무리가 그대로 남아있는 거였다. 그럼 이놈들이 두 무리가 나와서 또 나뉘는 건가, 아니면 그 안에서 반란이 일어났나 헷갈렸지만 우선 나와서 나무에 붙어있는 벌들을 받아야 했다. 두 번이나 보았으니 혼자서 한번 해보겠다며 남편이 고깔 멍석을 챙겼다. 내가 옆집에서 새로운 벌통을 몇 개 가지고 오니 남편은 고깔 멍석을 들고 엉거주춤 감나무 가지에 다리를 걸치고 서서 벌들을 향해 두레 두레 외치며 쑥 빗자루를 흔들고 있었다. 그 모양새는 조금 우스웠지만 어째 벌들이 쉽게 고깔 멍석 안으로 들어갔다. 다시 새로운 벌통에 벌들을 털어 넣고 뚜껑을 닫고 나니 벌들은 금세 적응을 하는지 새로운 문으로 드나들기 시작했다. 갑자기 벌통이 두 개에서 세 개로 늘어나는가 했는데 그러고 나서 조금 뒤 오늘 처음 받은 벌집에 남아있던 벌들이 모두 나와 새로 받은 벌집으로 옮겨갔다.

이웃 분들은 또 말한다. 설탕을 끓여 빠져죽지 않게 나뭇가지나 스티로폼 같은 것을 띄워 먹이로 줘야 꿀도 많이 따고 겨울도 날 수 있다고. 하지만 우린 밭에 아무것도 안 한 것처럼 벌들에게도 설탕물을 주거나 할 생각이 없다. 시멘트 블록 사이에서도 겨울을 난 녀석들이니 알아서 먹을거리를 장만할 거라 믿는다. 꿀이야 뭐, 우리는 먹어도 그만 안 먹어도 그만 이니까.

아직도 담벼락 사이엔 벌들이 붕붕댄다. 어느 맑은 날 또 한 번 뭉쳐 나오는 벌들을 볼 수 있을지 모르겠다.

| **양은선** 귀농자, 2007년 7월 |

우리 집이
가난하다고 느꼈을 때

엄마의 잔업

문승현

"엄마 왔다."

"다녀오셨어요?"

"무슨 잔업을 그렇게나 오래 하노."

엄마는 녹산공단에서 날마다 밤 10시까지 일을 하신다.

용광로에서 나온 주물들을 식힌 다음 그걸 옮기는 일이다.

엄마는 하루가 다르게 몸에 피멍과 멍들이 늘어난다.

그렇게 엄마가 한 달 일해서 버는 돈은 고작 60만 원.

아빠는 엄마의 그런 모습을 안타까워하며

당장 그만두라고 버럭 화를 낸다.

그래도 엄마는 날마다 잔업을 하고 늦게 들어온다.

8월

김동진

우리 아버지는 목수
우리 엄마는 학교 식당 직원

해마다 다가오는 8월
비만 한없이 내리는 장마
기다리고 기다리던 방학이 있는 달

내가 기다리는 8월과
우리 부모님이 무서워하는 8월

해마다 우리 엄마 하는 말
"일하러 갈 땐 아무렇지 않은데
집에만 있으면 온몸이 쑤시네."

어차피 일 못 나가는 거
그냥 맘 편히 한 달만
8월만 푹 쉬지….

내 주머니엔 동전 몇 개

김종용

친구들과 만날 때 항상
내 주머니엔 동전 몇 개

15평 안 되는 집에
아빠, 형, 나, 엄마, 할아버지
집으로 가서 엄마한테 한마디 했다.
"엄마 돈 좀…."

대답 없으신 엄마는 전화 중이었다.
이번이 마지막이니 100만 원만 빌려달라고….
꽉 잠긴 목소리로
"꼭 갚을게…."

관리비

김대범

집으로 한 아저씨가 찾아오셨다.

"관리소장입니다."

"무슨 일이세요?"

"관리비가 두 달이나 밀렸거든요.

이번 달도 밀리게 되면 절대 안 됩니다."

지로 용지에 적힌 금액은

35만 원.

얼마 뒤 엄마가 오셨다.

"엄마, 이거."

"어? 그래."

말없이 방으로 들어가시고

통장을 찾으신다.

통장에 찍힌 돈은

5만 4천 원.

엄마는 눈물을 흘리고 계셨다.

| 경남공업고등학교 3학년 학생들, 2007년 10월 |

우리들 이야기

아버지의 눈물

정무송(경남공업고등학교 3학년)

중3 겨울방학 때 고등학교 등록금을 내야 했다.
이틀인가 사흘인가밖에 시간이 없었다.
그때 아버지는 일도 없었고 돈도 한 푼 없었다.
내가 막 돈 내야 한다고 떼쓰니까
아버지도 여러 곳 수소문해보셨다.
40만 원 정도였던 거 같다.
고모들도 돈이 없다고 했고
아버지 친구 분들도 없다고 한 거 같았다.
그런데 마지막 날에 아버지가 돈을 구해오셨다.
난 어떻게 구해오셨냐고 묻지도 못했다.
그냥 은행에 냅다 입금하고 땡이었다.
가끔씩 아버지가 술 한잔 드시고 얘기하시는데

그때 아버지가 하소연을 하며 눈물을 보이시니까

그 가게 아줌마가 빌려줬다고 한다.

나는 다시는 그 소리 하지 말라고 한다. 쪽팔린다고.

돈 빌린 거보다 아버지가 눈물을 보였다는 게 더 쪽팔린다.

그때부터 아버지가 작아 보이기 시작했다.

아침 조회

한준연(광동고등학교 3학년)

아침 8시 10분. 교실 자리에 앉아있는데 방송이 나온다. "교실에 있는 학생들은 모두 운동장으로 나오세요." 어제 담임선생님께서 말씀하신 아침 조회다. 어젯밤 11시까지 야간자율학습을 하고 늦게 잠이 든 아이들은 짜증스런 얼굴로 신발을 든다. 모든 아이들이 운동장에 모이고 아침 조회는 시작된다. 교장선생님 말씀이 시작되었는데도 훈화에는 관심이 없다는 듯이 땅의 흙을 모으고, 또 어떤 아이는 몇 줄 건너선 아이와 돌을 던지며 의사소통을 한다. 그러면서 교장선생님의 말씀은 끝이 난다. 오늘도 아침 조회시간에 무슨 말이 있었는지 머릿속에 남지 않는다. 그리고 우리는 초등학교 때부터 지금까지 한 번도 아침 조회에 귀 기울인 적 없다.

주민등록증

원준연(광동고등학교 3학년)

오늘 드디어 주민등록증을 만들러 읍사무소로 간다.

통지서는 6개월 전에 받았는데, 게을러서 미루다 미루다

벌금 내기 무서워서 오늘 신청하러 간다.

며칠 전에 찍은 따끈한 사진과 함께

나는 읍사무소로 간다.

집에선 잘 몰랐는데, 문을 여는 순간 어른이 된 기분이다.

번호표를 뽑고 내 차례를 기다렸다.

기다리는 동안에 우리 학교 친구들이 눈에 보인다.

나처럼 주민등록증을 만들러 온 아이들과

미리 만든 것을 찾기 위해 들어온 아이들이 눈에 보인다.

드디어 내 차례다.

안내하는 누나의 말을 따라서 열 손가락 손도장을 다 찍었다.

그리고 15일 뒤에 오라는 말과 함께

나는 읍사무소 밖으로 나왔다.

나는 변하지 않았는데, 세상은 벌써 나를 성인으로 보고 있다.

대명아파트 101동 1405호

작지만 아담한, 우리 가족 전세 사는 대명아파트 101동
1405호
1시에는 12번 울고
11시에는 10번 우는
우리 집 모자란 뻐꾸기시계가 11번 울어야
아버지 어머니 발소리 저만치 문 앞에서 들려오고
후다닥 뛰어나가 문을 연다.
일터가 음식점인지라 칼에 손이라도 베이지 않으셨을까
괴상한 손님에게 아버지 믿고 화내시는 어머니
그 마음 알면서도 그 손님 입방아에 다른 손님
우리 가게 안 올지 몰라 어머니 말리는 아버지
그런 생각하다 아버지 어머니 환하게 웃으며 들어오시면
먼저 들어오신 어머니 꽉 한번 안아드린다.
뒤따라 들어오시는 우리 아버지 한때 잘나가던 운동선수
그런데 매일같이 밀려 들어오는 점심 저녁 배달에 어느새
아버지 어깨는 축 처지고 손은 거칠어져
사십 중반이 훌쩍 넘어버린 아버지 나이가 실감난다.
축 처진 어깨, 거칠어진 손 따라 검지손가락에는

그래도 고3 아들이라고 간식으로 빵 좀 사오셨다며
검은 봉지 하나 건네신다.
아버지, 어머니, 누나, 나, 온 가족 모이면
뻐꾸기가 12번 울 때까지 떠들다
아랫집이 울린 우리 집 인터폰 소리에 서로들
잘 자라며 각자 방으로 들어가버린다.
'피곤에 지친 사람들, 우리 아버지 어머니…'
공부하다 간간이 들려오는 아버지 코 고는 소리
예전만 같아도 그 소리에 못 참겠다며 뛰쳐나오시던 어머니
20년 우리들만 바라보고 같이 살아오셨다고
이제는 아버지 모자란 장단에 빈틈 채워넣으신다.
가만히 앉아서 아버지가 주신
검은 봉지 안 과자 하나 뜯어 먹다 잠들어버리면
우리 집 뻐꾸기는 다음 날 아침 6번 울고
빈집 지키다 11번 12번 더 운다.
작지만 아담한, 우리 가족 전세 사는 대명아파트 101동
1405호.

| 경남공업고등학교·광동고등학교 학생들, 2007년 11월 |

쓸모 많은
남자 어른

아침에 일어나자마자 밥 먹을 준비를 하고, 세탁기에 빨래를 넣었다. 하필이면 검정 빨래들……. 빨래까지 다 하고 가면 너무 늦을 것 같아 아들에게 세탁기 빨래가 끝나거든 모두 꺼내서 흐르는 물에 한 번 더 헹궈서 널라고 부탁을 해놓고 친정으로 갔다.

미숙이네 식구들이 먼저 와서 진을 치고 있었다. 배추는 이미 씻어져 건져 놓여 있었다.

"아이고, 제부가 벌써 다 씻어 놓았구려~." 하고 농담을 치며 들어서니 "아침 7시부터 가자고 해도 마누라가 능장을 부려 억울하게도 제가 못 씻었어요." 하고 받아친다.

칼이 하나밖에 없다며 엄마 혼자 무채를 썰고 있었다. 올케가 앞집으로 칼을 빌리러 갔는데, 자기네도 써야 한다며 빌려주지 않는다기에 온 식구가 한바탕 욕을 해주고 올케에게 칼을 두 개나 사오게 했다. 나중에 열한 살 난 조카아이까지 끼어드는 바람에 고무장갑이 모자라자 장난기 많은 제부가 "앞집에 가서 고무장갑 빌려달라고 하면 고무장갑 끼고 칼 씻어야 해서 안 된다고 할 거야." 하고 말해서 한바탕 웃었다.

칼 세 개로 제부, 미숙, 나는 채를 썰기 시작했다. 엄마가 막걸리를 한 잔씩 따라주어 건배를 했다. 술 마시면 칼이 비껴나가 제대로 채가 썰어지지 않을 거라 했더니 제부는 "요거이 채썰기에 기름칠 하는 거예요~"로 받는다.

무를 두어 개 썰고 나니 속도감이 붙는다.

그런데…….

제부가 제일 잘, 제일 많이 썰었다.

김장에서 제일 힘든 것이 배추 절이기와 씻기라면, 정말 힘이 필요한 것은 배춧속 버무리기일 것이다. 역시나 자신의 장기라며 제부가 고무장갑을 낀다. 일단 시작하면 화장실을 못 가니 화장실부터 다녀오라는 동생의 말에 "바지 앞에 고춧가루 양념 묻히면 되지 않겠느냐?"고 농을 치자 "벌써 다녀와서 손까지 씻었다"고 한다. 다 버무리고 나더니 고무장갑에 묻은 양념 닦게 배추를 하나 달라고 한다. 음……, 고수다.

우리가 배추에 속을 넣는 동안에 제부는 배추 뿌리를 잘라 내서 우리에게 건네준다. "어허~ 속도 봐라. 배추가 줄지를 않네"라는 말에 우리는 열심히 배춧속을 넣었다.

"어허~ 속도 봐라. 꼭지 자른 배추 빨리 주세요." 하고 딸아이가 말하자 "내가 논 줄 아니? 나도 바쁘게 움직이고 있었다구. 얘에가 날 허당으로 보네~." 하면서 잘라서 쌓아놓은 배추를 왕창 가져다준다. 우리가 정신없이 속을 넣고 있을 때, 다른 소쿠리에 꼭지를 잘라서 담아놓았던 거다. 음…… 진정한 프로다.

중간에 돼지고기 삶은 것을 썰어내서 배춧속 넣는 각자의 그릇 한 쪽에 넣어주며 알아서 싸먹으라고 했더니 "아이고~ 가끔 김장 김치에서 돼지고기 나오겠네~." 하고 제부가 말해서 웃음.

제부가 아이들의 짱구 과자를 한 봉지 빼앗아 일하는 여인네들 입에 하나씩 넣어주니 모두들 맛있어 하였고, 금방 동이 났다. 모두들 더 먹고 싶다고 하니 제부가 나가서 짱구를 세 봉지나 사왔다.

"아이고~ 김장 김치에서 짱구도 나오겠네." 하고 농을 치니 "반쪽짜리만 아니면 된다." 하고 받아 또 웃음.

내가 심부름하느라 왔다갔다했더니 동생이 커피를 먹고 싶다고 한다. "커피 마실 사람?" 하면서 수를 세고 있자니 "저는 다방 커피로 주시고요. 내가 낼 테니 한잔 드세요~." 하고 농을 친다. "그럼 난 쌍화차~." 내가 콧소리 넣어 받아쳤더니, "대신 내 옆에 앉아서 드세요." 하고 한술 더 뜬다.

전자오락기를 하나 가져와서 아이들이 가지고 노느라 조용하더니, 한참 후에 시간을 어겼다며 싸움이 벌어졌다. 제부가 "너희들이 싸우면 내 입장이 곤란해진다"고 소리치며 방으로 들어간다.

가위바위보 소리가 들리고 순서를 다시 정하는 소리가 들리더니 제부가 전자오락기를 들고 나온다. 일단 싸웠기 때문에 벌로 자신이 30분간 해야 한다나 뭐라나. 제부가 움직이는 대로 다섯 아이들이 꼬리에 꼬리를 문 쥐떼처럼 쪼르르 몰려다닌다. 우린 또 웃음바다.

정말 센스 있고 쓸모 많은 남자 어른이다.

끝없는 농담과 웃음으로 양념이 밖으로 튀기도 하고, 침이 김치 속으로 튀어 들어가기도 했지만 철든 남자 어른 한 사람 덕분에 김장이 힘들지 않고 쉽게 끝났다.

| 이순이 2008년 1월 |

나더러
어쩌란 말이야

생전 처음으로 친구들과 〈열린음악회〉를 보기 위해 즐거운 맘으로 KBS 방송국에 갔다. 남편이 퇴근했을 시간이라 미안한 맘에 집으로 전화를 했다.

"저녁 먹었어?"

"먹었어!"

"고등어는 맛이 어때?"

"고등어 맛이 다 그렇지 뭐!"

내 말이 끝나기도 전에 전화를 끊어버린다.

늘 다정하게만 대해주던 남편이 이상하다. 남편 저녁식사 시간에 나온 거라 미안한 마음도 들고 해서 고등어조림도 해놓고 다른 때와는 다르게 반찬에도 신경을 많이 썼다. 남편의 퉁명스러움이 좀 낯설고 이상한 생각이 들긴 했지만 오래 생각할 것도 없었다. 〈열린음악회〉에서 좋아하는 가수들도 보고 흥겹게 노래도 따라부르며 정말 아무 생각도 못할 만큼 즐거운 시간을 보냈다.

처음으로 간 방송국이라 그냥 오기가 아쉬워 사진도 찍고, 여의도공원에서 친구들과 이런저런 수다를 떨다 보니 11시가 지나서야 집에 돌아왔다. 너무 늦은 시간이라 조심스레 문을 열고 들어왔다. 남편은 소파에 앉아 본체만체하며 텔레비전만 보고 있다. '무슨 일이 있나?' 하는 궁금한 생각이 들었지만 샤워부터 했다. 샤워를 끝내고 옆에 가서 앉았는데 남편이 통지서 한 장을 내밀면서 "이게 뭐야?" 하고 묻는다.

종이를 받아보니 그건 아들 학자금을 대출받은 통지서였다. 그걸 보고 남편이 잔뜩 화가 나 있었던 것이다. 돈 관리를 내가 하는 관계로 남편한테 알리지 않고 아들과 둘이서만 학자금 대출을 받았는데 그걸 남편이 알게 된 것이다.

남편 하는 말이 "죽어라 돈 벌어다 주니까 도대체 집에서 살림을 어떻게 하길래 학자금 대출까지 받는 거야? 저금은 못하더라도 빚은 지지 말아야지 이게 뭐냐?" 하고 나무란다. "옛날에는 더 적은 월급으로도 저금을 하면서 살았는데 지금은 월급을 더 많이 갖다 줘도 빚을 지는 게 말이 되는 거야? 이렇게 나가다는 집까지 다 말아먹겠네." 하며 화를 내고 집을 나가버린다. 가만히 듣고 있으니 어이가 없다.

'아니, 나에게도 말할 기회를 줘야지. 자기만 말하고 나가버리면 어쩌잔 말인가. 나 원 참!' 어떻게 옛날이랑 지금이 똑같을 수가 있단 말인가? 어디 그럼 자기가 한번 돈 관리 해보시지? 그래야 내 맘 이해하려나. 누군 저금 안 하고 싶어 안 하나?

대학 등록금은 2, 3년 사이에 몇백만 원을 넘어버렸고 물가는 하루가 멀다 하고 오르고 집에 가져오는 남편 봉급은 4년째 똑같다. 그래도 난 자기가 허탈해하고 기죽을까 봐 아들 등록금 대출받은 것을 말하지 않은 것인데 그 맘도 모르고 화만 내다니 억울한 생각이 든다. 아낀다고 아끼면서 알뜰살뜰 살림을 하는데도 이런 걸 나더러 어쩌란 말이야.

도대체 뭐가 잘못된 것인지 점점 더 살림살이가 힘들어진다. 남편한테는 안쓰러운 마음이 든다. 그러면서 또 다른 마음으로는 서운하고 화가 나는데 누구한테 화를 내야 할지 답답한 마음뿐이다.

| 정미경 성동 희망나눔 회원, 2008년 8월 |

저 학생
맞잖아요

오랜만에 서울에서 집으로 내려오는 날, 터미널 안내원과 대판 싸우고는 꿀꿀한 기분으로 버스를 탔다. 버스에 타서도 콧김이 씩씩 뿜어져 나온다. 이게 다 그놈의 '학생증' 때문이었다.

영천으로 가는 버스는 학생 할인을 받으면 20퍼센트 정도 더 싸다. 이제까지는 학생증 대신에 청소년증을 통해 할인을 받았는데, 표를 끊으려던 안내원이 학생증을 줘야 표를 끊어 줄 수 있다며 청소년증을 다시 돌려주는 것이 아닌가. 여기까지는 평소에도 자주 있었던 일이고 청소년증에 대해 모르는 사람들도 많은 터라 대수롭지 않게 청소년증은 학생증과 같은 거라고 설명을 했다. 그랬더니 뭐가 됐든 상관없이 학생증을 갖고 있지 않은 학생은 할인을 해줄 수가 없다는 거다. 신분증이 있는데도 어떻게 학생 할인이 되지 않냐며 따졌더니 안내원이 눈을 매섭게 치켜뜨고는 학생증이 없으니 터미널에서 준수하는 할인 대상이 될 수 없단다. 순간 매서운 눈빛에 살짝 겁먹은 나는 갈등했다. 시간도 얼마 안 남았는데 어른 요금 내고 그냥 타야 하나? 그렇지만 내가 먼저 굽히기에는 너무 기가 막혔다.

할인은 나이에 따른 문제니 할인 대상 또한 당연하게 '대한민국 학생'이 아니라 '대한민국 청소년'이 되어야 하거늘, 이건 완전히 어거지다. 슬슬 열도 좀 받고 해서 학교에 다니지 않는 청소년은 그럼 할인도 못 받냐고 물으니 당연한 거 아니냐고 반문한다. 그럼 애초에 학생 할인 제도는 왜 생긴 거야? 게다가 청소년증은 행정기관, 즉 동사무소에서 발급한 것이니 당연하게 법적인 효력이 있는 거 아닌가? 그것을 아무리 설명해도 그런 사적인 거 들고 오지 마시고 학생증 들고 오세요 하며 표를 안 끊어줄 기세다. 시계를 보니 버스 시간도 10분밖에 안 남았고, 더욱이 막차라 놓치면 다음 날 차를 타야 한다. 그래, 끝까지 해보자는 오기 때문에 팔까지 걷어붙이고 침 튀기며 설명했다. 여기 청소년증에 생년월일, 사진 다 나와 있잖아요. 저 학생 맞잖아요. 그러면서 열을 내니 안내원은 뒤에 밀린 줄을 보더니 짜증스럽게 표를 끊어준다. 이번만이라면서 다음부턴 우기지 말라고 못을 박는데 괜히 분하고 억울한 마음만 더 늘었다.

겨우 시간 맞춰 버스에 올라타고 나서도 생각할수록 열이 받는다. 아니, 내가 그깟 할인 때문에 우겼겠어? 나도 엄연히 대한민국에 살고 있는 청소년이다. 당연하게 받아야 할 혜택조차도 학교에 안 다닌다는 이유로 못 받다니.

학교는 우리가 반드시 다녀야 하는 곳이 아니라 선택지다. 교육법에도 명시되어 있는 사실이다. 의무교육이란 것은 우리가 학교에서 반드시 배움을 얻어야 한다는 것이 아니라 국가에서 일정 기간 동안 국민들에게 배움을 받을 수 있는 기관, 공간 들을 제공하는 것이다. 그러니 학교는 반드시 가야 하는 것이 아니라 되도록 가는 게 좋다는 권고일 뿐이다.

무엇보다 겁이 많은 내가 몇십 분을 그 안내원과 씨름할 용기를 준 것은 학교를 안 다닌다는 소리가 나오자마자 마치 무식한 사람 보는 듯한 눈초리였다. 그래도 학교 다닐 때 평균 수준은 되었는데, 학교 안 다니면 다 무식하다는 편견은 좀 버려줬으면 좋겠건만. 이런 얘기를 들으면 대개의 사람들의 반응은 거의 두 가지로 국한된다. 집안 형편이 얼마나 어려웠으면 학교도 못 갔을까 하는 부류와 얼마나 사고를 많이 쳤으면 학교에서도 짤렸겠냐 하고 못마땅한 눈초리를 보내는 부류. 염색을 하고부터는 부쩍 못마땅한 눈길을 던지는 어른들이 많다. 학교에 다니는 애들 중에 나보다 더 불량스런 애, 무식한 애가 없을까.

분한 마음에 핸드폰에 저장되어 있는 친구 번호를 찾아서 자초지종을 문자로 보냈다. 실컷 흉이라도 보고 풀어야지 하는 마음에서였다. 아니나 다를까, 이 녀석에게 문자를 보내자마자 바로 전화가 왔다. 깔깔거리면서 정말 고역이었겠다고 말하는 녀석에게 신세 한탄을 했다. 그래도 자신도 많이 당해봤지만 나처럼 그렇게 표를 끊어줄 때까지 독하게 매달려본 적은 없다며 돈 굳었네 하는 녀석이 얄미웠다. 오죽했으면 내가 얼굴에 철판 깔고 그 많은 사람들을 기다리게 만들면서까지 따지고 들었겠냐.

같은 홈스쿨러들과 얘기하다 보면 이런 경험 정도는 모두 다 가지고 있다. 아는 오빠는 아예 법전에서 청소년증 사용 관련 부분을 찢어서 갖고 다닌다고 하니 말 다 했다. 별 도움은 되지 않겠지만 친구와 실컷 떠들고 나니 기분이 좀 나아졌다. 이제 몇 년 지나지 않아 청소년 시기도 끝날 텐데, '청소년'다운 대접도 못 받아보고 성인이 되면 얼마나 억울하겠는가.

처음 학교를 나올 때의 반응은 정말 장난이 아니었다. 중학교 1학년 때 담임선생님은 2학년 교실까지 찾아와서 상담해준다며 진지하게 생각해보라고 말리고, 외할머니는 기함하

듯 넘어가셨다. 그래도 일단 나온 거, 하고 싶은 거 원 없이 하면서 많은 경험을 해봐야 한다고 밀어준 부모님이 없었다면 정말 지쳤을 거다.

사람들 눈에는 다 똑같이 보이는 것 같았다. 학교에서 선생님에게 불리는 건 내 이름이 아니라 내 번호 7번이고, 똑같은 교복에 매일 아침마다 복장 검사, 소지품 검사. 배우는 건 언제나 교과서 몇 권 달달 외우고 취미 생활도 안 되는 일주일에 한 시간 있는 특활 활동이 전부다. 학교를 다니면서 가장 나쁜 일은 성적이 떨어지는 일이다. 가장 좋은 일은 성적이 오른 일이고, 어른들이 늘 하시는 말씀은 '선생님 말씀 잘 듣고 좋은 대학에 가는 것'이 전부인 청소년기를 보내고 싶지는 않았다. 그래서 나온 것일 뿐인데 남들이 하는 얘기는 판에 박은 듯 똑같다.

가끔씩은 공동체적인 활동도 해야 하고, 남들과 맞추면서 인내하는 법을 배우는 것도 중요한 일이라는 것. 나는 인내도 목표가 있어야 한다. '좋은 대학'을 위해서 하는 인내는 내게 그렇게 중요하지 않다. 내가 되고 싶은 목표도 정하지 못했는데 그 목표를 위한 대학을 어떻게 벌써부터 생각해? 많이 경험해보지도 않았는데 어떻게 남들이 이야기하는 게 가장 이상적이고 좋은 삶이 될 수가 있지? 내가 아직 겪어보지 못한 일들이 많고, 세상은 넓은데 가장 팔팔한 나이에 왜 허리 디스크까지 걸려가며 책상 앞에 앉아있어야 하느냐 이 거야. 이렇게 생각하면서 나온 것은 좋았지만 역시 세상은 무섭다.

어떻게 이 넓은 세상에 나의 위대한 뜻을 알아주는 사람보다 타박 주는 사람이 더 많은 걸까. 지난주에 외식을 하면서도 할머니는 내 손을 꼭 잡고 '좋은 대학' 타령을 하셨다. 아마도 내가 '좋은 대학'을 가기 위해 학교를 나와 열심히 공부를 하고 있는 것이라는 어머니의 둘러대는 말을 철석같이 믿으신 것 같다.

할머니, 어쩌면 할머니가 생각하는 좋은 대학을 못 가게 될지도 모르고, 이리저리 구박만 받는 손녀지만 오늘도 열심히 살아가고 있는 자랑스런(?) 대한민국 청소년입니다.

| **김수민** 홈스쿨링 학생, 2008년 9월 |

제발 제발
다시 들어오지 마라

3월 28일

오늘도 무사히! 저 아이를 아침 8시 25분까지 현관문으로 내보낼 수 있게 해주세요. 적어도 8시 30분까지는 제게 등을 보이며 현관문을 나설 수 있게 해주세요. 그리곤 절대로 현관으로 다시 들어오지 않게 해주세요.

입학한 3주차 첫날, 우리 아이는 기어이 배가 아프다는 핑계로 학교를 결석했다. 지난주 금요일엔 준비물이 틀렸을 것 같다는 불안감으로 집을 나서더니 아니나 다를까 잠시 뒤에 집으로 다시 들어오고 만다. 잘 구슬려 학교까지 데려다 주었는데, 이제는 교문 앞에서 집에 가겠다고 버틴다. 이 상황에서 도저히 어찌할 수가 없어 "그래, 가지 마라." 하곤 집으로 돌아오려고 건널목에서 신호를 기다리는데 반대편에 담임선생님이 서 계신 것이 아닌가! 아이는 결국 집으로 가는 것을 포기하고 울상을 지으면서 학교로 들어가고 말았다.

왜 그렇게 학교에 가기 싫은 이유가 많은지…….

오늘은 가족사진을 학교에 가지고 가야 하는데 인화해놓은 사진이 없었다. 어젯밤에 겨우 컴퓨터에 저장된 사진 중에서 가족이 모두 나온 사진을 하나 찾았는데, 아뿔싸! 둘 다 팬티와 러닝 차림이 아닌가! 간신히 편집을 해서 팬티 부분을 오려내고 출력을 하니 사진이 너무 크게 나왔다. 1학년인 작은 녀석은 사진이 너무 커서 싫다고 하고, 5학년인 큰 녀석은 자신이 러닝 차림이라서 동생이 사진을 가져가선 안 된다고 하면서 한바탕 티격태격한다. 머리가 아파오기 시작하는데, 막내아들 백일 때 가족사진을 찍자고 했는데도 무시하고 잠만 퍼질러 잔 남편이 정말 원망스럽고 또 원망스럽다.

큰아이의 초상권을 존중해 엄마 없는 사진을 가져가라고 하니, 작은아이가 울상을 짓는다. 러닝 차림 사진을 가져가는 것을 반대하던 큰아이가 마음을 접고 가져가도 된다고 양보를 해서 다행히 사진을 출력했다. 밤 10시 30분이 넘어서야 아이들은 잠자리에 들었다.

그런데 오늘 아침 초등학교 1학년인 둘째 녀석은 옷을 다 입더니 학교에 가기 싫은 표정으로 거실에 앉아있었다.

"사진이 커서 가기 싫어?"

"응."

"엄마가 다시 해보는데, 늦었다고 학교 안 가면 안 돼!"

"응."

아이의 대답 소리가 기어들어간다.

부랴부랴 컴퓨터를 켜고 작업을 하는데 사진은 나오지 않고, 결국 둘째 아이는 눈물을 훔치며 8시 31분에 집을 나섰다.

'제발 제발 다시 들어오지 마라! 오늘도 무사히……'

부엌 창 너머로 아이가 잔뜩 웅크린 모습으로 학교에 가는 모습이 보인다. 언제 뒤돌아 집으로 냅다 뛰어올지 모른다는 공포감이 든다. 4월엔 또 어떤 과제가 나에게 주어질지? 무섭다.

4월 11일

오전 8시 45분 전화벨이 울린다. 이 시간에 누굴까? 친정엄마일까? 막내를 안고 젖을 먹이던 나는 한 손으로 아이를 안으며 다른 한 손으로 전화를 받았다. 예상을 깨고 수화기 저편에선 울먹이는 둘째 녀석의 목소리가 들린다.

"어어~엄~마아, 나~아 알림장 안 가져왔어. 지금 가지러 갈 꺼야."

"너 지금 어딘데?"

"학교 문 앞."

그러더니 웬 아줌마의 목소리가 들린다.

"녹색 어머니인데요."

"아, 예!"

"아이를 교실로 데려다 줄 테니 엄마가 알림장을 교실로
가져다주세요."

"아, 예. 알겠습니다."

막내 녀석을 데리고 학교에 가야 하나 순간 고민을 하던 차
에 젖을 먹던 녀석이 어느새 잠이 들었다. 얼른 막내아이를
잠자리에 내려놓고 세수를 한 뒤 집을 나섰다.

3층에 있는 아이 교실로 가려고 계단을 오르는데, 남자 선
생님의 목소리가 들린다. 뒷모습을 보니 교장선생님이다. 계
단을 더 오르니 교장선생님에 가려서 안 보이던 상대의 모습
이 보이는데, 상대는 다름 아닌 우리 집 둘째 녀석이 아닌가!
녀석은 알림장이 올 때까지 교실에 들어가지 않고 버티고 있
었던 것이다.

엄마가 건네준 알림장을 받아들고서야 교장선생님의 손에
이끌려 교실로 들어가는 아이의 모습을 보면서, 저 녀석은
자기 담임선생님은 무섭고 교장선생님은 하나도 어렵지 않
은가 하는 생각이 들었다.

4월 14일

아침 8시 20분인데⋯⋯. 방에서 꼼짝하지 않고 앉아있는 둘째 녀석, 또 무슨 걱정이 있나 보다.

"왜 그래?"

"옷이 더러워서."

어제 잠바에 물을 쏟아 얼룩이 진 것 때문에 그러는 것 같다.

"더러우면 어제 저녁에 말하지. 그럼 엄마가 빨아줬잖아. 지금 말하면 어떡해. 자, 이렇게 지퍼를 열고 가면 가려서 보이지 않아. 거울 한번 봐봐. 그렇지?"

거울을 보더니 마음에 들어 하는 눈치다. 그러고는 신발을 신고 현관문을 잡으며 또 눈물을 훔친다.

"왜 그래? 뭐 잘못 가져갈까 봐 그래?"

고개를 끄덕인다.

"젓가락 때문에?"

또 끄덕인다.

"젓가락 한 짝만 가져가면 돼. 두 짝 가져가야 하면 선생님이 두 개 가져오라고 써 주셔."

그래도 여~엉 반응이 없다.

"너, 선생님이 받아쓰기 공책 가져오라고 하면 한 권 가져갔잖아."

시간은 벌써 8시 30분이 넘어가는데…….

"빨리 가. 엄마 말 믿고 가. 알았지?"

울화가 치밀지만 이 시간은 화를 낼 수가 없다. 그랬다간 오늘 결석이니까. 아이는 그래도 눈물을 훔치며 집을 나선다.

곰곰이 생각을 해본다. 내가 아이를 잘못 키웠나? 왜 이렇게 틀릴까 봐 걱정이 많을까? 학교에서 주는 '칭찬 스티커'에 대한 집착일까? 아이의 성격일까? 아니면 학교가 너무 싫은가?

아무튼 하루 중 이 시간이 노동강도가 가장 심한 시간이다. 전국의 1학년 엄마들, 다 이러고 사나? 아니면, 우리 둘째 같은 아이를 둔 엄마들만 이러고 사나? 하여간 1학년 엄마, 빨리 졸업하고 싶다.

| 강정민 가사 노동자, 2008년 11월 |

횡재

외손녀 다올이를 안고 큰길 건너 슈퍼에 다녀오는 길이다. 아파트 쪽문으로 들어섰다. 한 번도 접지 않은 만 원짜리 한 장이 바람에 굴러다닌다.

'방금 떨어뜨린 것은 아닌 것 같은데 내 눈에 이런 것이 띄다니. 오늘 재수 무척 좋은 날이네. 아니야, 사람을 끌기 위해 돈과 비슷하게 만든 선전용 상품권 같은 것인지도 몰라.'

허리를 굽혀 돈을 주웠다. 만 원짜리 지폐가 확실하다. 아! 녀석이 울고 보채서 먹을 것을 사주러 나왔다가 오늘 횡재를 했네. 돈을 윗도리 체육복 주머니에 넣고 몇 발자국 걸었다. 만 원짜리가 또 보인다. 이거! 오늘 웬일이야. 날아갈 것 같은 기분이다. 또 주우려고 허리를 굽혔다. 그런데 이거 뭐야. 내

주머니에서 3만 원이 떨어진다. '어! 아까 주운 것도 그럼 내가 떨어뜨리고 내가 주운 것 아니야? 낱장으로 넣어두었던 10만 원 말고, 봉투에 담아 넣어두었던 내 비상금 40만 원은?'

정신이 번쩍 든다. 얼른 돈이 떨어졌던 왼쪽 주머니를 내려다보았다. 구멍이 나 거의 절반쯤 빠져나와 있다. 아이고! 잃어버리지 않아 다행이다. 낱장으로 넣어두었던 10만 원을 세어보니 5만 원이 모자란다. 내 주머니에 돈을 그렇게 많이 넣어두었던 것은 다올이 녀석 때문이다.

어저께다. 녀석이 마루에 있던 살림살이를 다 끄집어냈다. 그러다 내 비상금 있는 곳까지 건드려 식구들한테 들켰다. 마땅히 감출 곳을 찾지 못해 잠시 체육복 주머니에 넣어두기로 했다. 그리고는 그대로 며칠을 입고 다녔다.

발걸음을 되돌려 아파트 쪽문 밖으로 나갔다. 사람이 다니는 길에 1미터가량의 간격으로 만 원 짜리 두 장이 보인다. 내 돈이지만 찾았다는 마음에 남의 돈을 줍는 기분처럼 그렇게 좋을 수가 없다. 나머지 3만 원은? 슈퍼까지 가보자. 걸음을 재촉해서 내가 왔던 차도 반대편으로 가기 위해 건널목을 건넜다. 몇 발자국 걸었다. 또 만 원짜리 두 장이 1미터가량의 간격으로 떨어져 있다. 얼른 주웠다. 그래도 만 원을 더 찾아야 한다. 슈퍼 앞까지 갔지만 없다. 내가 떨어뜨린 곳으로 몇 사람은 지나다녔을 텐데 만 원만 잃어버린 것이 다행이다. 다시 발길을 돌려 아파트 쪽문이 있는 곳으로 건너왔다. 바람이 세게 불고 있기 때문에 좀 멀리 날아갔을지도 모르겠다. 아래쪽으로 조금 내려가 보았다. 낙엽만 굴러다닌다. 찾는 것을 포기하고 다시 쪽문 쪽으로 왔다. '혹시! 위쪽으로?'라는 생각에 위쪽으로 2미터가량 올라갔다. 만 원이 보인다. 내가 잃어버린 돈을 전부 다 찾았다. 만약 어두운 밤이 아니고, 날씨가 춥지만 않았더라도 내가 떨어뜨린 돈을 다 잃어버렸을지도 모르겠다. 횡재일까? 아니다, 내 돈 내가 떨어뜨리고 내가 주웠으니까. 아니지, 되찾았으니 횡재는 횡재지.

| **이근제** 부평GM대우 노동자, 2009년 3월 |

누가 그랬어?

무척 덥다. 빙과를 사서 첫째와 둘째아이에게 하나씩 먹게 하였다. 남은 하나는 반으로 잘라서 반은 막내에게 주고 나머지는 내가 먹었다. 삼형제가 얼마나 맛나게 먹는지 온 집안이 다 조용하다. 아, 매일 우리 집이 지금 이 순간처럼 조용하면 얼마나 좋을까? 뭐 이런 실현 불가능한 상상에 빠져 있는데 어느새 빙과 반쪽을 다 먹은 막내가 둘째에게 더 달라고 달려든다. 아이고, 저러다 둘째 얼굴이라도 때리면 어쩌나? 둘째 볼에는 아직도 막내의 손톱자국이 남아있는데…….

"현아, 얼른 일어나. 동생이 때릴지 모르니까." 둘째아인 내 말은 들은 체도 않고 동생에게 큰소리를 친다. "내 꺼야." 둘째가 팔을 돌려서 빙과를 동생 손에서 빼낸다. 화가 난 막내는 손으로 둘째의 얼굴을 때린다. "야! 왜 때려." 둘째는 막내의 손목을 꽉 쥐고 소리친다. 힘이 부친 막내는 입에서 침을 튀게 한다.

아니, 막내가 언제 침 뱉는 것을 배웠지. 분명 형들이 하는 것을 보고 배웠을 거야. 생각이 거기까지 미치자 나도 모르게 갑자기 화가 났다. "야! 누가 애기 앞에서 침을 뱉었어? 도대체, 누가 그랬어?" 내가 큰소리로 둘째아이를 다그쳤다. 막내가 쓰는 싸움의 방법 중 대부분은 둘째아이에게 배운 것이다. 둘 사이의 다툼이 많기 때문에 어쩌면 당연한 일이다.

"난 애기 앞에서 그런 적 없어." 둘째가 억울하단 표정으로 말한다. "그럼, 애기가 저절로 배웠단 말이야?" 내 말을 옆에서 가만히 듣고 있던 첫째아이가 나선다. "엄마, 내 생각엔 애기가 입으로 공기를 '푸우' 하고 내뱉는 것을 따라하다가 침이 나오는 걸 저절로 배운 거 같아."

두 돌이 지난 막내 녀석이 요즘 들어 자주 식구들을 때리고 물건을 집어던진다. 팽이, 나무 블록, 숟가락, 손에 잡히는 대로 던진다. 게다가 팔에 힘이 제법 붙어서 우리들을 맞히기도 한다. 계속 그러다가는 막내아이의 버릇이 나빠지는 것도 걱정이고, 당장은 큰 아이들이 다칠까 봐 걱정이다.

어떻게 이런 행동을 고쳐주어야 할까? 해결 방법으로 떠오른 것이 딱 하나. 화내지 않고 다정하게 대해주는 것이다. 그런데 엄마인 나만 잘한다고 이 문제가 해결되는 것은 아니다. 첫째아이와 둘째아이가 동생을 약 올리는 투로 말하는 것을 고쳐야 하는데, 큰 아이들이 막내 동생을 대하는 태도를 바꾸는 것은 내 태도를 바꾸는 것보다 더 어렵다. 형들이 동생에게 하는 말투를 바꾸려면, 결국 큰 아이들에게 대하는 내 태도도 달라져야 한다. 단기간에 해결될 일이 아니다. 하지만 어쩌겠는가? 엄마인 내가 노력을 해야지. 막내를 '버릇없는 늦둥이'로 만들 수는 없으니까 말이다. 마음을 다잡고 오늘부터는 칭찬할 거리를 찾아서 칭찬을 해야지 하고 작정하였다.

빨래를 널려고 세탁기에서 빨래를 꺼냈다. 막내에게 꺼낸 빨래를 베란다 쪽으로 옮겨달라고 했다. 아이는 빨래 세 개를 옮겨주었다. 좋았어. 지금 필요한 것은 바로 뭐? 그래, 칭찬이다. "와우, 이 빨래 누가 옮긴 거야? 누가 그랬어?" 하고 물으니 쑥스럽다는 표정을 지으며 아이가 둘째손가락으로 자기 배를 누른다. 그런데 이 모습은 처음 보는 모습이다.

내가 얼마나 많이 아이에게 "누가 그랬어?"라는 질문을 했었는데, 손가락으로 자신의 배를 누른 적은 처음이다. 막내 아이가 말귀를 알아들으면서, 아이가 잘못했을 때, "누가 여기다 오줌을 쌌어? 누가 그랬어?" 하고 물으면 학교 가서 집에도 없는 형들이 했다며 현관문을 손으로 가리켰다. 그 뒤로는 내가 "누가 그랬어?" 하고 묻기만 하면 자동으로 형들을 가리켰다. 그래서 '이 녀석 너무 무책임한 거 아닐까?' 하는 생각도 했는데, 아이가 문제가 아니라 내가 문제였다. 엄마인 내가 아이가 칭찬받을 일을 했을 때는 "누가 그랬냐?"고 묻지를 않고, 잘못했을 때만 나타나서 누가 그랬냐며 따졌다는 것을 이제야 깨달았다.

큰아이와 작은아이, 남편이 들어올 때마다 나는 큰 아이들과 남편을 불러놓고 막내에게 물었다. "윤아, 아까 누가 엄마 빨래 다 옮겨줬지? 누가 그랬지?" 막내는 나와 남편, 큰 아이들의 얼굴을 쳐다보고는 둘째손가락으로 자기 배를 쑤욱 누른다. 쑥스럽지만 뿌듯하고 행복한 표정으로.

"누가 그랬어?"라는 질문의 두 가지 쓰임새 중에서 나는 그것을 책임 추궁할 때만 썼던 것이다. 그래, 이제라도 열심히 칭찬에 써야겠다. 세 아이의 육아 연수(나이)를 다 합치면, 내 육아 경력은 만 22년이 넘는다. 그런 내가 "누가 그랬어?"라는 말을 이제야 칭찬으로 사용하다니. 아이들에게는 너무 미안한 마음이 든다.

| **강정민** 초6·초2·두 돌 된 삼형제의 엄마, 2009년 9월 |

이러다 고자 되는 거 아냐

노동변호사로
산다는 것

저도 이제 마흔이 되었습니다. 마흔이면 불혹이라 하여 흔들리지 않는 삶을 살아가야 하는 것 같은데, 저는 그렇게 살지 못하고 있습니다. 분노와 좌절이 늘 삶의 일부분이 되어서 요동치는 세월을 보내고 있으니 말입니다.

저는 '노동변호사'라고 자칭하면서 그런 정체성을 가지려 하고 있습니다. 노동변호사라? 인권변호사와 무엇이 다른 것이기에 굳이 노동변호사라고 하는지 묻는 사람도 있습니다. 별반 차이가 있을 턱이 없습니다. 노동 인권도 인권의 한 종류이니 무엇이 그리 차이가 있겠습니까. 그러나 저에게는 굳이 구분할 현실적인 이유가 있습니다.

흔히 노동 문제를 이야기하면 노동조합 또는 노동계급 이

기주의에 빠져 있는 것이 아닌가 질타를 많이 합니다. 특수한 계급의 문제를 보편으로 끌어올리고 환경, 여성, 장애인, 성 소수자 문제에 대해서는 관심이 없거나 계급 이익에 부합하는 한도 내에서 연대한다고도 합니다. 더구나 노동계급 내에서 정규직과 비정규직 노동자 문제에 대해서조차도 '그들만의 노동운동'이라고 합니다. 할 말이 없습니다. 진실인 면이 있기도 합니다. 그런데 인권변호사라고 불린 것 때문에 국회의원 되고 대통령이 된 사람이 이런 식으로 하는 말에는 전혀 동의하지 않습니다. 정말 '그들만의 언어'라고 생각합니다.

전 귀가 들리지 않은 적이 있습니다. 2년 전의 일이었습니다. 노동조합이 생겼는데 복수노조라고 자본가는 대화를 하지 않았습니다. 업무방해라며 형사 고소하여 조합원들이 처벌받았습니다. 그래서 복수노조가 아니라고 주장을 하면서 소송을 한 적이 있습니다. 1심에서 졌습니다. 80여 명에 이르는 조합원들이 순간에 모두 나가떨어졌습니다. 귀가 들리지 않을 정도로 도무지 승복할 수가 없는 재판이었습니다. 그러나 현실은 그렇게 갔습니다. 한참 세월이 흘러서 승소했지만 아무 소용이 없었습니다. 이미 현실은 종결되었습니다. 저는 그저 아무런 힘없는 변호사, '노동' 변호사에 지나지 않는 사람이었습니다. 그래서 지리산에 갔습니다. 안식처였습니다. 산을 오르면서 참회를 하였습니다. 아직도 귀에서 이상한 소리가 들립니다.

어느 날 한 사업장에서 가서 한참 파업을 선동한다는 것이 전 집행부를 본의 아니게 욕을 한 모양입니다. 나중에 사람들이 찾아왔습니다. 저한테 항의했습니다. 그리고 뒷말이 무지 재미있었습니다. "골목 돌아갈 때 조심하라"고. 아직도 골목길은 무섭습니다. 할 말을 하는데 우리 편이라고 생각하는 사람들로부터 협박을 받는 노동변호사가 정말 좋습니다.

어떤 사업장에 파업이 일어나고 집행부에 있던 사람들이 구속되었습니다. 1심에서 모두 실형을 받았습니다. 실형을 선고한 재판장은 노동조합에 대한 소신이 분명한 정신병자였습니다. 그러나 실형 받은 사람들은 그렇게 생각하지 않았던 모양입니다. 2심에서는 우리에게 지급한 선임료의 열 배가 넘는 변호사를 애써 찾아 '샀습니다'. 판매를 당한 그 변호사는 정말 잘(?) 변호를 해서 모두 집행유예로 석방시키고 석방 보수금을 또 받았습니다. 저는 그저 웃었습니다. 싸구려 '노동변호사'가 저는 정말 좋습니다.

| **박훈** 변호사, 2005년 1월 |

급식일 하는 아줌마가
무슨 택시를 타고 다녀!

내가 학교 급식일에 몸담은 지 벌써 12년 5개월이다. 1992년 6월 14일, 아직도 날짜까지 기억하는 그날에 일을 시작했다. 처음 일을 시작할 땐 너무 힘들어서 다시는 못할 것만 같았다. 결혼 전에는 직장 생활을 해본 적이 없어서, 일하면서 정말 모든 게 적응이 안 되었다. 출근시간 5분만 늦어도 영양사 선생님이 늦었다고 시간 지키라는 말에 "알았습니다." 하고 아무 말도 없이 대답만 했지만, 속으론 좀 늦으면 어때 하고 중얼거렸다.

하지만 한 달 두 달 다니다 보니 직장이 어떤 곳인지 점차 적응이 되어가는 것 같았다. 하지만 지금까지 적응이 결코 안 되는 건 습기와 열기에 푹푹 찌는 주방에서 모자에 고무장갑에 장화, 장갑까지 몇 겹을 껴입고 그 힘든 형편 속에서 일하는 급식 조리사는 그만큼의 대우를 못 받는 것이다. 10년 넘게 급식일을 하면서 내 손은 어느새 울퉁불퉁해지고, 날마다 무거운 식재료를 나르고 몇백 명이 먹을 음식을 하다 보니 어깨, 허리 아프지 않은 곳이 없을 정도다.

그런데도 우리는 같은 곳에서 일하는 사람들에게조차도 제대로 대접받고 있지 못하다. 예전에 남편이 개인택시를 갖고 있어서 어느 날인가 남편이 내 퇴근시간에 맞추어 택시를 몰고 학교에 왔다. 우리 급식 조리사들이 남편 택시를 타고 나가려는데 마침 한 선생님이 차를 끌고 들어오려 했다. 선생님께 조금만 양보해달라고 했더니 "급식일 하는 아줌마가 무슨 택시를 타고 다녀!" 하고 버럭 소리를 지르는 게 아닌가. 도저히 전처럼 "네, 알겠습니다"는 말이 나오지 않았다. 아니, 할 수 없었다.

나 자신을 위해서, 천진난만하게 학교 운동장에서 뛰어노는 내 자식 같은 아이들을 위해서 조금이라도 좋은 음식, 조금이라도 영양가 있는 음식 만들어주겠다고 하루 종일 불 앞에서 땀 흘리는 건데, 그게 무슨 죄라고 택시조차 마음대로 탈 수 없단 말인가? 그 푹푹 찌는 주방의 불보다 더 뜨겁고 답답한 게 올라왔다.

"분필가루 먹고 교육청에서 월급 타나 우리처럼 구정물에 손 담그고 월급 타나 마찬가지 아니냐!"고 따졌다. 높은 언성이 서로 오가고, 그 시끄러운 중에 교감선생님이 나오셔서 결국 몰래 쳐다만 보고 그냥 지나쳐갔다.

그렇게 아무도 끼어들지 않고 아무도 신경 쓰지 않는 사이에 싸움은 끝났다. 그 일이 있은 뒤 그 선생님이 영양사 선생님한테 개인택시를 학교에 못 오게 하라고 했다. 하지만 나는 끝까지 해보고 싶었다. 택시는 청와대도 들어갈 수 있지만 선생님 차는 그러지 못하지 않냐고. 결국 그 선생님이 양보 아닌 양보를 하게 되었다.

이렇게 같이 일하는 사람들조차 급식일 한다고 무시했지만, 나는 내 직업에 보람을 느낀다. 내가 힘든 만큼, 땀 흘린 만큼 아이들이 쑥쑥 잘 자라고 건강한 모습을 보면 왠지 뿌듯해진다.

거기다 노조에 가입하여 더 뜻있는 하루하루를 보내고 있다. 사실 처음 노조에 가입하고는 덜컥 겁이 나서 집으로 돌아가면서 후회를 했다. 혹시 경찰에 끌려가는 게 아닌가 하고. 그러나 한두 번 집회에 참석하고 보니 열심히 참여해야겠다는 생각이 든다. 나처럼 학교에서 일하는 비정규직이 얼마나 많던지……. 급식 조리원, 과학, 사서, 교무 보조, 학교뿐만 아니라 다른 곳에서도 일하는 분들을 만나면서 이렇게 서로 힘이 되고 의지가 될 수 있다는 것을 새삼 깨달았다.

늘 나만 힘든 줄 알았는데 나와 같은 형편 속에서 언니, 동생 들을 만나면서 아이들 이야기며 살아가는 이야기며 또 일하는 이야기를 나누면서 내 울타리가 되어주는 든든한 여성 노조가 있어서 행복하다.

| **이명순** 학교 급식 노동자, 2005년 1월 |

일당직 사서를
쓰는 학교 도서관

올해로 열두 살 되는 아들을 바라보며 난 어느새 불혹의 나이를 맞이했다. 아직도 사회생활을 하고 있는 나를 보며 이젠 입가에 웃음을 띨 수 있다.

어느 방송 광고에 나오는 대화처럼 "자네 꿈이 뭔가?" 하는 물음은 내가 대학을 막 졸업하고 ○○그룹 무역센터 ○○호텔 면세점에 입사하는 과정에서 들은 첫마디였다. 나는 그 말을 10년이 지난 지금도 잊지 못하는데, 그 말은 어려운 직장 생활 굽이굽이에서 나를 버틸 수 있게 지켜주는 화두였다.

첫 직장 생활은 화려함 그 자체였다. 전공인 도서관 사서는 취업 자리를 찾기 힘들어, 특급호텔 면세점에서 일본어로 외국인을 대하면서 난 내 자리에 만족했다. 자부심을 갖고 여성으로서 남성과 동등한 대우를 받으며 일본어 동시통역사를 꿈꾸면서 사회생활을 풀어갔다.

세월이 흘러 ○○호텔에서 면세점을 열며 스카우트 제의를 받고 더 나은 조건으로 팀장급 대우를 받으며 회사를 옮겼다. 왕성한 직장 생활을 하던 중 결혼이란 문제에 부딪쳐 고민하다가 결혼을 하고 아이를 낳고…….

그렇게 세월은 흘러 나는 화려한 20대를 마감하고 서른이란 나이를 받아들여 여성으로서 사회적 지위보다는 한 가정의 아내로 엄마로 며느리로 내가 있어야 할 자리를 바꾸었다. 직장과 가정, 육아 문제로 고민의 늪에서 벗어날 수가 없던 나는 가정과 아이를 선택했고 직장을 퇴사하며 꿈을 접어야 했다. 지금까지 살아오면서 가장 힘든 결정을 해야 했다. 화려했던 사회생활도 접으며 내 꿈도 펼쳐 보지 못하고 끝나는 기분이었다.

지금 돌이켜보면 그때 아이를 돌봐줄 사람, 24시간 어린이집만 제대로 있었다면……, 난 어떤 모습일까 생각해본다. 그때! 육아 문제만 해결되었다면, 내 꿈을 이루었을까? 아니면, 호텔 면세점 '캡틴' 자리를 지키고 있을까? 직장 생활을 하는 여성들이 요즘 결혼을 늦추고 기피해서 출산율이 낮아지고 있다는 뉴스를 볼 때마다 난 10여 년 전 내 모습을 떠올린다.

나는 지금 일용직으로 학교 도서관에서 근무하고 있다. 우연히 아이 학교를 방문했다가 작년에 도서관 사서를 구하지 못해 애를 먹고 있다는 선생님 말씀에 사서 자격증과 교원 자격증을 갖고 있다는 이유 하나만으로 학부모 도서 명예회장을 맡아 학교 도서관에 관심을 가지게 되었다. 학교에서는 사서도 구하지 못했는데 이참에 아예 학교 사서까지 맡아주길 원했다. 조건은 130일 계약에 일당 2만 7천 710원(7월부터 2만 8천 850원으로 인상)이었다.

난 내가 잘못 들었나? 하며 내 귀를 의심했다. "선생님! 학교에서 근무할 사서를 구한다면서요?" 하고 되물었다. "네, 2004년부터 서울시 교육청에서 인건비 지원을 받아 도서관이 있는 학교에서는 도서관 전담 사서를 채용하게 되었어요." 선생님이 하는 말을 듣고, 이런 일용직 조건으로 학교 도서관 사서를 구한다는 것이 학부모로서 문헌정보학을 공부한 한 사람으로 가슴이 답답해져 왔다.

집안에서만 잠자고 있던 내 사서 자격증을 갖고 나조차 잊고 지낸 세월을 반성하며, 진정한 학교 사서로서 새로운 삶을 살아가 보기로 결심했지만, 2004년 4월부터 비정규직 사서 교사로 130일 근무 조건을 갖고 학교 도서관에 첫발을 내딛은 뒤, 여러 문제들에 부딪치게 되었다.

학교 도서관에는 책이 있고 사서가 있어야 하는데, 책만 있고 관리하고 운영하는 사서가 없으니 학교 도서관은 책방으로 전락해버렸다. 곁에서 바라보는 학교 도서관 숲은 아주 울창해보였다. 빽빽이 꽂혀있는 책! 하루도 거르지 않고 방학 때도 열심히 봉사하시는 학부모님들……. 하지만 도서관에 수천, 수만 권의 책을 갖고 있는 것만 자랑이지, 그 장서의 질이 어떠한가? 아이들 학습에 어떤 영향을 주는지……. 이와 같은 기초 교육을 무시하고 학교 도서관 운영을 단지 날마다 새로운 도우미 어머님들에게 의존하며 도서관 운영을 도서 대출, 반납 일로만 여기고 있었다.

이젠 학교 도서관 현장에서 밤낮으로 봉사하시는 학부모님들조차 한계를 느끼고 사서를 원하는 현실이다. 학교 도서관은 공부 잘하는 아이부터 공부를 잘 못하는 아이, 말썽꾸러기, 그 누구도 소외되지 않고 찾을 수 있는 편안하고 안전한 학교의 휴식 공간이 돼야 한다고 생각한다. 각 학교 도서관 리모델링에 수천만 원씩 투자하며 도서 구입에 열을 다하고 있지만, 막상 그것을 효율적으로 아이들에게 전달할 사람이 없는 학교 도서관. 외부적인 것에 가득 채울 돈은 있어도 사서 인건비가 책정되지 않았다면 문제가 여기서부터 시작되는 것 아닌가 싶다.

이렇게 일당직으로 재계약할 때마다 마음 졸이는 학교 안에 많은 비정규직 여성들……. 여성들이 출산과 육아 문제로 자신의 능력을 발휘하지 못하고, 나처럼 불안정한 고용과 타협하는 일(2002년 통계청 경제활동 인구조사부가 조사한 전체 취업 여성 가운데 73퍼센트가 계약직, 비정규직)이 없길 바라며, 내가 원하지 않는 회사를 선택하고 단기간 근무를 하는 일을 할 필요가 없기를 바란다.

지금 난 아들을 바라보며 어느새 이렇게 잘 자라준 아들에게 감사한다. 하지만 지금까지 12년 동안 아이를 키우며, 맞벌이 부부로서 육아 문제로 돈보다도 더 큰 마음의 짐과 주위 분들에게 신세를 졌다. 지금까지 난 사회생활을 하며 아이 하나를 키우는 데 얼마나 마음을 졸이고 불안해했던가! 앞으로 또 얼마나 더 긴 세월을 감수하며 내 아이 문제로만 생각해야 할까? 또 해마다 재계약할 때 130일, 150일이 될지 올해는 얼마나 근무하게 될지 근무 일수를 가지고 불안해해야 하는 것일까?

더 이상은 이런 불안에 떠는 일이 없기를, 신세대 능력 있는 여성들이 더 이상 아이 출산과 육아 문제로 자신의 꿈을 접는 일이 없기를, 백년지대계의 교육이 육아 문제부터 학교 교육까지 체계적으로 사회, 국가 문제로 받아 안을 수 있기를, 더 이상 흔들림 없고 불안함이 없는 앞날을 희망한다.

| **차경란** 학교 도서관 사서, 2005년 3월 |

처음엔
무섭고 떨렸어요

지난해 4월, 학교 학생들이 갑자기 설문조사를 한다면서 쉬는 시간에 미화원 대기실로 찾아왔습니다. 학교 학생들뿐 아니라 여성노조에서 나왔다며 애 엄마로 보이는 사람이 오기도 하고, 젊은 아가씨가 오기도 하면서 참 귀찮을 정도로 이것저것 물었습니다.

"월급은 얼마 받아요?"

"근무 시간은 어떻게 돼요?"

"언제부터 근무하셨나요?"

꼬치꼬치 물어보는 게 귀찮기도 했지만 우리 형편을 정확히 알아야 권리를 되찾을 수 있다며 구구절절 옳은 소리를 해대니 대답을 안 해줄 수도 없었습니다. 그렇게 몇 번을 찾아오던 학생들이 5월 21일, 총학생회실로 오라고 해서 갔더니 우리 회사가 '최저임금법'을 위반하고 있다는 겁니다. 워낙에 월급 적은 거야 진즉 알았지만 나라에서 주라고 하는 돈마저 안 주고 있었다니! 어디 가만히 있을 수가 있겠습니까.

바로 노동조합에 가입해서 권리를 찾아야겠다는 마음에 우리 건물 사람들부터 설득했습니다. 그리하여 한 명 빼고는 다 노조에 가입을 했습니다. 우리 건물은 총 다섯 명인데 세 명은 마음이 맞아 바로 가입을 했고, 한 명은 나중에 설득을 했습니다. 결국 한 명은 다른 건물로 갔는데, '최저임금'을 다 받아낸 지금도 가입을 하지 않고 있다고 하니 참으로 답답한 일입니다.

처음에는 무슨 비밀 작전 벌이듯 조합원을 늘려갔습니다. 학교에서 모이는 건 들킬까 불안해서 그 땡볕에 합정동에 있는 노조 사무실까지 찾아가던 열정은 지금도 여전합니다. 학생들도 어디서 그렇게 뚝딱 만들어내는지 우리를 지지한다며 대자보도 붙여주고 현수막도 달아놓고. 너무도 든든한 우리 서강대 학생들이 고마울 따름입니다. 청소나 하는 사람이라고 무시하지 않고 엄마처럼 생각하고 함께 나서준 학생들이 지금 생각해도 이뻐죽겠습니다.

어찌됐건 추석 전, 우리는 지금까지 위반한 최저임금분 차액을 다 돌려받았습니다. 당연히 받을 거 받는 거였지만 우리는 보너스 받은 것 마냥 그 기분을 말로 다할 수가 없었습니다. 단지 돈 때문이 아니라 노동조합 결성이 낳은 첫 성과물인 만큼 이제는 비조합원들에게 당당히 할 얘기가 생겼기 때문입니다.

의심 많고 겁 많은 비조합원들은 노동조합 덕에 재계약 척척 되고, 추석 전에 지난 최저임금 위반액도 다 받고, 임금도 올랐으니 할 말을 잃을 수밖에요. 지금도 그때만 생각하면 감동스럽습니다. 그런데도 아직까지 가입 안 한 사람들은 대체 뭐가 무서워서 그러는지 모르겠습니다. 앉아서 떡이나 챙겨먹는 비조합원들이 밉기도 하지만 어차피 함께 가야 할 식구니까 우리 조합원들이 나서서 챙겨가자고 얘기합니다.

물론 처음엔 두려움도 있었습니다. 왠지 몰래 활동해야 할 것 같고, 잘될까 의심도 했습니다. 괜히 감독이 뭐라고 하면 노조 가입한 걸 알고 저러나 위축되기도 하고 떨리기도 했습니다. 하지만 이제는 격주에 한 번씩 근무 시간에 노동조합 교육도 받고 간부 회의도 하면서 자리를 잡아가고 있습니다.

노동조합으로 뭉치지 않았다면 어디 상상이나 할 수 있었을까요? 임금 인상뿐만 아니라 세상을 알아가는 교육, 같이 일하는 식구들이 한자리에 모여서 수다 떨며 스트레스 풀기, 학생들과 교류 같은 것들 말입니다.

고마운 사람들 얼굴이 하나하나 떠오릅니다. 그러나 누구보다도 두려움 떨치고 노동조합에 가입해서 당당한 여성 노동자로 다시 선 우리 서강대 청소 아줌마들이 가장 자랑스럽습니다.

이제 우리가 당당히 권리를 찾았던 경험을 둘레의 다른 대학에서 열심히 일하시는 엄마들에게도 알려야겠다고 다짐해보며, 우리 조합 분회 45명의 조합원끼리 정한 수칙을 가슴에 새기고 일하렵니다.

"정정당당 떳떳하게! 신나는 조합 활동!"

| **전영애** 서강대학교 청소미화원, 2005년 3월 |

그 아픈 눈들에게
미안하다

봄날이었다. 전에 다니던 보험회사의 보상과 직원으로 근무하던 시절, 여느 때와 마찬가지로 어느 사건을 담당하게 되었다. 초등학생 남자아이가 트럭 적재함에서 떨어져 머리를 다쳤다는 사건이었다. 병원에 전화를 했다.

"두개골이 골절되어 뇌실질에 다소 출혈이 있어 중환자실에 있습니다."

병원에서 알려주는 상황이 예사롭지 않아 급히 사고 현장으로 달려갔다. 계약자인 트럭 운전사의 말을 확인하고 병원으로 달려갔다. 중환자실 앞에 초라한 행색의 30대 중반 여인이 초점 잃은 눈동자로 멍하니 벽을 응시하고 있었다. 다친 어린이의 보호자 같았다. '지독하게 가난한 모자'라고 병원 관계자를 통해 들었다.

사실 조사를 마치고 사무실에 돌아와서 대응 방법을 의논하였다. 보험회사에서 책임을 질 것인지, 책임이 없다고 주장할 것인지를 판단해야 하지만, 정황으로 보아 방향이 쉽게 결정되지 않았다. 결국 트럭 운전사가 유리한 주장을 할 수 있는 무엇이라도 찾아내야만 한다는 생각에 운전사를 다시 면담하러 갔다.

"저희는 절대 책임이 없습니다. 당연히 보험 처리는 할 수 없습니다. 왜 내가 잘못하지도 않았는데, 추후에 제 보험료가 인상되어야 합니까? 보험회사는 내 편에서 최대한 내 이익을 대변해주셔야 하지 않습니까?"

중환자실에 누워있던 어린아이와 병실 앞에서 멍한 표정을 짓던 엄마의 모습이 아른거려 나 자신도 중심을 잡지 못하고 사건 발생 2일째가 되었건만 어찌할 바를 정하지 못했다. 그런 나에게 운전사는 흥분하여 언성을 높이고 있었다.

"나도 고물 장사를 해서 어렵게 돈을 벌고 있는데, 그딴 일로 돈을 허비하고 싶지는 않습니다. 일 처리를 똑바로 해주세요."

혹시나 운전사가 동의를 해주면 마음 편하게 사건을 마무리할 수 있으리라는 기대감으로 조금만 더 잘못을 인정하면 어떻겠느냐는 질문에 상대방은 더욱 흥분하였다.

결국 보험회사에서는 계약자의 책임이 없음을 법원에 제소하였다. 법원에서 서류가 날아들자 다친 어린이 엄마는 당황하였다. 처음에는 욕을 하였고, 다음에는 가만두지 않겠다고 협박을, 다음에는 눈물로 부탁하였다. 그러다 무표정한 로봇을 향해 쏟아붓는 자신의 감정이 낭비라고 생각되었는지 이내 체념을 하고는 돌아섰다.

그 후 몇 달이 흘러 사건을 마무리 짓는 최종 서류에 서명을 받기 위해 다친 어린이의 집을 찾았다. 관악구 일대에 빈민촌 재개발이 막 시작되고 있던 시기여서 무더운 여름에 가파른 오르막을 오르기는 무척 힘들었다. 주소만 들고 물어물어 찾게 된 집은 너무나 충격이었다. 간혹 텔레비전을 통해 본 적 있던 어렵게 살아가는 사람들의 현장 한가운데서 양복을 입은 내 모습이 까닭없이 적막하게 느껴졌다.

"여기에다 도장 찍으시면 됩니다."

마지막으로 확인을 받고 돌아서면서 그 아이 엄마와 눈이 마주쳤다. 분노와 원망과 체념이 눈빛을 통해 그대로 나에게 전해졌다.

보호자인 엄마의 도장을 받고 돌아서려는데 그 아이의 두 눈과 동생들의 네 눈이 함께 내 발걸음을 붙잡고 있었다. 그 상황에서 잠시 변명을 할까 망설였다.

'저는 나름대로 최선을 다했습니다. 그렇지만 트럭 운전사

의 반대가 워낙 심해 최소한의 치료비조차 드릴 수가 없었습니다. 저를 원망하지 마세요…….'

그렇지만 목 안에서만 맴도는 소리는 끝내 밖으로 나오지 못했다. 보험금을 지급하는 보상 업무가 처음으로 저주스러웠던 순간이었다.

병원에 부탁해서 가능한 치료비를 줄여준 것이 내가 도와줄 수 있었던 전부였다. 조금도 손해 보지 않으려던 고물상 사장, 보호막이 전혀 없는 가정, 사회적 약자를 위한 시스템, 약자를 도와주고 싶어도 결국은 실행하지 못하고 이런 저런 핑계를 댈 수밖에 없는 보상 직원…….

미안하다는 말을 했다면 어땠을까. 고물상 사장이 "미안합니다. 제가 잘못해서 사고가 났습니다. 잘못한 만큼 책임을 부담하겠습니다." 하고 말하고, 보상 직원인 내가 "미안합니다. 제 가족의 일처럼 성의를 다하지 못했습니다." 하고 말했다면…….

내가 최선을 다해도 어쩔 수 없어 마음에 남은 일. 문득 우리 사회는 어디쯤 가고 있는 걸까, 나는 내 몫을 다하며 살고 있는 걸까 하는 생각하며 마음에 남은 그 아픈 눈들에 미안하다고 말해본다.

| **손석호** 푸르덴셜생명 라이프 플래너, 2005년 5월 |

땅바닥에서
밥을 먹십더

울산지역 건설플랜트노동조합 파업이 처음 시작될 때 남편은 한 달이면 해결된다고 했습니다. "다른 지역 건설플랜트노동조합도 단체협상을 하고 있으니까 우리도 금방 할 수 있다"며 걱정하지 말고 조금만 참자고 했습니다. 새벽에 우유 배달을 하며 지내던 저는 속상했지만 참기로 마음먹었습니다.

남편은 4월 7일에 파업하는 본부에 가족들도 모이기로 했다며 선약까지 취소하고 같이 가자고 했습니다. 억지로 따라나서서 투쟁본부라는 곳으로 갔습니다. 용접, 배관, 비계, 제관분회라는 깃발이 펄럭이고, 집회가 시작되었습니다.

"단체협상 체결하여 인간답게 살아보자!"라는 구호를 할 때 어색하고 쑥스러웠지만 몇 번 따라했습니다. 점심시간에 도시락을 챙겨주는데 밥, 오이냉국, 반찬 몇 가지가 나왔습니다. 흙먼지 날리는 땅바닥에 앉아서 먹는데 옆줄 아저씨가 그러더군요.

"우리는 현장에서도 땅바닥에서 그늘도 없이 밥을 머신더. 맨날 이래 먼지 섞인 밥 먹고, 비올 땐 빗물에 밥 말아 먹심더."

월급봉투에서 밥값이 꼬박 떨어져 나갔는데 식당도 없이 밥을 먹었다니! 순간 눈물이 핑 돌았습니다. 그날 온 가족들은 마음속으로 다 울었을 겁니다. 파업 현장으로 배달되던 도시락이 어느 날 회사의 협박으로 지급되지 않아 부산에서 배달되는 도시락으로 대체되었고, 그나마 돈이 바닥나서 주먹밥을 먹어야 했습니다. 석유화학공단 안에서 일을 했다는 한 언니의 이야기를 들으며 비로소 남편들이 외치던 구호의 참뜻을 알 수 있었습니다.

"말도 마래이. 새벽 일찍 출근해서 차 트렁크 뒤에서 옷 갈아입고는 회사 안으로 들어가서 온갖 힘든 일 다 하고, 점심시간 되면 그늘 찾아 달리기 시합한데이. 공장 안이 전부 굴뚝이고 볼탱크니까 그늘 찾기가 얼마나 힘든지 아나. 햇빛에 쪼그리고 앉아 도시락 밥 먹고, 그대로 신문지로 얼굴 덮고 누워서 쉬는데 못 봐준다. 여기저기 줄지어 자는데……. 어휴, 화장실은 어떤지 아나. 간이 화장실인데 그것도 몇 개밖에 없고, 여름엔 숨이 다 막히고 벌레가 우글거리고, 말도 못한데이. 일 마치면 씻지도 못하고, 누가 밥공기 같은 데 물한 그릇 받아오면 서로 손만 적셔서 씻고, 밖에 나와서 차 트렁크 뒤에서 옷 갈아입고 퇴근한다 아이가. 아저씨들이 집에가서 이야기 안 해서 그렇지 얼마나 힘든지 안 해본 사람은그 심정 모른다.”

이 이야기를 듣고 우리 가족은 깜짝 놀랐습니다. 학교에 다니던 아이들도 아버지의 파업을 지켜보며 이런 사실을 처음알았고, 울산시청 게시판엔 아버지 문제를 시장님이 해결해달라는 호소문이 많이 올라왔습니다.

'정직원 외 출입금지'라는 푯말이 회사 안 휴게시설이 있는 곳에 붙어 있답니다. 이 글귀를 보면서 우리 남편들이 느꼈을 인간적인 모멸감을 어떻게 말로 표현할 수 있을까요?

저는 남편들에게 자존심을 찾아주고 싶었습니다. 우리 가족들은 그 뒤로 하루도 빠짐없이 남편들과 같이 파업 현장에나왔습니다. 시청, 노동부, 경찰서를 가리지 않고 찾아다니며 호소했습니다. 하지만 우리를 맞이하는 건 언제나 경찰병력과 '노가다 마누라도 무식하지 않느냐'는 모멸감이었습니다.

파업이 점점 길어졌습니다. 울산으로 들어오는 병력은 점점 많아지고, 울산 언론은 제대로 보도도 하지 않은 채 우리를 폭도로만 매도하고, 우편함엔 각종 세금 고지서가 쌓여가고, 수배라는 이름으로 사복 경찰은 집 주위를 맴돌며 아이에게 협박까지 하며 우리의 목을 죄어왔습니다.

파업 기간 동안 세 명이 산재 사망 사고로 비참하게 죽어갔습니다.

1년 전, 같이 일하던 동료의 죽음을 지켜보았던 남편이 그다음 날 바로 그 장소로 출근하는데 저는 남편의 바짓가랑이를 잡고 말렸습니다. 그래도 돈 벌어야 먹고산다는 일념으로 출근하는 남편 마음이 어땠을까요? 온갖 힘들고 위험한 일은 우리 건설 노동자에게 시키면서 회사에선 제대로 된 안전장비도 지급해주지 않았습니다. 개인적으로 구입하라고 하고, 일하다 사망 사고가 일어나도 그 자리를 물로 씻고 다시 작업을 시작한답니다. 안전시설 하는 것보다 사망 보상금을 지급하는 것이 더 싸기 때문에 안전에 대한 것은 항상 뒷전으로 밀리는 노동현장을 우리 남편들이 다니고 있습니다. 제대로 된 안전장비를 지급해야 하는 것이 산업안전법으로 정해져 있다고 하는데, 불법 하도급을 유지하느라 여기저기 뇌물로 돈이 쓰이다 보니 생긴 일이 아닐까요. 지금도 아슬아슬한 볼탱크 난간에 올라앉아 일하시던 용접공 아저씨의 사진이 머릿속을 떠나지 않습니다.

우리 가족들 가운데 남편의 월급봉투를 1년 동안 모은 사람이 있습니다. "내가 연말에 세금 혜택이라도 받으려고 모았던 봉투 모두 계산해보니까 780만 원이더라. 한 달 평균을 내기가 무섭고, 신랑 출근 계속할 때는 피곤해 보여서 안쓰럽고, 공사 하나 끝나고 집에 있으면 '아빠, 오늘도 회사 안 가느냐'고 묻는 자식한테도 면목 없어서 학교 가기 전에 밖에 나갔다가 오라고 안 하나. 실컷 일하고도 돈 못 받아서 떼인 것도 얼마나 많은지 아나."

파업이 길어지면서 차비가 없어서 1시간 20분 거리를 걸어오는 가족도 있고, 쌀이 떨어져 당장 먹을 것이 없는 집도 있습니다. 아파도 병원에 가지 못하고 참고 있는 가족, 아버지를 감옥에 보내고 큰아버지와 살고 있는 아이도 있습니다.

사실 가족들이 주말이면 오순도순 나들이 가고 달마다 외식이라도 맘껏 하고 사는 것이 현대인들이 주 5일 근무하며 즐기는 생활입니다. 우리 비정규직 일용 노동자에게도 사람답게 살 수 있는 날이 빨리 왔으면 좋겠습니다. 이것이 노동조합 만들고, 단체협약 체결하고자 하는 남편들의 바람이라 생각합니다.

저는 우리 형편을 알리기 위해 가족들과 함께 서울에 있는 여러 단체를 찾아다니며 호소했습니다. 우리나라에 있는 비정규직 노동자들은 모두 노동조합을 만들어야 한다고요. 여러 단체와 어르신들은 저희들의 이야기에 같이 눈물 흘리고, 많은 도움을 주셨습니다. 신문에 보니까 비정규직이 많이 늘어나면서 굴지의 재벌회사가 흑자를 많이 낸다나요. 그 뒤에서 비정규직 노동자와 가족들은 죽어가고 있습니다.

우리 사회가 어렵고 힘든 사람의 목소리에 귀를 기울이고 그 일을 함께 해결해가는 길로 나아갔으면 좋겠습니다. 이 지면을 빌어 울산지역 건설플랜트노동조합에 물심양면으로 도와주신 여러 단체와 어르신들께 깊이 감사드립니다.

| **김규** 울산지역 건설플랜트노동조합 가족대책위원회 회장, 2005년 7월 |

수당제

난 학원 유치부 교사다. 이 세상에 돈 벌기 쉬운 일이 있겠냐마는 유치부 교사는 일도 많고 머리 아픈 일이 많은 직업이다.

어린아이들은 거의 귀엽고 사랑스럽지만 그건 한 명씩 볼 때 이야기다. 서른 명이 넘는 아이들을 공부며 그림을 가르치다 보면 가끔씩 '악~' 소리가 저절로 나온다. 그리고 학부모? 원장님! 사방을 둘러봐도 눈치 볼 분(?)들만 계신다. 게다가 웬만큼 아파선 결석이란 있을 수 없다.

하지만 이 정도는 아무것도 아니다. 해마다 방학 기간인 8월과 1, 2월이 되면 교사들은 한 달씩 쉬는 아이들 때문에 더머리가 아프다. 원장님뿐만 아니라 학원 안 모든 눈들이 '어느 반 아이들이 많이 쉬나?' 열심히 살핀다.

7월 초부터 '어떻게 하면 아이들이 덜 쉴까?' 하고 연구에 연구를 거듭하는 우리 원장님!

"쉬지 못하게 미리미리 전화하세요."

"그림일기 특강을 해요. 엄마들이 자기 아이가 다른 아이들보다 뒤처지는 건 못 참잖아? 불안해서 못 쉬게 하는 건 어때요?"

이런 원장님 말씀에 우린 군기 바짝 든 이등병처럼 정신없이 전화를 돌리고 학습 계획안을 짠다. 하지만 이것들보다 훨씬 강력한 무기가 있다. 수당제!

우리 원장님, 기업들이 정규직 대신 임시직 직원을 뽑는 것처럼 교사들을 임시직으로 두면서도 그마저도 정해진 급여 대신 기본급에 수당제로 바꾸어 아이들이 쉬거나 이사를 가면 수당을 깎는다. 비록 일인당 2만 원이지만 얄팍한 월급봉투에 두 명만 빠져도 4만 원, 세 명이면 6만 원이나 깎이는데……. 2학기 말이 되면 보통 서너 명씩은 빠져나간다. 그러니 '내 신세가 왜 이렇게 됐지' 하면서도 속이 탈 수밖에.

이런 교사들을 보며 원장님이 슬쩍 한마디 하신다.

"니들은 몇만 원이니? 난 몇백이다."

우린 아무 말도 못한다. 마치 우리가 죄인인 것처럼. 그리곤 아이들을 열심히 감언이설로 협박(?)한다.

"방학 동안 쉬면 그림일기 못하지요. 학교 갈 친구들은 쉬면 안 되는 거예요!"

그렇다고 아이들을 쉬게 하는 엄마들을 전혀 이해하지 못하는 것도 아니다. 한 달 평균 토, 일요일 빼고 20~22일 수업을 하는데, 방학하면 수업일수에서 7~8일 빠지고 나면 수업하는 날이 손에 꼽을 정도로 얼마 안 된다. 게다가 방학이 아빠 휴가와 다르면 또 쉬어야지. 이렇다 보니 학원비 아깝단 생각도 들 것 같다. 누구를 원망할 수도 없다.

개학날! 결석이 절반이다. '금요일이라 공휴일 끼고 휴가 갔겠지.' 하면서도 마음이 불안하다. '어, 7월부터 열심히 엄마들과 통화를 했건만.'

이삼 일이 지나도 연락이 안 되던 승화 엄마와 통화가 됐다. 늘 방학이면 쉬던 아이다.

"어머님, 우리 승화하고 좋은 데 다녀오셨어요? 전화 여러 번 드렸는데 통화가 안 되더라고요."

"휴가는 아직이구요. 덥고 언니도 방학해서 집에서 쉬게 하려고요. 다음 주에는 외가댁에 가려는데……."

미안하신지 말꼬리를 흐린다. 머릿속은 복잡한데 뭐라고 해야 하나? 그때 여러 생각들 속에서 또렷해지는 단어가 있다. '수당제'!

"어머님, 9월에 학부모님 모시고 참관 수업이 있어요. 저희

반은 악기 연주를 해야 하는데 8월부터 연습을 해야 해요. 8월에 쉬면 승화는 못할 것 같은데요. 그래도 괜찮으시겠어요?"

잠시 침묵이 흐르더니 "아, 네. 그럼 승화 아빠와 상의해서 보내도록 할게요." 하신다.

결국 난 오늘도 수당제에 목숨 걸었다.

| **박은미** 유치원 교사, 2005년 10월 |

계약직
– KTX 여승무원이 되고 나서

KTX 여승무원이 되고 나서

나는 껌을 씹지 않는다

컵라면도 통조림도 먹지 않는다

봉지 커피도 티백 보리차도

드링크도 탄산음료도 마시지 않는다

물티슈도 냅킨도 종이컵도

나무젓가락도 볼펜도 쓰지 않는다

눈이 하얗게 내리던

크리스마스 이브

아스테이지에 돌돌 말려

빨간 리본을 단

장미 한 송이 받아들고

나는 울었다

내가 불쌍해서

한 번 쓰고 버려지는 것들이
가여워서
눈물이 났다

제복을 입고 스카프를 두르면
어느 삐에로의 천진난만한 웃음보다
따뜻하고 화사하게 웃어야 했지만
웃으면 웃을수록
자꾸 자꾸 눈물이 났다

사는 것이
먹고사는 것이
힘든 줄은 알았지만
이렇게 구차하고 비굴하고
가슴이 미어질 줄은 몰랐다

KTX 여승무원이 되고서야 나는
이 세상이
한 번 쓰고 버려지는 것들의
눈물이라는 걸 알았다
흐르고 넘쳐

자꾸 자꾸 밀려오는

파도란 걸 알았다

| **김명환** 시인, 철도 노동자, 2006년 4월 |

누군가는 반드시
해야 할 일

　새벽 3시 30분. 별빛마저 잠자는 그 시간, 하루를 시작하는 나는 지하철 매표소 노동자였다. 세수를 하고 출근 준비를 하면서도 채 눈이 떠지지 않다가 헐레벌떡 뛰어 매표소 안에 들어서 발권 전표를 끊고서야 겨우 정신을 가다듬던 내 매표소 생활은 다람쥐 쳇바퀴 돌 듯 그렇게 똑같이 시작되었다.

　새벽 시간 매표소 안은 출근 시간에 몰려올 손님들을 위한 티켓이 국수 가락처럼 나오는 기계 소리만이 내 몽롱한 정신을 깨우는 유일한 친구였다. 그렇게 두어 시간이 지나면 그때부터 출근 시간과 등교 시간이 시작되는 그야말로 혼이 빠지게 바쁜 표순이가 된다. 구간에 맞춰 표 팔고, 교통카드 보충하고, 무임권 나눠 드리고, 길 안내하는, 어찌 보면 단순한 업무가 되풀이되는 일이었지만 마주하는 손님들이 다양하기에 어느 날이고 하루라도 조용한 날은 없었다. 까닭 없이 쌍소리를 듣는 것은 흔히 있는 일이었고 교통카드 보충 금액이 잘못되어 피 같은 내 주머닛돈이 나가는 날도 더러 있었다. 그렇게 무심히 던지는 말 한마디에 상처 받고, 힘들게 일한 보람도 없는 그런 날에는 친구라도 만나 주름진 마음을 펴고 싶지만 다음 날 새벽 출근이 그리 호락호락하지 않아 이내 마음을 접고 만다. 그래서 매표소에서 일하는 동안은 친구 만나는 일 따윈 벼르고 벼러야 할 수 있는 월례 행사가 되어 버렸다.

한번쯤은 그만두고 싶다는 생각을 하지 않은 건 아니었지만, 일하는 사람이라면 누구나 그렇듯 먹고살기 위해서는 기분 살리자고 사직서 낼 형편은 못 되었다. 또 거창한 일을 하는 건 아니지만 그래도 나를 보람되게 하는 일도 더러 있었다. 차비 없는 아이에게 표 쥐어 돌려보낸 다음 날 그 아이 엄마가 고맙다고 하는 인사 한마디에 가슴 따뜻해지던 기억들. 또 새벽 출근하느라 속 비었을까 걱정하시던 할머니가 손수 삶은 감자 몇 알에도 어찌나 배가 불러오던지. 그리고 한 평 남짓한 작은 공간이지만 오롯이 나만이 갖는 공간이었던 그곳은 내 가족들이 한 달은 생활할 수 있는 고마운 생존 줄을 거머쥐고 있었다.

그런 내 소중한, 그리고 언제나 내 버팀목이 되어줄 것 같던 일터가 언제부터인지 바람 불면 날아갈 듯 그렇게 불안스레 흔들리기 시작했다. 어느 날은 희한한 바보 기계(무인 발권기)를 들여놓고는 표를 팔지 말라고 하며 하루 종일 왠지 모를 불안으로 떨게 하더니 며칠 지나지 않아 카드 보충마저 하지 말라며 매표소에 불마저 꺼버렸다. 그날 불 꺼진 매표소에 앉아 얼마나 울었던지. 내 존재가 어떻게 이렇게 내팽겨쳐 질 수 있는지 서럽고 또 서러웠다. 하지만 그때는 몰랐다. 앞으로 얼마나 더 내 존재가 부정되고 서러워하며 울게 될지를……

그리고 얼마 지나지 않아 추석을 일주일 앞둔 어느 날 나는 해고되었다. 그때 그 막막함이란……. 그걸 어떻게 말로 표현할 수 있을까……. 막막함과 두려움 그리고 어디서부터 차오르는지 모르는 억울함에 자다가도 벌떡 일어나 푸른 멍처럼 퍼져서 시퍼레진 가슴으로 새벽을 이고 앉은 적이 한두 번이 아니었다.

그러는 사이 더러는 어쩔 수 없는 일이라고 현실과 타협하며 돌아서 갔고, 몇몇은 부당한 해고에 맞서 작지만 힘찬 목소리를 내기 시작했다. 그렇게 시작한 싸움이 벌써 일곱 달을 넘었고 계절이 두 번 바뀌었다.

처음에는 낯설기만 했다. 그도 그럴 것이 지금껏 한번도 노동자로서 내 권리와 내 노동의 가치에 대해서 생각해본 적이 없었기 때문이다. 시키면 시키는 대로 하는 게 돈 받고 일하는 자의 당연한 의무라고 생각했다. 누군들 타고날 때부터 잘했겠냐마는 노동자라는 인식조차 없었던 미련스럽고 어리석었던 내가 길거리에서 선전물을 나눠드리고 구호를 외치며 집회를 한다는 게 그리 쉬운 일은 아니었다. 혹시라도 알아보는 사람이 있지 않을까 얼굴을 가리기 바빴고, 답답함과 억울한 마음만 앞섰지 누구 하나 이해시키기에는 내 자신이 너무나 어설프기 그지없었다.

집회나 선전전을 하다가도 출퇴근 시간 어디론가 바쁘게 향하는 사람들을 보면 얼마나 부러운지 내 처지가 한심스럽고 서러워 울기도 많이 울었다. 하지만 그동안 서면에서 시청으로, 다시 범내골 교통공사 앞으로……. 그렇게 미친 듯이 뛰어다니며 풀 길 없는 서러움과 분노를 쏟아내었던 지난 7개월 동안 했던 투쟁과 한겨울 칼바람을 온몸으로 막아내던 90일 남짓 천막 농성을 하면서 나는 조금씩 변해가고 있었다. 부당함에 맞서 싸울 수 있는 용기를 배웠고, 수많은 발길질에도 다시 일어나는 민들레의 강인함도 배웠고, 무엇보다 세상을 다시 보는 눈을 가질 수 있었다.

해고 뒤 짧지 않은 시간 동안 교통공단 점거 농성도 했고, 3호선 개통식 타격 집회도 했고, 시청에서 서면까지 다섯 걸음 걷고 한 번 절하는 '5보 1배'도 했고, 낮에는 집회며 선전전을, 그리고 밤에는 촛불 문화제도 했다. 끊임없이 투쟁한 결과로 작년 12월에는 지역단체들이 모여 대책위도 꾸릴 수 있었다. 그와 함께 지난달에는 짧지만 시장 면담도 할 수 있었고, 별 소득은 없었지만 세 차례에 걸친 실무 교섭도 할 수 있었다. 이 모든 게 흔들림 없이 단결하여 투쟁한 결과라고 생각한다. 앞으로 가야 할 길이 더 많이 남았지만 끝까지 잘 싸우리라 생각한다. 우리에게는 힘들고 지칠 때마다 가장 힘이 되어주고 버팀목이 되어주는 동지들이 있기 때문이다. 이 싸움 끝에 가장 값지게 남을 것이 또한 바로 동지가 아닐까 생각한다.

3월이다. 천막 앞 햇살이 이제는 제법 따뜻하다. 오며 가며 늘 대하던 매화나무에 오늘 아침 매화 꽃잎 몇 개가 벙그러져 있는 걸 볼 수 있었다. 겨우내 햇볕 한번 받지 못해 제대로 꽃이나 피울 수 있을까 걱정스럽던 매화나무가 마치 자신의 존재를 알리기라도 하듯 봉우리를 열어젖히며 하나 둘씩 꽃을 피우기 시작한 것이다. 그렇게 봄은 성큼 나에게, 아니 우리에게 다가와 버렸다. 매표소 동지들에게 이번 봄은 어떤 봄으로 기억될 수 있을까. 그 작은 매화 꽃잎처럼 우리도 힘든 역경을 딛고 우리 존재를 인정받을 수 있을까.

어쩌면 지금까지 참아왔던 시간들보다 더 많이 참고 기다려야 할지도 모를 일이다. 하지만 누군가는 반드시 해야 할 일이고 또 반드시 지켜나가야 할 일이다. 부당한 집단 해고가 철회되고 고용 승계되는 그날을 위해, 비정규직의 설움이 사라지고 모든 노동자가 하나 되어 웃는 그날을 위해 오늘의 이 고통쯤이야 참아낼 것이다.

그리고 한 가지 더 바람이 있다면 우리가 많은 이들에게 받았던 고마움을 보답하는 것이다. 꼭 이기라며 초코파이 한 상자 넣어주고 가시던 시민에게도, 따뜻한 커피라도 뽑아먹으면서 하라고 손에 만 원짜리 한 장 쥐여주시던 할아버지에게도 이 고마운 마음을 전해야 하기 때문에……. 그리고 무엇보다도 이 땅에 사는 모든 비정규직 노동자들의 설움과 눈물을 닦고 그이들에게 작은 힘이라도 되기 위해서 우리는 꼭 이길 것이다.

| **황이라** 비정규직 해고 노동자, 2006년 4월 |

삼성과 벌이는 싸움은
민주화투쟁이다

벌써 3월 하고도 20일이다.

며칠 꽃샘추위라고 옷장에 넣어두었던 겨울옷을 다시 꺼내 입었다. 매서운 꽃샘바람에 목을 움츠렸다. '역시 3월 날씨는 가늠할 수가 없어.' 하며 겨울의 마지막 치맛자락을 놓지 않으려는 늦겨울 추위를 잠깐이나마 두려워했다.

꽃이 피고 바람에 섞여오는 봄 냄새가 곧 온 세상을 따뜻하고 푸근하게 하겠지만 줄곧 칼바람과 흐린 날씨가 이어졌으면 하는 생각이 드는 건 왜일까. 남편의 억울한 옥살이가 끝나지 않는 한 내게 있어서 봄은 진정한 봄이 아니며, 이 세상 사람들 모두 포근한 봄을 느끼지 못했으면 하는 심술궂은 마음이 들어서인지도 모르겠다.

김성환, 삼성일반노조 위원장, 내 남편이 구속된 지가 벌써 일 년 하고도 두 달이 되고 있다.(3월 22일이면 꼭 두 달째다.) 작년 2월 22일, 법정구속되었다는 소식을 들은 지가 엊그제 같은데 참으로 세월은 무심하기만 하다. 그이가 교도소 독방에서 1년 이상을 지내는 동안 세상은 무심하고도 괘씸하게 제 갈 길을 가고 있다.

96년 가을, 인천에 있는 한 삼성계열사에서 해고된 뒤 지금까지 크고 작은 고소·고발사건으로 늘 재판을 받고 조사를 받는 일은 생활의 한 부분이었다. 그래서인지 법정구속되었다는 말을 듣고도 나는 조금도 불안한 마음이 들지 않았다. '두어 달 지나면 나오겠지.' 하는 생각으로 시간을 보냈다. 더구나 명예훼손과 출판물에 관한 법률위반으로 구속되었다니, 그건 말도 안 되는 일이라고 여겨졌다.

남편은 1999년부터 삼성족벌이 법을 악용한 파렴치한 행위들과 노조를 조직하려는 노동자들에 대한 각종 인권 탄압 사례들을 모아서 책으로 엮었고, 2003년 울산SDI에서 있었던 분신방화사건의 진실을 밝히기 위해 인터넷에 사실을 알리고 인권단체들과 함께 진상규명촉구 운동도 했다. 이런 당연한 일들이 삼성SDI라는 대한민국에서 가장 잘나가는 회사의 명예를 실추시켰다고 고소한 놈이나 그것을 받아들인 법원이나 한마디로 웃기는 처사라고 생각했고, 잘 검토하여 김성환을 곧 내보낼 것이라고 생각했다.

2005년, 작년 7월 항소심에서도 변호사를 비롯해서 본인도 재판을 지켜본 사람들도 모두 재판장이 상당히 우호적이고 증인 심문 과정이나 전체 분위기를 보아서 석방될 것 같다고 입을 모았다. 하지만 그것은 나를 비롯해 변호사나 김 위원장과 함께하는 동지들의 생각이었을 뿐이었다. 나중에야 정신이 들었지만, 노동자 사건에 한쪽으로 치우친다고 소문난 울산이라는 점, 삼성과 다투는 재판이라는 점, 삼성SDI 대표이사가 항소심 재판부에 김성환을 처벌해달라는 탄원서를 몇 번이나 보냈다는 점 들을 잠시나마 잊고 있었던 것이었다.

여하튼 김성환 삼성일반노조 위원장은 2006년 3월 10일 대법원에서 5개월 실형이 확정됨으로써 집행유예 3년 기간까지 감옥살이를 해야 한다는 억울한 결과가 '법'으로 결정되었다. 그이가 감옥살이를 하면서 나는 비로소 남편이 얼마나 모질게 살고 있는지도 알게 되었다.

남편은 지난 세월 동안 아르네 광주 공장, 신세계, 삼성플라자, 호텔신라, 삼성SDI 같은 데서 일하는 노동자들을 만나며 노동조합을 조직하느라 뛰어다녔다. 어느 곳에서 노조가 설립신고를 했다고 설레는 모습도 여러 번 보았다. 하지만 얼마 지나지 않아 노조설립신고가 취하되었다, 그리고 나서 노동자들이 납치되었고 인사팀에서 한 사람씩 계속 면담하고 미행하면서 스스로들 나가떨어졌다, 양심선언한 노동자가 결국에는 회사와 합의하여 고소를 취하했다는 말을 들었을 때 나로서는 도저히 이해가 되지 않았다. 하루 이틀도 아니고 저렇게 애를 쓰는데 민주노조 깃발을 꽂을 수가 없는지……. 상식이 있는 사람들로서는 감히 상상도 할 수 없을 정도로 삼성 재벌이 노동자들을 탄압한 결과였다.

차비가 없어서 내게 달라고 할 때도 많았고 지방에 갈 때는 버너에 코펠, 라면을 가지고 다니고, 혁대가 없어서 집회 때 머리에 두르는 붉은 머리띠를 허리띠로 사용하고, 12월에도 여름 샌들을 신고 다니고……. 그런 세월이 5년, 6년이 넘어가고 있는데 어쩌면 저리도 눈에 보이는 성과가 없는 것일까. 그저 그렇게, 안타깝지만 나로서는 더 이상 생각할 겨를 없이 지나쳐버렸다. 세 자식들 굶기지 않고 학교에 보내는 것이 내 인생의 목표가 되어버린 터라 이제는 깊이 알고 싶지도 않았고 안다 한들 내가 무슨 도움이 되었겠는가.

지금 나는 삼성그룹이나 관련 계열사에서 노동자들을 조직하고 민주노조를 만드는 일은 독재권력과 싸우는 민주화투쟁과 다름없다는 결론을 내렸다. 어쩌다가 삼성족벌과 엮여서 지금에 이르렀지만 남편은 교도소에서도 여전히 펄펄 뛰고 있다. 2003년 6월 5일 노동자 분신방화사건의 진상을 규명하고, 자신의 감옥살이가 부당함을 폭로하고, 많은 돈으로 노동자를 매수하는 삼성족벌의 파렴치한 행위들을 낱낱이 이 사회에 고발하는 것은 그이가 당연히 해야 하는 일이다. 김성환을 감옥에 가둬둔다 해서 멈출 수 있는 일이 아닌 것이다.

그이 앞에서는 내가 우유 배달 때문에 허리가 몹시 안 좋다는 말도 집 보증금 빼서 은행 빚 갚고 나면 아무 대책이 없다는 말도 그저 별거 아닌 일에 불과하다. 다만 내가 어리석고 모자라서 그이의 뜻을 잘 받들지 못하는 것이 정말 안타깝고 속 터진다.

봄 기운이 살그머니 다가오니 그이와 함께 김밥 싸들고 아이들과 개들과 뒷산에도 가고 싶고, 그이가 좋아하는 낚시도 다니고 싶다. 기차 타고 며칠이라도 함께 여행도 하고 싶다. 이제는 적응했다고 생각했는데, 글을 써내려가면서 자꾸 눈물이 난다. 인권이 있는 세상이라면 이럴 수는 없다는 생각에 눈물이 나고, 자식 놈들 쑥쑥 크는 모습에 눈물이 나고……

김성환 씨가 늦어도 3월 중에는 주소지 근처로 이감을 할 것으로 예상했는데, 아직까지 아무 소식이 없다. 3월 10일로 대법원 판결이 끝났기 때문에 '관례'대로라면 3월이 가기 전에 이감을 할 텐데……

김성환, 남편이 보고 싶어서…… 눈물이 난다.

| 임경옥 우유 배달, 2006년 5월 |

농성

속았다

학생회 활동하는 친구 녀석이
본관을 점거한다면서 도와달라고 한다.
일주일만 안에 있으면 된다면서
이틀은 주말이니 별 문제 없다고 한다.
흔쾌히 함께하자 했는데
어느덧 140일을 훌쩍 넘겨버렸다.
친구 녀석한테 완전히 속았다.

벚나무와 무순

농성 한 달쯤 됐나
나가고 싶은데 나갈 구석이 없다.

묘안을 생각해낸 게

죽을랑 말랑 한 나무를 사다 심어서

그게 죽으면 나는 나간다고 선포했다.

처음에는 잎이 잘 자라 걱정을 했는데

다행히도 잎이 하나씩 말라죽기 시작했다.

잘됐다 싶었는데 며칠 지나자 다시 잎이 마구마구

자라나기 시작했다.

이제는 완전히 자리 잡았는지 이대로 가다간

내년에는 꽃도 피울 기세이다.

작전을 바꿨다.

벚나무에서 무순으로 바꿨다.

요리하다 잘려나간 무순을 접시에 물을 담아 올려놨다.

무순도 역시 잘 자란다.

에라 모르겠다.

며칠간 물을 안 줬다.

완전히 말라 비틀어져 있었다.

사람들 보는 눈도 있고 해서

걱정을 해주는 척하면서 물을 다시 담아줬다.

이 정도면 말라 비틀어 죽었겠지….

이게 웬걸

저녁이 되니 말라 비틀어져 있던 잎들이

다시 생기가 돌기 시작한다.

정말 질기다 질겨….

벚나무도 무순도 우리들만큼이나 질기다.

| **안준영** 한신대학교 종교문화학과, 2006년 10월 |

도대체
누가 도둑놈이야?

    내가 일하던 도금 공장에는 산업연수생으로 한국에 온 지 2년 5개월쯤 된 베트남 노동자 3명과 아직 1년이 안 된 필리핀 노동자 3명이 있다. 모두들 기계를 맡아서 일하는데, 특히 도금 공정이라 약품 냄새가 엄청나다. 그리고 공장에 먼지도 많다. 하지만 모두들 마스크 하나 없이 일을 한다.

    겨울에는 날이 많이 춥다 보니 공장 안은 정말 얼음 속 같다. 특히 한국에 온 지 1년이 안 된 필리핀 노동자들은 한국의 겨울이 아직 익숙하지 않아서 월동 장비도 제대로 준비가 안 되었다. 얇은 티셔츠에 작업 잠바를 입고, 얇은 양말에 안전화를 신고 일했다. 늘 추워서 얼굴이 파랗게 얼어 있었다. 여름에는 또 얼마나 더운지. 공장 안에 몇 개 안 되는 선풍기는 이주노동자들에게 돌아가지도 않는다.

잔업을 하면 밤 9시까지 한다. 한국인 노동자들은 잔업을 하고 나면 집으로 돌아가고, 이주노동자들은 공장 안 기숙사로 돌아간다.

회사에 입사한 지 얼마 안 되었을 때다. 잔업을 마치고 퇴근하면서 출퇴근 카드를 찍는데, 이주노동자들도 카드를 찍으려고 기다리고 있었다. 말이 잘 안 통하지만 짧은 영어와 손짓 발짓으로 친한 척을 하며 이주노동자들의 출근 카드를 봤는데, 내 눈이 잘못됐나 싶어 다시 보고 다시 봤다.

이런 젠장……. 아니, 출근시간이 새벽 3시 57분, 3시 58분……. 이렇게 찍혀 있었다. 퇴근은 늘 밤 9시, 그리고 토요일은 가끔 저녁 6시. 일요일에도 새벽 4시부터 오후 3시나 6시까지. 그러니까 한 달에 한 번도 쉬는 날 없이 새벽 4시부터 밤 9시까지 일을 하는 것이다. 설마 하는 생각에 이주노동자들에게 물어보니 한 달에 한 번도 잘 못 쉰다고 했다. 잔업 시간만 한 달에 200시간이 넘는다는 것이다.

입사하고 3주쯤 지났을 때였다. 이주노동자들이랑 많이 친해졌다. 필리핀인 이주노동자 발렌티노 씨는 친해졌다는 뜻에서 사과를 주었는데, 사과를 쌀 게 없었는지 1회용 비닐장갑에 싸서 왔다. 먼지투성이 속에서 일을 하다 보니 사실 작업 잠바 주머니 속도 시커멓다. 그래서 나름대로 고민을 했던 모양이다. 기분이 무지 좋았다.

이제는 현장에서 서로 오며 가며 손짓 발짓 짧은 영어로 말도 나누고, 무거운 거 들고 갈 때면 들어도 주고 많이 친해졌다. 그래서 일요일 6시 공단 근처 시장에서 술 한잔하자고 제안을 했다. 그랬더니 베트남 노동자 두 명은 약속이 있어서 못 오고 나머지 네 명은 모두 나왔다.

우리는 시장에서 이것저것 장을 보았다. 그리고 치킨집에 가서 맥주랑 닭튀김을 먹으며 이야기를 나눴다.

2년 5개월 된 베트남 노동자 민득 씨는 나와 동갑이다. 민득 씨가 약속 시간에 조금 늦게 나타났기에 자다 왔냐고 물었더니, 새벽 4시부터 오후 5시까지 일하고 기숙사에서 소주를 많이 마셨다고 했다. 피곤을 푸는 방법으로 그렇게 소주를 먹고 일요일 오후 내내 자는 듯했다.

민득 씨는 일이 너무 많다며 이야기를 시작했다. 2년 5개월을 근무하다 보니 회사 사정을 잘 아는 것 같았다. 이 회사 사장은 한 달에 2억 3천만 원을 번다고 했다. 그런데도 한국 사람이나 이주노동자에게 시급 3천 100원만 주고 임금도 안 올려준다고 했다. 한국 사람은 설이랑 추석엔 상여금 100퍼센트, 여름휴가엔 50퍼센트를 각각 주는데, 자기들은 외국인이라서 휴가 때 10만 원 받았고, 1년이 안 된 필리핀 노동자는 만 원 받았다며 열을 내기 시작했다.

민득 씨는 새벽 4시부터 밤 9시까지 일하는데, 2년 5개월 동안 하루에 잠을 서너 시간밖에 못 잔다며 너무 힘들다고 했다. 월급은 170만 원 정도 나오는데, 돈도 필요 없고 일을 조금만 했으면 좋겠다고 했다. 내년에 비자가 만료되면 무조건 집에 갈 거란다. 한국이 너무 싫고 한국 사람들이 너무 싫다고 했다. 그런 민득 씨가 술 한잔하자는 내 제안에 나와 준 것이 너무 고마웠다.

　그이들과 술자리가 길어질수록 나는 초조해졌다. 이들은 내일 아침 4시에 다시 일을 시작해야 한다. 그러려면 일찍 들어가야 하는데, 괜히 한잔하자고 했나 싶기도 하고……

　하루는 차장이 한국인 노동자 한 명에게 도둑놈들 있으니까 잠깐 쉬라고 말했다. 차장 옆에 있던 나는 "도둑놈이 누구예요?" 하고 물어보았다. 그랬더니 차장이 베트남 도둑놈 1, 2, 3호 있고, 필리핀 도둑놈 4, 5, 6호 있다며 이주노동자들을 가리켰다. 그러면서 "도둑놈 1호! 카고 불러봐. 뒤돌아볼 꺼다." 하고 말했다.

　입이 안 다물어질 정도로 헉 소리가 났다. 이런 젠장……, 도대체 누가 도둑놈인지…….

| 박희은　2006년 10월 |

우리
집이었어

삶의 터전을 잃는다는 것이 무슨 의미인지 알아?

단칸방이지만 아이들 자라나는 보람에

힘겹지만 공사판에서 비지땀을 흘리며

희망이 '똑똑' 하고 소리 내길 기다리며

그렇게 살아온 이들, 돌보아주는 이 없어

자식들마저도 등 돌린 일흔 나이

노부의 패인 주름진 얼굴에 희망의 빛은 사라진 지 오래야.

절망의 그늘진 빛, 바로 우리들 얼굴이지….

밀고 들어온 포클레인, 저 속에 내가 살던 쪽방이

그래도 푸근히 쉴 수 있는 공간이었는데

어느 재벌 하룻밤 향락에 취해 버려지는 돈 몇백만 원짜리 보증금

그 몇백이 삶의 터전을 이루게 하니 그 돈은 하늘이야.

얼기설기 뜨개질 스웨터처럼 얽히고설킨 열 평도 안 되는

집이었지만

풀칠해가며 아이들 자라는 것 봐가며 그래도 희망이 노크하길 기다리며 살아온 세월

밀리고 밀려 쫓기고 쫓겨 얻은 보금자리

우아하게 거실 소파에 앉아 거드름 필 수 있는 자리도 아니었어.

네모 반듯한 식탁에 둘러앉아 만찬을 즐기는 자리도 아니었지.

엄마 오시길 기다리며 식은 밥에 김치 한 조각 먹고 살았지만 그래도 '우리 집'이었지. 그 단칸방, 쪽방은 말이야….

대학 간 녀석이 그나마 희망이었고 내 고생의 보람이었어.

속 안 썩이고 학교 잘 다녀주는 중학교 2학년 내 아들이 희망이었지.

단칸방에 사는 것이 부끄럽지 않은, 또래 녀석들처럼 해맑은 웃음을 지닌 내 딸이 살아가는 이유였지.

고달픔도 아픔도 희망도 나눌 수 있는 '우리 집'이었어.

내가 건설 공사판에서만 십수 년이거든.

수십만 채의 집들이 올라가는 것을 보았어.

근데 그렇게 많은 집들을 지었어도

내 집은 못 지어봤어.

이런 개떡 같은 세상에 내가 살고 있는 거야.

철거반들이 들어와 만들어놓은 것 좀 봐.

저거 다 우리들 꺼였거든.

근데 철거반들 들어와서 우리 것이 뭐가 되었는 줄 알아?

'쓰레기'

그래 쓰레기가 되었어.

저기 어딘가에 일어나면 순서 기다려 세수하던 수돗가가 있어.

저기 어딘가에 내가 오줌 누고 똥 누던 화장실도 있어.

내 곯은 배 채워주던 냄비도 있어.

허기진 배 채우려고 급히 찾던 숟가락, 젓가락도 있을 거야.

난 이제 이 창살 아래서 내가 살던 집이 어딘지 가끔 바라봐.

그러면 속에서 욱하고 치밀어 올라오는 것이 어디선가 멈추어 선 내 눈에 눈물을 만들어내더라구.

없이 산다는 거 말야….

평생을 그렇게 없이 살아왔어도

살던 집 잃고 나니 세상에 그렇게 서러운 게 없더라고.

왜 산다는 것이 이렇게 서럽기만 한지

왜 한 가닥 희망까지 앗아가는지

왜 신은 나에게 이러한 형벌을 주는지 별 생각 다 들어.

저기 포클레인이 쉴 새 없이 움직이지?

내가 살던 집을 '콕콕' 찍어서 삼키는 거야.

아주 달게 삼키지.

체할까 봐 꼭꼭 씹어서 말야.

그래서 배부른 놈이 바로 누군지 알아?

'자본'

그래 자본이라고 해.

내 모든 희망을 앗아간 놈 말이야….

이제 그만 얘기해야겠어.

자꾸 눈물이 앞을 가려서 말이야….

내가 그놈을 삼켜버려야 하는데

그놈이 먹어치운 내 것들 다 그놈 속에서 끄집어내야 하는데 자꾸 울면 기운 빠지잖아.

그놈 '자본' 말이야.

내가 그놈을 먹어치울 수 있는 기운이 남아있어야 하잖아.

안 그래?

| **정미영** 노동자, 2006년 10월 |

생명줄

똑딱똑딱 쿵쾅쿵쾅
똑딱똑딱 쿵쾅쿵쾅
시계 소리에 따라
심장도 방망이질 친다.
시간이 이대로 멈춰버렸으면
차라리 빨리 지나가버렸으면
마음속을 온통 난도질당한다.

벌써 5년째
해마다 같은 시간을 반복한다.
해마다 연말이 되면
생명줄이 조금씩 타들어간다.
내년에도 다시 계약할 수 있을까?
이대로 계약서를 다시 쓰지 못하면 어쩌지?
1년짜리 생명을 탓하며

다시금 1년만 더 살게 해달라고 기도한다.

내 이름은 비정규직
내 생명은 겨우 1년
비참한 생명이지만 그래도 살고 싶어
구차하게 삶을 구걸한다.

또다시 새로운 해가 떠오르면
또 다른 1년의 삶을 얻지 못한 이들이
죽어나간다.
그래도 나는 살았구나 안도하며
비참한 삶을 고작 1년 연장하는
나는 1년살이 비정규직.

| **문혜진** 기아자동차 소하리공장 예비군대대, 2006년 11월 |

옛날 옛날에

영원통신 노보 1991.

옛날옛날에 나쁜 🐷들과 착한 😠님이 살았답니다.

그 😈들은 정말 나쁜 사람들이었답니다. 그래서 착한 😠을 늘 괴롭혔답니다.

착한 😠은 너무너무 속이 상했답니다. 매달 꼬박 꼬박 💵을 주지요,

무엇하나 부족하게 해준일이 없는데 나쁜 😈은 매일.매일 착한 😠에게

투정만 부렸답니다. 착한 😠은 🍜 할때도, 🐟은 갈때도 너무너무

괴로워했답니다.

그러던 어느날 나쁜 😈이 🏭 노동조합 이라는 나쁜모임을 만들고부터는

착한 😠은 더욱 괴로웠답니다.

" 흑흑, 내가 그렇게도 싫어하는 🏭노동조합을 만들다니 ..... 내 👀🐟이

돌아가기 전까지는 만들면 안되는데. "

착한 회장님은 몹시 괴로워서 마구 😫습니다. 착한 😠의 고통은

이것뿐만이 아니었습니다.

😔 시절에 겨우 과외비 정도밖에 섬김을 안냈는데, 이것을 트집을 잡아가지고

대다수의 나쁜 🐷 😈(국민)은 이런 😠을 마구 비난했습니다. 시류에

따라 사는것이 옳다는 철학을 가진 착한 ↓ 으로서는 정말이 😫(괴로워써)습니다.

어쨌든 🏭노조이 만들어지자 착한 😠은 가만히 있을수가 없었습니다.

착한 회장님은 나쁜 😈😈😈을 납치해서 🏭했습니다.

착한 😠은 나쁜 😈의 "[?]을"를 탈취했습니다. 착한 😠은

나쁜 노동조합 교육부장을 🚗으로 납치했습니다. 착한 회장님은 /사랑납치를

방해하는 나쁜 🚗를 들이받아 버렸습니다 착한 ↓은

착한 😫의 도움을 받아 노조간부들을 시시때때로 👊❤하고 해고시켜

비렸습니다. 착한 회장님은 나쁜 노조 위원장 사무장 부위원장 회계감사 번거롭

방해하고 나쁜 노조탄압저지투쟁 노조탄압분쇄 항의하자 🏭 👥 (몰벼락)

동원해 강제 진압하였습니다. 착한 🧑은 🔪과 🛡로 나쁜 🧑을 마구 찌르고 구타했습니다.(윽) 착한 🧑은 나쁜 노조 간부들! 탄 🚛로 들이받아 밀어버렸습니다. 착한 🧑=👞은 너무너무 착했습니다. 착한 🧑의 이런 착한 행동을 착한 정부는 마구 비호해주었습니다.(상찬 잔한다.잘해 팍팍밀어줄께...낄낄")

착한 📺광짝은 이런 사실을 하나도 보도하지 않고, 이 일들이 나쁜 노동자들 사이에서 일어난 일이라고 말했습니다. 착한 정부는 나쁜 노동자들이 🚢을 하자 🚤<●을 동원하고 "🚁를 동원하여 마구 진압을 했습니다. 정부-언론은 정말 너무너무 착했습니다. 그러자 나쁜 🧑이 ✊ 뭉쳐 착한 희장님과 착한 정부에 대들기 시작했습니다. 시민들도 나빠져서 대들었습니다. 학생들도 나빠져서 대들었습니다. 교수들도 나빠져서 성명서📄를 발표하며 대들었습니다. 착한 일부의 사람들만 빼놓고 전국민이 다 나빠져서 대들었습니다.

아주 나쁘고도 나쁜 이야기 작가 한명이 착한 🧑을 향해 지금 이런 나쁜글을 쓰며 대들고 있습니다.

이 이야기 작가는 정말 너무너무너무 나쁩니다.

〈 생각해 봅시다 〉

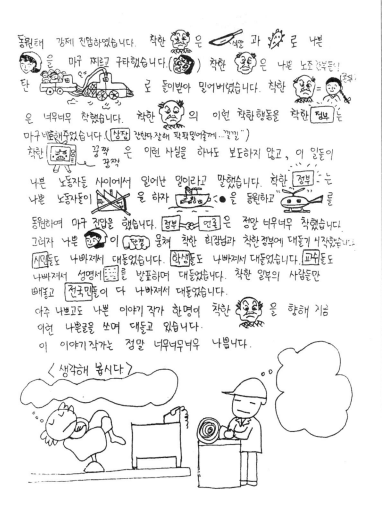

이러다
고자 되는 거 아냐

무더운 바람이 몰아치기 시작하는 여름에 새로운 삶이 시작되었다.

건설 현장에서 일용직으로 대략 5, 6년을 지내보았으나 여러 면에서 맘이 편해지지를 않아서 1990년대 초 탄광으로 내려오던 마음가짐으로 다시 탄광으로 돌아왔다.

'석탄산업합리화' 시행 이후, 탄광 수가 줄어들고, 탄광 노동자 수가 줄어들어, 회사 직영으로 입사하는 것은 하늘의 별을 따는 것보다 어렵고, 대통령 빽도 안 통하는 절차를 밟아야만 한다.

어느 하청업체에서 '채탄후산부'로 14, 15년 만에 다시 탄 캐는 막장으로 되돌아오게 되었다. 그 뒤로 시간은 빠르게 지나가 어느덧 9월 중순. 석 달이라는 시간이 지나간다. 조금씩 현장에 적응되기 시작하니 몸과 맘에 여유가 생기기 시작했다. 주 5일 근무라는 조건 하나는 좋다. 일한 날만큼만 임금 계산이 되어 소득이 줄어든다는 것 빼고는.

SL-305.(바다 높이보다 아래로 305미터) 탄광 가운데서도 가장 밑에 있는 채탄 막장에서 여러 동료들과 시커먼 몸뚱어리로 몸에서 '진'이 빠져 흠뻑 젖은 작업복에 덕지덕지 둘러붙은 탄가루에 범벅이 된 채로, 가스 폭발, 막장 붕괴, 온갖 안전사고에 내몰린 채로 정해진 생산량을 채워야만 정규직의 10분의 6 정도인 임금을 받는다.

오랜 세월 탄광에 청춘을 바치고 정년퇴직한 분들, 목돈이 필요해 퇴직금 받아서 빚 정리한 뒤 생계가 막막한 분들, 동네에 마땅한 일자리가 없는 20, 30대 청년들, '석탄산업합리화'로 폐광 대책비를 받은 뒤 생계가 막막한 분들, 자녀들 학자금 지원 때문에 다니시는 분들……. 온갖 설움과 비통함을 뒤로한 채로 하청업체에 다닌다.

탄광 하청 계약은 주로 1년 단위로 연간 생산량을 정하고 계약을 맺기 때문에 목표 생산량을 초과해야 이윤이 남는다고 한다.(아직까지 계약량 미달이라는 이유로 계약 취소된 적은 없다고 한다.) 근로 기간 역시 1년간으로 1년이 되면 퇴직금을 주고 다시 근로계약을 맺어서 근무하게 된다. 주변에 이야기를 들으니 몇 년 동안 계속 다닌다는 분들이 있는 것을 보면 참으로 허술한 구조라는 것을 알게 된다.

막장에 적응하면서 주위 동료들에게 듣는 이야기 가운데 하나. "직영에는 생산이 제대로 되지를 않아 우리(하청)들이 뭐 빠지게 일해서 직영 먹여 살리고 하청업체까지 먹여 살린다."

그나마 탄광이라는 곳이 극한 상황 속에서 이루어지는 일이다 보니 직영 광부들이 하청 소속 광부들에게 그다지 차별 대우를 하지 않는 것은 다른 산업과는 다른 연대의식 때문인 것 같다. 정도가 다르지만 막장 속이라는 것이 직영과 하청을 나누는 차별성이 없기에 탄가루 먹어가며 하루를 연명하는 같은 처지인 것을 알기 때문이 아닌가 한다.

7월 말에 여름휴가가 시작되었다. 직영에서는 휴가비로 약 80~90만 원 정도가 지급되었으나, 내가 소속된 업체는 10만 원. 그것도 3개월 이상 된 사람만 해당되었다. 사장은 이 정도만 해도 충분하다는 표정이고, 봉투를 받아든 동료들은 이러쿵저러쿵 불만들은 이야기하지만 이것만이라도 어디냐면서 어두운 표정으로 뒤돌아서 집으로 향했다.

탄광 임금이 도급제라고는 하지만 이는 주고 싶은 자 마음대로 줄 수 있고 한편으로는 노동자 길들이기 딱 좋은 임금 구조다. 어디 조는 얼마만큼 했으니 너희는 이보다 더 해야 올려줄 수 있다……. 수십 년 탄광 역사에 도급제로 돈 벌어 부자 됐다는 이야기는 없다. 하청 운영해서 떼돈 벌었다는 이야기는 있어도.

내려가는 깊이가 깊어질수록 온도가 올라가고, 심부화가 진행될수록 막장 조건은 열악해진다. 화약을 다루고 탄덩이와 암반덩이 속에서 정신없이 운명과 싸우다 보면 크고 작은 인사 사고가 일어난다.

경영진은 절대로 위험을 무릅쓰고 일하라고 하지 않는다. 단지 생산량 초과 달성에 관해서만 이야기한다. 그러면서 안전하게 작업할 것을 주문한다.

방진 마스크의 방진 필터를 하루에도 몇 번씩 갈아주어야 하고, 하루에 세 번은 작업복을 갈아입어야 할 정도로 땀이 쏟아진다. 화약을 폭발시켜 화약 연기가 자욱하여 바로 앞이 안 보이는 작업 통로와 막장을 들어가다 보면 구역질이 일어나 몇 번이고 방진 마스크를 벗어던지고 싶다. 1.8리터 페트병에 물을 얼려서 두 개를 들고 들어가도 모자랄 정도로 물을 먹어야 쓰러지지 않고 하루를 견뎌낼 수 있다.

요즘 들어 주변 동료들이 이런 얘기들을 자주 한다.

"야, 요즘에는 어찌된 게 마누라 곁에 가지를 못하겠다. 서지를 않는다. 이러다 고자되는 것 아니냐?"

참으로 서글픈 얘기다. 화약 연기 마셔대고, 온종일 사우나

보다 땀을 많이 흘리고, 온몸이 부서지도록 일만 해야 하니 당연한 것 아닌가.

탄광 하청에서 일하시는 광부들은 별다른 꿈을 꾸지 않는다. 직영과 비슷한 임금 수준, 직영과 비슷한 상여금 수준, 직영과 비슷한 복리 후생, 그리고 직영 노동조합에서 조합원으로 인정해주었으면 하는 바람뿐이다.

| 배진 광부, 2006년 11월 |

노래

처음 시작을 할 때에는 비정규직을 철폐해야 한다고, 비정규직 투쟁에 연대해야 한다고 생각했다. 그 정도 노랫말은 1980년대 중반 노동자 대투쟁의 물결 속에 나와 있는 노랫말에 비정규직 그 네 글자만 붙여놓아도 아무 문제가 없을 정도로 비정규직의 삶과 투쟁을 표현하고자 했다면 민중문화를 한다는 창작자들에겐 그리 어려운 것이 아니었을 터인데 그 네 글자에 대해서 왜 우리는 너무도 멀게만 바라보고 있었는지 안타까움이 들었다.

그러나 얼마 지나지 않아 순서가 바뀌었다는 생각이 들었다. 비정규직의 삶 속에 들어가 그 삶에서 무너지는 절망에서 일어서는 희망을 그리는 작업이 모든 민중문화를 한다는 예술가들에게서 표현으로 나타나야 하는데, 그 표현이라는 것이 이미 폭발한 다음에 시작됐다는 것이었다. 다시 한 번 똑같은 얘기를 또 얘기해도 비정규직의 삶 속에 들어가 아픔에 아파하고 노래하며 그림을 그려 그것을 보고 누구나 다 녹아들어야 하는 시작이 있었어야 하는데 폭발하고 나서야 투쟁해야 한다고 연대해야 한다고 아우성을 쳐대서야 그림을 그리고 시를 쓰고 노래를 하기 시작했다. 왜 그리 늦게 몸짓을 시작했는지, 왜 이리 늦게 함께 몸부림치지 못했는지, 그리고 그 짓밟힘이 아직도 부족한지…….

1980년대 초 공장으로 출근하는 노동자들 옆구리에 책 한 권씩 끼어 있었다는 것을 기억하는 사람들이 있을까. 노동자가 아닌 대학생이 되고 싶었고, 월급 타서 나이트에 가면 공순이 공돌이가 아닌 대학생이라고 속여 미팅을 하던 시절이 이젠 추억일까.

노동자라 말하면 위아래 훑어보며 무시하고, 빈정거리는 것을 피하기 위해 노동자가 아니라고 대답해야 하는 시대. 우린 또다시 그 1980년대 초보다 더 부끄러운 시대에 살고 있다. 비정규직 노동자가 두 명 중에 한 명을 넘는 60퍼센트라는데 자신이 비정규직이라고 말하는 사람, 내가 비정규직이어서 자랑스럽다고 말하는 사람 있을까.

뜻밖에 비정규직 노동자들은 참 빨리도 자기 위치를 깨닫는다는 것을 느낀다. 내 차 앞에 "비정규직 철폐"라는 현수막을 두른 채 비정규직철폐 투쟁 현장에서 투쟁 집회를 마치고 다음 행사가 어느 대학 안에 있어서 그 현수막을 떼어야 한다는 생각을 미처 못한 채 그 대학 정문으로 들어가려 하자 대학 정문을 지키는 경비 아저씨가 팔을 저으며 다가온다. 우린 또 뭔 까닭으로 못 들어가게 하려는지 의심을 품으며 "왜 그러시는데요?" 하니 이 아저씨 느닷없이 한마디 한다. "제발 비정규직 좀 없애 주세요." 그제야 차 앞에 현수막을 떼지 않았음을 알았고 그 현수막을 달고 서울 시내를 휘몰아 다녔으니 이 아저씨 대단한 투사를 만난 듯 말씀을 하게 된 것이다. 눈물 어린 절규다. 뭐라 대답해줄 말이 없다.

주유소에서 기름을 넣는데 주유원이 나이 드신 노인네다. 노인네가 기름을 넣으면서 내 차 유리쪽을 자세히 바라본다. 거기에 비정규직 철폐 앨범 '어깨를 걸고' 포스터가 보이는 것이다. 조심히 내게 묻는다. "어디 노동조합 일하세요?" "아뇨." 말이 끊어지자마자 노인네 한숨을 쉬며 "비정규직 좀 빨리 없어져야 하는데……." 짧은 한마디를 토한다. 그 노인네의 말 한마디에서 비정규직의 서러움이 보인다.

우리 사는 곳곳에 비정규직이 있고, 그이들은 가슴 답답하지만, 자신이 비정규직이라는 것을 알고 있지만 다만 "내가 비정규직이오." 하고 말하지 못한다. 하루살이 품삯 때문에 자리를 떠나지 못하는 아픔을 아는지 모르는지, 희망 떠난 자리에 절망만 끌어안고 마냥 이대로 살아야 하는지 밤마다 슬픔을 끌어안고 눈물짓는 그 슬픔을 노래하고 그 눈물이 이슬 줄기처럼 이어져 흐르게끔 시를 쓰고 그것이 하나로 모여 비정규직 철폐 바다를 그리는 것이 바로 민중문화를 한다는 우리네의 몸짓이 넘쳐야 바로 그때 승리의 물결 속에서 탁배기 사발을 부딪칠 수 있을 것이다.

이랜드 일반노조가 출범하기 전까지 이랜드, 까르푸, 뉴코아, 비정규직 철폐 공동3사 투쟁에 함께하며 그린 시 한 편과 노래 한 곡을 올린다.

파트타임 계약직 알바 아줌마

오도엽

화장실에 앉아 눈물 한 됫박 쏟아내고
생글생글 고객님 무얼 도와드릴까요
탈의실에 앉아 불끈 솟아오르는 화를 누르고
방글방글 고객님 알겠습니다.
하루에도 열두 번 앞치마 내팽개치고
집으로 달려가지만

마음뿐
딸 같은 이에게 막말을 들어도
둘째딸 학원을 보내야 하는데
아들 같은 이에게 쌍소리를 들어도
첫째아들 대학 다녀야 하는데

탱탱 부은 두 다리
욱신욱신 두 어깨
처진 몸 깨져라 외친다
막판 떨이 세일이요 깜짝 장터요

귤 한 보따리 2천 원
쌈 채소 한 보따리 천 원
아예 내 몸뚱이도 세일이요
나가라면 미련 없이 떠나야 하는
파트타임 알바 계약직 아줌마
내 생명은 3개월씩
계약 연장은 오로지 삼세판뿐
9개월이면 생명 해지
시한부 비정규 아줌마

막판 떨이 세일이요 깜짝 장터요
하늘같은 고객님들 어서 어서 오셔서
유통 노동자 경력 15년
최저 임금에 떨이요
골병만 약간 든 비정규 유통 노동자
고용 안정된다면 무조건 세일이요

다시 오지 않는 기회
기회는 오늘 한 번뿐
목이 터져라 외치건만
썩어가는 사과 두 보따리
뭉개진 귤 세 보따리
축 처진 쌈 채소 한 보따리 곁엔
파트타임 알바 계약직 비정규
유통 노동자

기회는 오늘 한 번뿐
내일이면 만나지 못할
막판 세일
비정규 유통 노동자

까대기

세상에 포장을 뜯어 널브러져 흩어진 것들
높은 곳에 차곡차곡 낮은 곳에 가지런하게
날 때부터 비정규직 울 때부터 차별을 받는
정해져서 바꿀 수 없는 그런 노동이 아냐
우리가 차곡차곡 우리가 하는 거야
노동이 아름답게 다시 쌓아야 해
우리가 하는 거야 우리가 힘을 모아
세상을 다시 한 번 까대기 하는 거야
다시금 사랑으로 다시금 희망으로
우리가 힘을 모아 함께 가는 거야
땅 위에 하늘 아래 차별이 없는 거야
사람이 사람답게 아 살맛나는 세상

| **김성만** 노래하는 노동자, 2007년 5월 |

우리는 노동자다

지금까지 6년째 노동이라는 것과 함께 살아왔다. 누가 힘들게 일해서 돈을 벌고 싶겠는가? 쉽고 편하게 일하며 많은 임금을 받는다면 그것이 노동일까? 힘들게 일해서 번 돈이니 쓸 때도 신중하게 생각하게 된다. 사람이 살면서 하고 싶은 거 다 하며 갖고 싶은 거 다 가지면 당연히 행복하겠지만 다시 생각해본다면 살아가는 의미도 재미도 없을 듯하다.

공장에서 기계처럼 쉴 틈 없이 움직이며 일하는 것이 창피하고 부끄러워 숨기고 싶은 것 중에 한 가지였다. 부천실고 입학 후에도 늘 같은 심정이었지만, 3학년이 된 지금은 "저 공장에서 일해요." "노동자 학교예요." 하고 떳떳하게 말한다.

지금 길거리에 나가면 노숙자가 얼마나 많은가? 쉽게 쉽게 볼 수 있을 것이다. 거기에 나는 속하지 않는다는 것에, 지금 생활이 만족스럽지는 않지만 굶지 않고 생활을 꾸려나갈 수 있다는 것에, 노동자로 생활하는 것에 만족한다.

공장에서 일하는 사람만이 노동자는 아니다! 대한민국 공무원들도 모두 노동자다. 노동자라면 꼭 알고 있어야 하는 근로기준법을 지금까지 모르고 있었던 것이 후회스럽다. 이번에 조금씩 조금씩 배우고 알아가고 있는데, 열심히 배워서 이용만 당하는 노동자가 되지 않을 것이다. 나뿐만 아니라 모든 노동자가 같은 생각으로 살아갔으면 한다.

_3학년 1반 정지혜

고등학교 1학년에 재학 중이었던 시절. 고생이라고는 전혀 해본 적 없고, 양아치 짓이나 하라면 동네에서 둘째가라면 서러웠던 저였습니다. 참을성이라고는 눈곱만큼도 없어서 말이 통하지 않을 땐 무엇이든 들어서 후려쳐버리던 저였습니다. 또한 싸가지라고는 노랗다 못해서 어른이든지 애든지 가리지 않고 못 보일 모습도 많이 보이고 다니던 저였습니다.

그렇게 하루하루를 개같이 살면서 결국 오도 가도 못하는 벼랑 끝으로 몰려서 바로 이곳, 부천실업고등학교에 전학 오게 되었습니다. 이곳에서는 수업을 야간에 하기 때문에 낮에는 일을 한다고 오기 전부터 잘 알고 있었기에 며칠 다니다가 자퇴서를 내밀고 사라져버릴 그런 썩어빠진 정신머리를 가지고 왔습니다.

이곳으로 전학 온 지 일주일이 지나고, 처음으로 회사라는 곳에 면접을 보러 가게 되었습니다. 짜증난다고 투덜거렸지만 마음속에서는 기대감이라는 녀석이 슬쩍 자리 잡고 있었습니다. 면접은 별다른 사고 없이 순탄하게 넘어가게 되었고, 학교로 돌아온 나는 기숙사에서 첫 출근이라는 기대감에 잠을 이루지 못했습니다.

다음 날 아침, 잠 한숨 자지 못해서 풀린 눈을 비비며 내 생애 처음으로 입사하게 된 (주)테크로 달려갔습니다. 많은 직원들이 저마다 바쁘게 일을 하는 모습이 왠지 나를 조금 더 진지하게 만들어주었습니다. "안녕하세요!" 오랜만에 타인에게 존댓말로 먼저 인사했습니다. "어? 진짜 왔네?" "안녕." 방금 전까지 바쁘게 일을 하던 사람들이 나를 반겨주었습니다. 기뻤습니다.

누군가가 제 존재를 알아줬다는 것이 너무도 고맙고, 기쁘다 못해서 눈물이 고일 정도였습니다. 그때부터일 겁니다. 누군가에게 기쁨을 주고, 웃음을 주고, 먼저 마음을 열기 시작했던 것이……

그뿐만이 아닙니다. 나 하나 때문에 회사 물건들이 파손되어 일을 하지 못해 느꼈던 공동체 생활의 중요함. 기브 앤 테이크라고 했던가요? 예의를 갖춰서 다른 회사 직원 분들을 대접한 뒤 칭찬받고 기뻐했던 기억. 제품 하나 하나 신경을 써가며 지루함을 참고 일함으로 얻게 된 참을성.

비록 지금은 그 회사를 떠나 다른 곳에서 일하고 있지만, 그때 얻은 교훈만은 언제나 가슴속에 품고 일을 합니다. 이 것이 제가 일을 하고 나서 달라진 모습입니다.

_3학년 2반 홍우규

막상 일을 하고 있을 때는 잘 몰랐는데 이렇게 글을 쓰는 시 간을 갖게 되니 좋은 모습으로 변한 내 자신이 대견스럽다.

일을 하게 되니 우선은 책임감을 갖게 되었다. 처음에 일할 때 얼마 동안은 회사를 별 생각 없이 아파서 안 가고 힘들거 나 가기 싫으면 안 가고 했는데 지금은 어느새 내 생활의 일 부분이 되어서일까, 아니면 다른 아이들에게 뒤지기 싫은 자 존심 때문인지 열심히 다니게 되었다.

열심히 다니다 보니 내 마음 한구석에 나도 모르게 책임감 이 생긴 것 같다. 이를테면 조금 힘들어도 쉽게 빠지지 않고 참고 나가고 내가 회사에서 맡고 있는 일에 문제가 생기면 그것에 대해 책임을 지려는 내 모습. 이런 점을 볼 때 나에게 아주 조금이라도 책임감이 생기지 않았는지 생각해본다.

그리고 아침형 인간(?)이 되었다고 해야 하나…… 돈을 벌기 위해서라도 아침에 일어나 회사를 가니 아침형 인간이 된 듯하다. 일어나기 힘든 것도 아니고 일어날 시간이 되면 눈이 떠지는 내 모습.

그다지 설명할 게 없다. 그냥 생각하다 보니 이런 생각도 떠올랐다.

그리고 내 자신이 대견하다. 어찌 보면 너무나 당연한 일일 수도 있다. 그러나 나는 내 전 모습을 생각하면 지금의 내 모습이 너무나 대견스럽다. 이 밖에도 많은 점이 달라진 내 모습에 대해 나는 당당하고 자랑스럽다.

_2학년 1반 이현숙

| 부천실업고등학교 학생들, 2007년 8월 |

일터에서
온 편지

저는 킴스클럽에서 일하고 있는 한 계산원입니다. 고등학교 3학년 겨울방학 때 친한 친구 소개로 2월 초에 입사했습니다. 이런 일은 처음 해보는 일이었기에 많이 긴장되고 걱정도 되었습니다. 차분하지 못하고 덜렁거리는 성격 때문에 제 예상대로 초반엔 실수도 많이 하였습니다.

저는 고 2때 아버지를 하늘나라로 떠나보내고 어머니, 남동생과 같이 생활하고 있습니다. 어머니는 집안에서 살림만 하셔도 여기저기 아픈 곳이 많으셔서 남들처럼 일을 할 수 있는 몸이 아니었습니다. 설상가상으로 작년에 어머니가 혈액암이라는 진단을 받았습니다. 너무 슬프고 힘들어서 더 이상 무어라 표현하기 힘들었습니다. 그래도 엄마 앞에선 힘든

척 안 하고 내색 안 하면서 일 열심히 다녔습니다.

사실 뉴코아 킴스클럽은 제게 매우 특별한 직장입니다. 제가 여태껏 가장 오랫동안 근무한 직장이었으며, 어머니가 가장 좋아하셨던 직장이었기 때문입니다. 그러나 어머니는 올해 2월 초에 아버지를 따라서 저희 남매 곁을 떠나셨습니다. 제가 속해 있는 야탑점에서 같이 근무해왔던, 지금도 함께하고 있는 언니들이 저와 같이 제 어머니의 죽음을 슬퍼하며 같이 울어주었습니다. 저는 그런 언니들의 모습을 보면서 부모님은 안 계셔도 혼자가 아니란 생각에 정말 기뻤습니다.

어머니가 돌아가시고 누구보다 더 열심히 일을 했습니다. 하지만 현재 7월 1일부터 시행되는 비정규직보호법 때문에 저의 일상은 더더욱 힘들게 되었습니다. 회사는 우리를 정규직으로 전환해주기 싫어서 비정규직 계약 기간대로 차례로 해고해버리고……. 남동생이 있어도 돈을 벌지 않기 때문에 저 혼자서 가사를 책임져야 하는 형편입니다. 동생이 나이가 어려서 돈을 벌기보다는 아직은 놀기를 더 좋아합니다. 저 혼자 벌면서 나름대로 꿈을 안고 열심히 살아가고 있었는데 비정규직보호법은 저희 남매에게 너무나 가혹한 시련을 안겨주었습니다.

내가 일할 계산대에 흰 티를 입고 내가 할 일을 대신해서 하고 있는 용역 계산원들을 보면 목이 멥니다. 다시 저기서 언니들하고 웃으면서 일할 수 있을까 하는 생각만이 들 뿐입니다. 다시 내 자리를 찾기 위해 노동조합에 가입해서 언니들하고 지금까지 싸워왔습니다. 앞으로도 줄곧 언니들과 노동조합과 함께할 것이며 우리가 승리할 때까지 계속 투쟁할 것입니다. 하늘에 계신 저의 부모님이 정의는 이긴다라는 것을 꼭 우리에게 보여주셨으면 좋겠습니다.

함께 싸워오신 언니들, 이 기회를 빌려 정말 너무너무 감사드립니다. 그리고 우리가 승리해서 다시 예전처럼 우리 자리에서 함께 웃으며 일할 수 있는 그날을 위해 앞으로도 힘내서 우리 파이팅해요. 언니들, 너무너무 사랑해요. 투쟁!

_ 최송미 조합원(비정규직)

저는 뉴코아 아울렛 야탑점에서 시간제로 일하는 계산원입니다. 제가 이곳에서 일하게 된 계기는 모든 엄마들이 그렇듯 아이를 낳고 예쁘게 키우고 그러다 보면 조금 남는 시간과 혼자 돈 버느라 애쓰는 남편에게 미안한 마음 때문에 이랜드 킴스클럽과 인연을 맺게 되었습니다. 일하는 동안 지금까지 늘 위해주는 자상한 언니들과 애교스런 동생들 때문에 행복했습니다. 얼마 전까지만 해도 이런 생활에 아무런 이상이 없을 것이라 생각했는데 갑작스런 계약 해지는 저에겐 정말 마른하늘에 날벼락 그 자체였습니다.

어느 날부턴가 비정규직보호법 이야기가 나돌고 뉴스를 집중해서 보았습니다. 비정규직보호법, 말만 그대로 해석하면 저와 같은 비정규직의 신분으로 회사 생활을 하는 사람들에겐 꿈이 현실이 되는 법안인 것처럼 여겨졌습니다. 하지만 그 법안의 내면은 이름만 보호법이지 완전 사용자들을 위한, 저와 같은 비정규직 직원들을 마음대로 해고하고 용역화 할 수 있게 만들어놓은 말도 안 되는 법안이라는 것이 얼마 지나지 않아 확연히 드러나게 되었습니다. 이 법안 속에 가려진 편법을 교묘히 이용하는 기업이 바로 제가 몸담고 있는 회사 이랜드입니다. 그 편법을 이용하여 구조조정을 가장한 해고 통보를 일삼고 있었습니다.

우리 계산원 중에는 몸이 아프신 부모님과 아이들 생활을 책임져야 하는 분들이 많이 있습니다. 다리가 퉁퉁 붓도록 서서 일하고 화장실도 교대할 수 있는 사람이 있어야 참고 있다가 가야 해도, 적은 인원 때문에 줄을 서서 짜증과 화를 내시며 계산하는 고객 분들에게 속은 타들어가면서도 환한 웃음으로 대해야 했습니다.

그래도 '그래, 내가 소중히 여기는 일터니까 열심히 하자!'고 다짐하고 다짐하며 열심히 일했는데 회사는 우리에게 용역회사로 가지 않으면 해고랍니다.

나는, 또 우리는 지금 일하던 곳에서 일하고 싶습니다. 비정규직 법은 우리를 절대로 보호해주지 않고 있습니다. 비정규직 법은 우리를 해고하고 있습니다. 우리를 도와주십시오. 많은 관심을 가져주십시오. 많은 노동자들이 숨을 쉴 수 있도록 해주십시오. 부탁드립니다.

_ 김정미 조합원(비정규직)

| 뉴코아노동조합 야탑지부, 2007년 8월 |

이제 남자들은
뭐 해먹고 사노

나는 경남 진주 시내버스 여자 기사입니다. 떨리는 마음으로 운전대를 잡은 지가 엊그제 같은데 벌써 1년이 다 되어가는군요. 정말 세월 빠른 것 같아요.

저는 남편과 트레일러 운전을 하며 경남 창원 한국철강에서 철근과 에이치빔을 싣고 서울 큰 공사 현장에 다니는 일을 했습니다. 하루는 서울 근교에서 짐을 내리는데 시내버스 차고지에 여자 기사 분들이 눈에 들어오더라구요. 너무 멋있게 보였습니다. 그래서 남편에게 "자기야! 나도 버스 운전하고 싶다. 저기 선글라스 낀 여자 기사들 좀 봐. 너무 멋있지?" 하니까 남편은 "응. 그런데 여자 트레일러 기사는 대한민국에서도 몇 명 안 된다. 니가 더 멋있다. 아무 소리 말고 하던 거나 잘해라!" 하고 대답하더군요.

그런데 시간이 지나도 그 모습이 자꾸만 아른거렸습니다. 저도 기회가 되면 시내버스 운전을 하고 싶었습니다. 트레일러는 차도 크고, 짐도 실어야 하고, 혼자 자유롭게 일하기엔 무리고……. 남편과 2년 정도 매일 다니다 보니 많이 챙겨주어 좋은 점도 많지만 싸울 일도 많아 버스에 대한 미련이 떠나질 않았습니다.

그러던 중 2007년 2월 초, 서해안 고속도로를 지나다 짙은 안개 때문에 연쇄 충돌 사고가 났습니다. 비상 깜박이를 켜고 정차 중이던 우리 차를 25톤 가구차가 속도를 미처 줄이지 못해 들이받았습니다. 거기다가 뒤따라오던 차량들이 연달아 박고 또 박고. 고속도로는 순식간에 아수라장이 되어버렸습니다.

우리 차는 앞뒤가 완전히 망가져 폐차시킬 수밖에 없었습니다. 사고 이후 한 달을 쉬면서 차를 다시 사고 할부 갚으며 남편 혼자 장거리를 다니게 됐고, 난 시내버스 모집 공고를 보고 이력서를 제출했습니다. 한 달가량 노선 견습을 받고 실습을 한 후에 3월 말부터 정식 직원으로 일하게 되었습니다.

진주에서 '1호 여승무원'이라는 명칭 아래 떨리고 긴장도 되고 잘할 수 있을까 부담도 많이 되는 가운데 출발을 했습니다. 처음이다 보니 관심도 많았고 지켜보는 사람도 많았습니다. 여자가 무슨, 한 3개월 버티다 그만두겠지 하는 눈길도 있었고, 뜻밖에 여자 분들이 부러워하며 제 용기에 박수를 보내는 일도 많았습니다.

할머니들께선 "덩치도 작건만 참말로 기운이 세다. 이 큰 차를 몰고. 아이고 참말로 간이 예사로 안 크다. 아이고 이 큰 차를 참말로 운전도 잘하고, 친절하고, 부드럽고 좋네. 이 제 남자들은 뭐 해먹고 사노. 세상이 참말로 여자 세상이라. 갈수록 여자는 못하는 게 없어지고 간도 커지는데 남자들이 불쌍타……." 차를 타고 가는 내내 말씀을 하시고. 운전기사 얼굴도 보지 않고 "아저씨! 어디 어디 갑니까?" 물어보는 사람. "어서 타요." "잘 가요." "안녕히 가세요." 하는 인사말 건네는 목소리에 놀라 앞에까지 와서 얼굴 확인하고 내리는 사람들도 있었습니다.

저는 19번을 운행하는데 평소에 하촌, 중촌 아주머니들께 제사떡이며 제철 과일, 야채 같은 것도 많이 얻어먹습니다. 너무 행복합니다. 이런 고마운 분들께 제가 해드릴 수 있는 일은 친절로써 봉사하는 길밖에 없다고 생각합니다. 무거운 짐을 들어드리거나 때로는 이야기도 들어주고 늘 타던 사람이 안 보이면 걱정되어 안부도 묻고…….

그런데 얼마 전 남편이 뇌경색으로 쓰러져 현재도 치료 중에 있습니다. 화물연대 교육부장을 맡으며 과로에 시달려 그런 것 같습니다. 비뚤어진 세상을 바로잡겠다고 그렇게 열성적이던 사람이 지금은 말도 못하고 누워있는 모습을 바라보면 가슴이 무너집니다.

갈수록 없는 사람들은 살기가 더 힘든 것 같습니다. 화물연대에 몸담고 계시는 분들과 오늘도 열심히 운전대를 잡고 잠 못 자고 열심히 일하는 우리 기사님들께 파이팅을 외칩니다.

저도 남편이 이렇게 되기 전에 참 많이 말렸습니다. 가정 하나도 책임 못 지는 사람이 나라 걱정, 화물연대 걱정은 혼자 다 짊어진 사람처럼 전국 파업 현장을 뛰어다닐 정도였으니까요. 말도 못 하고 한쪽 수족도 못 쓰고 누워있는 남편을 위해 화물연대 동지들이 일일찻집을 열어 모금운동을 벌여 도와주었고, 초등학교 동기들, 우리 진주 시민버스 동지들, 진주노동문화단체 새노리 분들, 너무나 많은 분의 성원에 감사드리며 더욱더 보답하며 살아야겠다고 다짐합니다. 고맙습니다.

이렇게 따뜻한 가슴을 가진 분들이 함께함을 감사드리며 남편이 빨리 낫기를 빌며 화물연대의 발전과 우리 진주 자주관리기업인 시민버스의 무궁한 발전을 기원합니다.

| **장길녀** 진주 시민버스 운전사, 2008년 3월 |

우리 "힘내세요"만 기억하고 싶다

오전 11시 한여름 땡볕 속의 천막 안. 덥다는 것 외엔 아무런 생각도 나지 않는다. 오늘은 폭염주의보까지 발령됐다는데……. 지난해 이맘때를 되짚어본다. 홈에버 상암점 매장 점거로 그 안에선 그래도 더위를 모르고 지냈던 때가 그립다 하면 어리석은 생각일까? 여름 내내 그늘 한 점 없는 땡볕 아래서 뜨거운 아지랑이 피어오르는 아스팔트 위에 앉아 무더위를 잊은 채 힘찬 팔뚝질로 그해 여름을 보냈다.

그리고 1년 만인 지난 6월 30일 우리는 다시 천막을 쳤다.

이젠 24시간 우리의 거점인 천막을 사수해야 한다. 그 24시간 동안 거구의 사측 보안요원 예닐곱이 사복 차림(나름 신분을 감추기 위한 복장)으로 우리 못지않게 천막 둘레를 배회

한다. 정복 경찰 서너 명 또한 천막을 기웃거리며 '수고하십니다'라고 한마디 던지곤 한다. 그러나 이른바 말하는 닭장차는 보이질 않는다. 뭐야? 이들이 우릴 물로 보나. 홈에버 둘레를 닭장차 벽으로 전경을 동원해 인간 띠 벽으로 마치 사측 사설 경비인 양 버티고 있더니⋯⋯. 가뜩이나 더운데 화악~ 들어가버릴까? 하고 서너 명이 둘러앉아 농담 아닌 농담을 해본다

오늘 아침 사측에서 공문을 보내왔다. 노조의 천막으로 영업 방해가 된다고 자진 철거하지 않으면 뒷일 책임 못 진다고. 이것들 정말 웃긴다. 이 자리가 사유지도 아니고 나라의 땅이고 이는 곧 우리 국민의 공간인데 어디서 감히~. 씨알도 안 먹힐 소릴 하고 있는 그자들의 머릿속이 궁금하다.

천막이란 설치물로 우리의 거점이 확보됨에 다시금 투쟁의 결의를 모아낼 수 있음에 감사한다. 허나, 조합원 거의가 주부이고 1년이란 긴 투쟁 속에서 가족의 탄압이 심해지는 현 상황에서 천막을 24시간 사수하기란 여간 힘들지 않다.

한 조합원한테 항의 아닌 항의 전화를 받았다. "지금 얼마나 가족에게 눈총을 받고 있는데 왜 천막은 쳤으며 그것도 상암점 앞에 자리를 잡아서 힘들게 하느냐. 사수 대열에 안 낄 수도 없고 같이 하자니 가족들 눈치 보이고 정말 힘들다"는 그이의 말에 동감한다. 나 또한 그런 형편이기에. 하지만

난 그를 설득한다. "이젠 이 투쟁 끝내야 한다. 더는 버티기엔 우리가 많이 지쳐 있다. 우리의 투쟁 계획이 새나갈까 걱정돼 조합원의 동의나 결의를 얻지 못한 상태에서 집행될 수밖에 없었음을 이해해 달라. 이번엔 끝내자는 마음으로 최선을 다하자"라고. 물론 난 알고 있다. 그이가 나와 같은 생각과 결의가 없어서가 아니라는 것을. 단지 현재 형편이 극도로 고통스럽다 보니 푸념 아닌 푸념을 한탄하면서 한 말이란 것을.

잠시 후면 홈에버를 찾는 고객과 시민들을 대상으로 선전전을 해야 한다. 날도 더운데 그들의 반응이 어떨지 심히 불안하다. 그동안 시민들의 반응은 천차만별. 아직도 이랜드 문제 끝나지 않았나요? 힘내세요! 귀찮다! 관심 없다! 등. 우린 '힘내세요!'만 기억하고 싶다. 그러나 뇌리에 남는 한마디는 '귀찮다!' '관심 없다!'뿐. 정말 속상하고 힘 빠진다. 고통으로 남는다. 그런 이유로 시민을 대상으로 하는 선전전을 기피하는 조합원도 있다. 그러나 당당하게 피켓 들고 1인 시위도 마다 않는 조합원도 있다. 그러기에 서로 의지하며 투쟁할 수 있는 것이다.

천막 설치 나흘째, 많은 연대 동지들과 지역 주민들이 다녀가셨다. 양손 가득 선물을 안고. 투쟁 기금은 물론 여러 개의 현수막, 직접 만들어준 피켓, 그 밖에도 수박, 참외, 귤, 치킨, 음료, 과자, 심지어는 모기장까지……. 이런 지지자들이 우리 곁에 계시기에 고통스런 1년을 버틸 수 있었다고 생각한다.

정말 덥다. 두통이 온다. 내 두통을 더욱 가중시키는 것 한 가지, 오늘 밤 사수조는 정해졌나? 천막이 상암점 앞에 있고 나 또한 상암(월드컵)분회 대표이다 보니 이런 고민을 그냥 지나칠 순 없다. 누가 시켜서도 아니다. 더욱이 다른 조합원들보다 더 열심히 활동해서도 아니다. 그저 내 생활공간에서 다른 이들보다 좀 더 가깝다는 이유에서 오는 스스로의 책임감 때문이라 할까? 1년이란 길고도 힘겨운 투쟁 속에서 우린 고무줄보다 동아줄보다 더 질겨질 수밖에 없었다. 그러기에 천막 사수는 문제없다고 믿는다. 이를 기점으로 승리를 이뤄낼 것이다.

그나저나…… 정말 덥다. 빨리 씻고 싶다!

| **황선영** 이랜드 해고 노동자, 2008년 8월 |

엄마,
조금만 기다려

살다 살다 별일을 다 겪는다. 많지도 적지도 않은 서른 한 살의 나는 스스로에게 가끔 이런 한탄을 한다.

작년 9월 11일 파업 전날부터 일부 정규직 직원들은 우리에게 비아냥거렸고 경찰과 용역 깡패들은 1년 동안 폭력을 가했다.(파업 중 발생한 폭력으로 조합원 상해 일수가 400일이 넘었다.) 얼마 전에는 두 명의 조합원이 경찰에게 집단 폭행을 당해 코뼈 수술을 했다.

물론 경찰은 우리에게 그 어떤 보상도 하지 않았다. 회사의 용역 폭력도 마찬가지고. 광우병 쇠고기 반대 집회에서도 경찰 폭력과 이 나라 권력자들의 본질을 보았다. 단순히 아닌 걸 아니라고 표현하고자 촛불 하나 들고 집회에 참석했던 대다수의 일반 시민들은 의아했을 것이다. 경찰한테 두들겨 맞고 연행되면서 '내가 아는 경찰은 이게 아닌데? 내가 아는 국민을 위한 정부가 이럴 수가?' 하는 배신감에 치를 떨었다.

증권사의 전산망을 정규직 직원과 같이 운영하면서, 20년을 일해도 영원히 하청 노동자라는 이유만으로 정규직 대비 5분의 1 임금 수준(정규직 직원 평균 연봉은 9300만 원, 조합원 평균 연봉 1800만 원)이다. 법원에서는 코스콤 사내 하청 두 곳은 위장도급, 한 곳은 불법파견이라는 판결을 내면서 우리 주장이 진실이었음이 밝혀졌다.

'법과 원칙'을 강조한 현 이명박 정권의 슬로건은 기업과 경찰들에게는 예외다. 기업과 경찰들은 아무런 근거도 없이 '떼법'을 쓰고 있는데도 정부는 처벌은커녕 묵인하고 있다. 그래서 발생한 피해자들은 바로 우리다. 그리고 이 책을 보고 있는 여러분이고, 촛불 집회를 지지했던 어린 학생들과 일반 시민들이다. 저항하면 상상도 못할 별별 일을 다 겪어야 하는 게 이 나라의 현실인 것이다.

코스콤이 '법과 원칙'을 준수하겠다면서 1심 판결에도 불구하고 일체의 교섭도 안 한 채 항소한 사태를 보며 나는 울분을 토했다. 우리 조합원들의 목숨을 건 고공 시위, 60일이 넘는 기륭전자 여성들의 단식, 마포대교에서 뛰어든 GM대우 비정규직 노동자들만 억울한 가슴을 안고 죽어가야 하는지?

최근 인도주의실천의사협의회에서 이랜드, 코스콤, KTX·
새마을호 장기 비정규직 투쟁 사업장 조합원을 상대로 설문
조사하여 나타난 정신적 스트레스 지수 결과는 코스콤이 가
장 심각했다. 여의도 증권선물거래소 앞에서 1년째 하고 있
는 노숙 생활 때문에 더욱 피로도가 높을 수밖에 없다. 월급
을 받지 못해 오는 30, 40대 가장의 피 말리는 고통과 그 때
문에 생긴 가족과의 갈등, 쥐들이 들락거리는 천막 안에서
다친 몸으로 혹한과 폭염을 견디고 있으니 몸과 마음이 성할
리 없다. 게다가 같이 일했던 정규직 직원들이 태연하게 지
나다니는 것을 볼 때면 (이제는 아예 서로 눈도 마주치지 않으니
인사할 겨를도 없다.) 마음이 불편할 수밖에 없다. 시간이 흐를
수록 사람의 죄책감은 무뎌지면서 무관심으로 발전한다. 코
스콤도 마찬가지고, 정규직 직원도 파업에 참가하지 않은 비
정규직도 마찬가지일 거고. 나 또한 그 어떤 소식을 들어도
기쁨도 슬픔도 느끼지 못하는 상태가 되어가는 것이 두렵다.
우리에게 장기 파업이란 이만큼의 고통을 준다. 하지만 승리
의 확신만 있다면, 그리고 그 승리를 위해 동지들과 함께 그
과정을 만들어간다면 지치지 않을 것 같다. 그 기간이 얼마
가 되든 말이다.

　말복의 폭염으로 숨쉬기도 힘들었던 오후, 엄마는 갑자기
여의도 천막에 찾아왔다. 유난히 더운 날이면 딸 생각이 난

다면서. 엄마는 나를 식당으로 데려가서 밥을 먹였다. 나는 다 말하지 못한다. 말할 수 없는 것이 있다. 단지, 그저 하루라도 빨리 잘 해결하기 위해서 최선을 다하고 있다고. 중도에 포기하는 것은 시작하지 않느니만 못하다고 말할 뿐이었다. 엄마는 주머니에서 꼬깃꼬깃한 만 원짜리 몇 장을 쥐여주셨다. 엄마가 매일 아침 일찍 일어나서 건물 청소하면서 번 돈이다. 받고 싶지 않지만 받을 수밖에 없다.

'엄마, 조금만 기다려. 정규직 되면 꼭 지열이 결혼 비용 걱정 안 하게 돈 다 보태줄게. 노조 하기 전엔 삶의 목표도 없이 기계처럼 살더라도 돈을 벌어야 한다고 생각했는데 노조하고 나서는 돈이 전부가 아니라는 걸 알았어. 혼자 사리사욕 채워봤자 내가 가질 수 있는 것은 줄어들 뿐이고 모두가 같이 나누면서 사는 게 사람답게 살 수 있고 잘 살 수 있다는 걸 알았거든.'

우리 코스콤 비정규직 동지들과 우리 가족에게 사랑한다는 말을 전한다.

| **정인열** 코스콤 비정규지부 부지부장, 2008년 9월 |

그 회사에 있었던 1년은 끔찍했다

나는 2006년 1월 17일에 한국에 처음 왔다. 그때 나는 내가 내 꿈을 이루고 내 가족에게 안락한 생활을 제공할 수 있는 기회를 얻은 소수의 행운아 중 하나라고 생각했다. 우리는 언어와 산업안전에 대한 훈련을 받아야 했다. 이 과정은 길었고 지루했지만 그럴 가치가 있었다.

인천 공항에 도착한 후, 우리가 갈 곳을 배정받았는데 나는 부산으로 가게 됐다. 거기에서 우리는 다시 의료 검진을 받아야 했고, 우리가 앞으로 어떻게 되고 이 낯선 땅에 머무는 동안 무엇을 기대할 수 있는지 설명을 들었다. 앞으로 일어날지도 모르는 문제들을 피하기 위한 충고들과 우리가 한국 사회에 더 쉽게 적응할 수 있는 방법도 들었다. 그들은 외국인 노동자들이 한국에서 한국인 노동자들과 마찬가지로 같은 노동권을 보장받는다고 강조했다.

한국 역시 아시아 국가이기 때문에 필리핀과 문화적인 면에서 어느 정도 동질성이 있고, 그래서 우리가 이 사회에 적응하기가 쉬웠을 것이라고 생각했다. 우리가 열심히 일한다면, 우리가 한국에 있는 것이 우리와 한국 모두에게 반드시 생산적일 것이라고 확신했다.

3일간의 교육 뒤에 우리는 곧 각각의 고용주들에게 넘겨져 3년 동안 우리의 집이 될 곳으로 보내졌다. 회사에 도착한 후, 우리는 우리가 할 일을 간단히 설명 듣고 회사를 둘러보고 여러 동료들과 관리자들을 소개받았다.

기숙사로 갔다. 그 기숙사는 가로 3미터 세로 5미터 정도 되는 컨테이너였다. 처음 몇 주 동안은 편안했다. 한 달 정도 후에는 우리는 그리 행복하지 않았다. 우리들 숙소는 논 근처 아무것도 없는 곳에 있는 반면 남자들은 양산시 근처에 있는 아파트에 집이 있었다. 단 며칠 밤을 보낸 뒤에 우리는 처음으로 일을 끝내고 나와 방 친구는 씻고 잠잘 준비를 했다. 우리가 잠이 든 후에 탕탕 문을 두드리는 소리가 들렸다. 우리는 그 소리를 무시하려고 했지만, 그 사람은 계속 두드려댔다. 문을 두드리는 사람이 반장이란 것을 알고 나는 그가 우리에게 잔업을 할 것인지 물을 거라고 생각하면서 문을 열었다. 불행히도 우리의 예상이 잘못됐다는 것을 금방 알게 됐고, 우리가 이 사람을 믿은 것은 끔찍한 실수였다는 것을 알았다. 그자가 안으로 걸어 들어오는 순간 매우 술에 취해 있었고 여기에 온 이유가 일과는 상관이 없다는 것을 알았다. 그는 우리에게 자신이 이 집을 수리했고 우리를 위해 음식을 사왔으며 우리를 돌봐주는 것에 우리가 얼마나 고마워 해야 하는지 말했다. 그는 노골적으로 밤 동안 이 방에 있을 수 있는지를 물었고 내 방 친구에게 성관계를 갖자는 제안을 계속했다. 그녀는 너무 두려워했다. 그 친구는 다른 나라에 있는 것은 말할 것도 없고 가족과 떨어져 사는 것 자체가 처음이었다. 그 친구에게는 모든 것이 충격이었고 우는 것 외에는 할 수 있는 것이 없었다. 우리는 그자에게 거부 의사를 밝혔지만, 그자는 밖으로 나가지 않았다.

나는 우리의 안전을 지키기 위해 필사적인 수단을 취해야 할지 말지를 결정해야 했다. 우리가 선택할 수 있는 것은 싸우거나 도망칠 순간을 기다리는 것이었다. 다행히도 그는 자기가 가져온 우유를 엎질렀고 나에게 부엌에 갈 기회를 주었다. 나는 걸레를 가지고 다시 돌아오면서 방 친구에게 바닥을 닦는 것을 도와달라고 했다. 그 친구는 부엌으로 갔고 나는 그녀에게 내 신호를 보면 빨리 도망치라고 했다. 나는 안으로 들어가 술을 좀 더 사오겠다고 말했다. 그 반장은 즉시

동의했는데, 내가 잠시 나간 사이 내 친구와 시간을 보낼 수 있다고 생각한 것이다. 나는 빨리 내 친구에게 문 쪽으로 가라고 신호를 보냈다. 그래서 한겨울에 셔츠와 파자마만 입고 우리는 100~150미터가량 공장 쪽으로 달렸다. 뒤에서 목소리와 자동차 모터 소리를 들었을 때, 쫓기고 있다고 생각해서 덤불, 논두렁과 어둠 속에 몸을 피했다. 회사 안에서 몇 분 동안 이리저리 도망 다녔다. 우리는 한국인 동료들에게 도움을 요청했고, 그들은 반장을 불렀다. 우리는 서툰 한국말과 영어, 그리고 여러 가지 몸짓으로 이해시키려 애썼다. 우리는 그이들 역시 흥분해 있다는 걸 느낄 수 있었고, 동료들과 우리 컨테이너 숙소로 갔다. 그곳에 가보니 그자는 사라지고 없었다. 우리는 회사의 락커룸에서 밤을 보냈다. 회사 동료들 대부분은 우리에 대해 동정적이었고 도움을 주려고 했지만 회사는 우리에게 호의적이지 않았다. 만약 우리가 법적 절차를 밟으려 한다면 고용 계약 기간을 일찍 끝내 우리를 필리핀으로 돌려보낼 것이라고 말했다. 나는 고소를 하길 원했지만 내 친구는 이 생각에 우려했다.

　우리가 필리핀 해외 노동청에 이 사건을 신고했지만, 놀랍게도 대부분은 우리 잘못이라고 말했다. 결국 우리 정부의 노동부로부터도 어떤 도움도 얻지 못하고 우리는 포기했다. 그자는 최대한 우리를 피하고 다시는 결코 우리를 괴롭히지 않을 것이라는 조건으로 회사에서 계속 일하기로 결정했다. 그 뒤 우리와 그 반장이 몇 번 우연히 지나다 만난 일들이 있었지만, 그자는 마치 아무 일도 일어나지 않았다는 듯이 행동했다. 몇 번 만나는 동안 말싸움이 있었는데, 그는 이 때문에 다른 곤란한 문제들이 생길까 봐 물러섰다. 내가 그 회사에 있었던 시간은 침묵의 고문 같았다. 나는 이런 부정의를 견딜 수 없었고 내 계약 기간인 1년이 끝나는 대로 이들과 재계약하지 않는 것이 내 해결책이었다. 우리가 이 회사의 다른 관리들과 동료들에게 친절한 대우를 받지 않았다면 나는 이 회사에서 1년도 버티지 못했을 것이다.

고용 기간 동안 문제가 없고, 고용주와 노동자 사이의 관계가 꽤 좋다면, 3년의 고용은 즐거울 것이고 아마 몇 년간 계약을 연장할지도 모른다. 그러나 이런 사례들은 드물다. 고용허가제의 제한은 고용주들이 그들이 고용한 노동자들을 함부로 할 수 있는 면허를 주는 것이다. 특히 이 노동자들이 마지막 사업장에 있을 때에는 더 그렇다. 노동법에 대한 정확한 통역도 없고, 이주노동자의 노동권에 대한 정확한 안내도 없기 때문에 대부분의 이주노동자들은 고용주뿐만 아니라 한국인 노동자들로부터 함부로 대우받기 쉽다. 이주노동자는 단지 세 번의 직장 변경만 허용이 되고 특별한 경우에 한 번 더 가능하다. 어떤 이주노동자가 학대당하고 임금을 받지 못하거나, 또는 회사가 파산하거나, 또는 어떤 노동자가 운이 나빠 사건이 계속되면 직장 변경 기회를 다 써버리게 된다. 유일한 선택은 본국 자신의 집으로 돌아가거나 미등록 이주노동자로 살아가는 것이다.

한국에서 이주노동자들의 미래는 어둡다. 이주노동자들은 이런 학대나 부정의를 견뎌내거나 또는 상처 입고 빈손으로 그들 각자의 집으로 돌아가야 한다.

유일한 다른 선택은 우리 스스로를 교육하고 우리의 노동 권리를 위해 싸우는 것이다.

| **미셸** 필리핀 이주노동자, 2008년 9월 |

선생님, 우리랑 같이
졸업 못해요?

지난 수요일 오후, 개인적인 볼일이 있어 조퇴하고 전철을 타고 가는데 갑자기 휴대폰이 울려대기 시작했습니다. 평소에 모르는 사람이 건 전화는 잘 안 받는데 자꾸 전화가 오기에 휴대폰을 받았습니다. 신문기자들이 일제고사와 관련해 서울시교육청에서 징계가 의결됐다는 소식을 전하더군요. 저는 파면이라고 했습니다. 여러 가지를 묻는 말에 무슨 답변을 했는지 모르겠습니다. 좀 정신을 차려야겠다 싶어 중간에 타고 가던 전철에서 내려 자판기를 찾아서 커피 한 잔을 뽑아 의자에 앉았습니다. 중징계라고는 했지만 교직에서 쫓겨나는 징계일 거라고는 생각하지 못했는데…….

'그래 처음으로 돌아가자.'

일제고사를 정부 방침대로 따를 것인지를 놓고 며칠을 고민하던 지난 가을이 떠올랐습니다. '정부에서는 중징계하겠다고 공언하고 있고 교사의 양심상 그냥 일제고사를 볼 수도 없고…….' '남들은 별다른 고민 없이 쉽게 받아들이는데 나는 왜 이렇게 예민하게 받아들이지? 그냥 일제고사를 볼까 하다가 만약 이번에 그리하면 그동안 교사로서의 살아온 나를 부정하는 것 같은 기분이 들고…….'

지난 10월 14일과 15일 전국의 모든 6학년 아이들이 일제고사를 봤습니다. 그런데 저는 일제고사 시험이 성적에도 안 들어가고 중학교에 진학하는 데 지장이 있는 시험도 아닌데다가 아이들에게 별로 도움이 되지 않는 평가라고 생각했습니다. 그리고 무엇보다도 일제고사는 현행 7차 교육과정에 제시된 평가와 어긋나서 정상적인 학교 교육을 할 수 없도록 만들기 때문에 학교에서 시험을 안 보는 것이 바람직하다고 생각했습니다. 하지만 일제고사를 보기를 원하는 학부모도 있을 수 있다는 생각에 아이들 편에 일제고사에 대한 생각을 편지글 형식으로 써서 가정에 보내고 원하는 학생만 시험을 보겠다고 했습니다. 그 결과 일제고사를 보겠다고 한 15명은 시험을 보게 하고 나머지 20명을 데리고 평소처럼 수업을 했습니다.

교사로서 자기 부정을 하고는 다시는 아이들 앞에 떳떳하게 설 수 없을 것 같아서 생각 끝에 판단은 학부모한테 맡겼던 것입니다. 징계가 마음에 걸렸지만 그 당시 제겐 이 길 말고는 다른 길이 없었습니다. 그런데 교육청에서는 그 일 가지고 학업성취도평가를 고의적으로 지연하고 학교장 허락 없이 학부모에게 일제고사의 문제점을 지적한 편지글을 보냈다는 이유로 공무원직을 박탈하고 퇴직금도 반밖에 받을 수 없는 공무원으로 받을 수 있는 가장 가혹한 징계인 파면 처분을 내렸습니다.

파면 처분이라는 소식을 들은 뒤, 가장 먼저 연세가 일흔 가까이 되는 부모님 얼굴이 먼저 떠올랐습니다. 세상의 모든 부모님이 다 그러하겠지만 우리 부모님도 나 하나 잘되는 거 보려고 평생을 궂은 일 마다하지 않고 살아오셨거든요.

너무 황당한 사건이라 많은 사람들이 관심을 갖게 되면서 각종 매체에 보도가 되고 카메라 앞에 설 기회가 많이 생겼습니다. 혹시 텔레비전 화면에 나온 자식 모습을 보고 놀라실까 봐 기자회견할 때도 맨 구석 자리에 비스듬히 서서 카메라를 외면했습니다. 제 얼굴이 뉴스 화면에 나왔다고 여기저기서 문자와 전화가 오면 혹시 부모님 전화번호가 뜰까 봐 마음을 졸였는데 오지 않는 걸 보니 다행히 무사히 넘어간 것 같습니다. 한편으로 연세가 드셔서 텔레비전 화면에 나온 제 모습을 몰라본 것이 아닌가 생각하면 울적한 생각이 드는 한편, 마음 편히 해드리는 것밖에 한 것이 없는데 그것마저 해드리지 못하게 되었다고 생각하니 서글퍼졌습니다.

징계 대상자들과 간단한 모임을 갖고 집에 들어가니 아내가 제 모습에서 무슨 낌새를 채고는 물어보더군요. 우물쭈물 망설이다가 파면이라고 이야기를 했더니 생각보다는 별로 놀라지 않아서 순간적으로 좀 당황스러웠습니다. 미안하다고 하고는 복직 투쟁 열심히 하고 애들 클 때까지 아직 10년은 돈을 벌어 가장의 역할을 다하겠다고 말했습니다. 아내 말이 당장 돈을 벌어오라는 이야기는 안 할 테니까 두 가지는 하지 말라고 했습니다. 그 두 가지가 뭔가 하면, 사업과 또 하나는 노동조합 전임자 일입니다. 1년은 좀 쉬면서 복직 투쟁에 힘쓰고, 시간 나면 주말농장이나 하나 알아보라고 했습니다. 평소에 집 밖에서는 고개 숙이고 산 적이 없는데 집 안에 들어와서는 아내한테 별로 이겨본 적이 없었거든요. 역시 나보다 한수 위구나 새삼 느꼈습니다. 아내와 나 모두 밤늦게 잠들지 못하고 뒤척이다 새벽 두 시가 넘어 잠이 들었습니다.

다음 날 일어나서 아침을 먹으며 아내와 신문에 난 제 징계 소식을 보면서 이야기를 나누고 있는데 큰아이가 분위기가 이상하다고 느꼈는지 무슨 일이냐고 묻더군요. 저는 지금 벌어진 당혹스러운 상황을 어찌 설명해야 할지 몰라 우물쭈물

하고 있는데 아내가 아이가 이해할 수 있도록 설명을 해주었습니다. 아침 먹이고 학교에 보냈는데 딸아이 담임선생님이 하는 말씀이 아침에 눈에 눈물이 그렁그렁한 얼굴로 와서는 파면이 뭐냐고 물어보더라는 군요. 어린 마음에 집안 분위기도 그렇고 아빠한테 무슨 일이 생긴 것 같은데 제 딴엔 이해가 안 되고 무척 불안했나 봅니다. 아이가 상황을 받아들이고 적응할 때까지 많은 정신적 충격을 받을 수도 있겠다 싶어 하루 내내 마음이 무거웠습니다.

학교에 와보니 아이들이 신문과 방송에 선생님이 나왔다면서 궁금해하더군요. 아이들에게 무어라 이 상황을 설명할까 고민하다가 제대로 설명할 자신이 없어 나중에 이야기 해주마 약속을 하고 아무렇지도 않은 듯 하루를 지냈습니다. 눈치 빠른 여자애들 몇이 뒤에서 모여서 이야기를 하면서 나를 힐끗 힐끗 보는 것이 내 상황에 대해 대충 아는 눈치였습니다. 여자아이 하나는 눈물이 그렁그렁한 채 내 자리로 와서는 선생님은 우리랑 졸업 같이 못하느냐고 묻기에 아니라고 하면서 저도 울컥 울음이 나올 뻔했습니다. 어떤 남자애들은 왜 우리가 시험 안 봤는데 선생님이 징계를 당하냐고 하면서 데모를 하자고 제안을 하기도 했습니다. 우리 반 말썽꾸러기로 관리 대상인 아이 하나는 힘내라면서 주머니에서 불량식품 하나를 내놓고 갑니다. 저 예쁜 아이들이랑 헤어져야 한

다니 벌써부터 가슴이 벌렁벌렁 울컥해집니다.

　내 징계 문제가 나만의 문제가 아니라는 생각을 하게 됩니다. 내가 사랑하는 많은 사람들과 나를 사랑하는 더 많은 사람들의 눈에 눈물을 흘리게 만든 나를 가로막고 있는 벽, 이 벽을 반드시 넘어서야 하겠다는 생각을 아이들을 보면서 하게 됩니다. 반드시 제자리로 돌아가서 사랑하는 아이들 곁에 서겠습니다.

| **정상용** 구산초등학교 교사, 2009년 1월 |

여보, 당신은
아직 죽지도 못했습니다

둘째아이를 낳을 무렵이었습니다. 남편이 자꾸만 피곤을 못 이겨서 졸고 피부에 알 수 없는 염증이 생기고 늘 감기 기운이 있는 것처럼 시들시들했어요. 그때는 영문을 알 수 없었습니다. 회사가 싫어 죽겠다는 말을 입에 달고 살았어요. 나중에 안 일이지만 회사 관리자들이 병들어 앓고 있는 사람에게 일 못한다고 있는 구박 없는 구박 다 주고 그것도 모자라 이미 몇 번을 다른 부서로 쫓겨 다닌 후의 일이었습니다.

처음에 졸고 피곤해하던 남편의 배가 자꾸만 불러왔어요. 무슨 영문인지 알 수 없었던 남편과 저는 안 다녀본 병원이 없었어요. 그러나 어떤 병원 의사도 남편의 병이 어떻게 해서 생겼는지 말해주지 않았고 치료의 방법이 없다고만 했습니다. 어떤 의사 선생님은 남편의 질환이 영원한 미스터리라고까지 하였습니다.

온몸에 고열이 나고 머리가 멍하고 몸 전체가 너무 아파서 고통스러운 날엔 견디기 어려워 하루 세 번씩 병원에 갔고 병원비가 없어 한밤중에 남의 집에 돈 빌리러 간 적이 몇 번인데 사람이 죽을 것 같아 너무도 다급하여 창피한 줄도 모르고 이 집 저 집 돈을 빌리러 다녔어요.

생계가 어려워 어린애들을 집에 두고 신경과, 정신과, 내과, 여기저기 다녀봐도 확실한 병명이 나오지 않고 우리 애들 아빠가 피를 토한 방바닥에 아이들이 기어다녔던 일을 떠올리면 지금도 목이 꽉 멥니다. 그 일을 생각지 않고자 스스로 다그쳐야 해요.

오랫동안 아프면서 왜 싸운 일이 없었겠어요. 많이도 울었고 괜한 성질을 내는 모습에 우리 가족들 많이도 아팠어요. 당신 몸이 아프니까, 정신도 멍할 때가 있고 하니 자꾸 억지를 쓰고 심하게 화를 내는 상황이 생겼어요. 얼마나 힘든 일인지 겪어보지 못한 사람은 모를 거예요.

어떻게든 일어나겠지 하고 병명이라도 알아서 병도 고치고 같이 행복하게 살아야지 하는 마음으로 지낸 세월이 15년이었어요. 결국 무엇 때문에 아픈지 병명이 무엇인지도 모른 채 가족들한테 피해를 줄까 안절부절 노심초사 하더니 1995년 췌장

암 판결을 받고 이듬해 사랑하는 가족 곁을 떠났습니다.

나중에 안 일이지만 아픈 사람보고 일 못한다고 구박했다는 말을 듣고 얼마나 한스러운지 말도 못하겠더라구요. 아픈 우리 애들 아빠를 그렇게밖에 생각 안 하고 눈치 주고 구박했다는 말을 듣고 한스러워 많이도 울었어요.

수도 없는 분들이 이런 경우를 당했다는 말을 듣고 잊으려고만 했던 기억을 다시 고통스럽게 떠올리면서 우리 애들 아빠가 왜 그런 질병들에 시달려 왔는지 밝혀야겠다고 마음먹었어요.

아직도 우리 애들은 제가 맘 고생하는 걸 보면서 왜 이렇게 어려운 일을 하려고 그러냐고도 하지만 애들 앉혀놓고 그랬어요. 아빠는 아직 눈도 못 감고 계실거야. 우리가 가만히 있으면 아빠는 좋아하시지도 않을 거고. 많은 분들이 아파서 돌아가셨다는데 같은 사정들 아니겠니. 니들을 위해서도 엄마를 위해서도 같은 처지에 계시던 분들을 위해서도 왜 그렇게 아팠는지 알아내는 일을 위해서 우리가 할 수 있는 작은 일을 하는 것뿐이야라고요.

한 맺힌 삶과 고된 인생의 허전함을 달래고 한평생 몸 바쳐 일해서 얻은 병에 대한 진실을 밝히는 것이 우리가 남아서 해야 할 일이라고 생각해요.

몇 개월 전 돌아가신 30대 젊은 분이 아무 힘이 없다고 힘이 되어달라고 쓰신 글을 보고 마음이 아팠어요. 소중한 가족들을 아끼는 분들이 이렇게 젊은 나이에 돌아가셔야 한다는 것이 남의 일이 아니구나 싶네요.

힘없이 이유 없이 알 수 없는 질병으로 돌아가신 분들에 대한 진상 규명이 어서 되어 억울한 생을 마감하고 오명으로 죽어간 분들과 그 가족들의 호소와 눈물을 서로 돌아보았으면 해요.

"우리 애들 아빠는 하늘나라에 계신 것이 아니라 오늘도 우리와 함께 살고 계세요. 잠든 당신이 장님인 우리의 눈을 뜨게 해 이렇게 부당함에 맞서게 되고 당신이 못 다한 일을 우리들이 이루는 것을 보실 날이 오기를 바래요."

| 한국타이어 사망 노동자 유족, 2009년 4월 |

이 시대 정규직으로
산다는 것

오늘도 학원을 재꼈다. 일주일에 세 번 가는 학원을 어제도 못 가고 오늘도 못 갔다. 이제 겨우 화요일인데 월요일부터 몸이 천근만근이다. 하기사 고등학교 때부터 공장을 댕겼으니 올해로 21년짼데 몸이 여태껏 버티는 것만으로 다행이지 싶다.

나는 평발이다. 선천적인 결함(?)을 어쩌랴마는 내가 다니는 회사는 하루 8시간을 꼬박 서서 일한다. 원래는 앉아서 하던 일을 10년 전부터 서서 일하게끔 작업 환경을 바꾸었다. 서서 일하는 것이 앉아서 일하는 것보다 몸에 좋다는 명분을 내걸고 작업 현장은 순식간에 바뀌었고 여태 서서 일하고 있다. 거의 손만 움직이는 일을 서서, 그것도 8시간을 꼬박 서 있으면 퇴근길에는 입에서 단내가 나고 정신이 멍하다. 평발은 더더욱 서 있기가 힘들지만 만삭인 임산부도 서서 일하는데 평발이 무슨 대수라고.

10여 년을 서 있어도 다른 건 이골이 날 만도 하지만 서 있는 건 여전히 힘들고 되다. 아침부터 뻐근한 다리는 퇴근길에는 완전히 뻣뻣하고 묵직하니 뒷꿈치가 아리고 이건 내 살점이 아닌 것 같다. 통증이 특히 심한 날은 일하면서 내내 "니기미 씨벌~, 참말로 묵고살기 힘드네." 이 말이 절로 나온다. 옆에서 일하는 미자한테 "에이, 좆같은 세상! 맞제?" 하며 서로 씩 웃고 만다.

8시간 서 있기도 힘든데 무슨 학원이냐고?

회사가 구조조정을 시작한 지 3년째이다. 한때는 4천여 명이던 직원이 올해까지 세 번의 명퇴로 500여 명 정도 축소되었다. 그래서 먼 훗날 밥벌이할 대안으로 내 적성에 맞는 학원을 다니고 있다. 말이 명퇴지 정리해고나 다름없다. 나같이 찍힌 년(?)은 항상 정리 대상이지만 아직까지 독하게 잘 버티고 있다.

서서 일하는 것도 징글징글하고 마음 기댈 벗들도 다 현장을 떠났는데 이번에도 계장과 과장의 협박에 더 오기가 생겨 독하게 버텼다. 가장 큰 이유는 딱히 지금 나가서 밥벌이할 마땅한 대안이 없으니까. 지금도 실업자들이 수두룩한데 나가서 어쩌라고.(나쁜 놈들! 담에 또 건드리면 캭 물어뿔끼다.) 그러나 그 대안이 생길 때 난 사직서를 쓸 수 있을까? 많이 망설여질 것 같다.

예전처럼 공장에서 한줄기 희망을 보겠다는 확실한 신념이 있는 건 더더욱 아니다. 너무나 지긋지긋하고 치 떨리는 공장이지만 내 청춘이 녹아있고 평생을 함께 할 벗들을 만나게 해준 곳이기도 하다. 그리고 굳이 명분을 붙이자면 요즘 대학을 나와도 정규직은 하늘의 별 따기보다 어려운 이 시대에 한 달에 80만 원도 안 되는 돈 때문에 단식투쟁을 하고 있는 비정규직을 볼 때면 차마 내 자리 박차고 나가는 것이 죄(?) 짓는 듯한 기분이 든다. 또 일흔이 넘은 나이에도 열 손가락 마디마디 관절이 툭툭 불거진 손으로 농사를 짓는 엄마를 생각하면 내가 여기서 버텨야지 엄마한테 매달 10만 원씩 용돈이라도 드릴 수 있지. 그래서 오늘도 독하게 버팅기기를 한다.

우리 회사는 이른바 승급제(인센티브제)가 있다. 근데 기준이 코에 걸면 코걸이 귀에 걸면 귀걸이 식이다. 나같이 찍힌 사람은 승급을 잘 시켜주지 않는다. 18년차인데 겨우 세금 떼고 110만 원 조금 넘으니까. 그나마 보너스가 있으니까 먹고산다. 그래도 비정규직보다는 나으니까 하며 쓴웃음 지으며 위안을 삼는다.

수출 자유 지역에서 가장 큰 회사이고 흑자도 많이 났지만

IMF 이후 몇 차례의 임금 동결에다가 이젠 명퇴까지. 오늘도 김 계장은 말한다. 회사가 어렵고 생산성을 더 높여야 우리가 산다고. 그리고 우리 회사만큼 이리 괜찮은 작업 환경이 잘 없다고. 다른 데는 정말 힘들다고.

맞습니다, 맞고요. 앞에 일하는 영숙 언니도 한마디 한다. 안 짤리고 계속 다닐 수만 있어도 좋겠다고. 그래, 언냐, 안 짤리는 것만 해도 오데고! 맞다. 맞어.(영숙 언니는 어깨가 아파서 한의원에 다니고 있다.) 18년차에 110여만 원 월급에 하루에 8시간을 꼬박 서 있어도 안 짤리는 기 오데고. 그라고 내 친구 현성이처럼 일하다 손가락이 잘릴 만큼 위험한 작업 환경은 아니니까 다행이제.

하루 종일 몸에 밴 납 냄새에 두 다리는 퉁퉁 붓고 아프고 뒷꿈치는 아리다. 이제 화요일인데 아직 3일을 더 버텨야 되는데.

그래, 직장이 있는 기 오데고. 그런데 니기미 씨벌~, 묵고 사는기 와 이렇노!

| 박미경 생산직 노동자, 2009년 5월 |

따스한
밥상

지난 5월 초 동료들 대부분이 5일 간의 긴 연휴를 가족과 함께 산과 바다에서 풍성하게 보낼 때, 5월 1일자로 해고된 저희 식당 조합원들은 무엇이 부끄러운지 사택인 대창아파트 바깥으로 출입조차 할 수 없었어요. 죄 지은 것도 아닌데, 잘못한 일도 없는데……. 그런데도 아는 사람이라도 만날까 봐 가까운 슈퍼나 신탄진으로 나갈 때면 자연스럽게 모자를 깊게 눌러 쓰게 되더군요. 아마도 누군가에게 인사라도 받게 되면 표정 관리를 어떻게 할까 지레 걱정이 되어서 집 밖으로 나가기가 두려웠던 것 같아요. 대전철도차량관리단과 시설장비사무소 구내식당에서 조리원으로 일하다 식당 외주화 때문에 해고된 저희 다섯 사람은 긴 연휴 동안 좌불안석하며 휴대폰 문자 메시지로나마 서로를 위로했어요.

밥상 앞에 앉은 남편은 오늘도 언제나 그랬듯이, "술 한잔 덜 먹을 테니 그 놈의 직장 때려 치워라!" 하고 말하다 이제 그 소리도 지겨운지 돌아서 애먼 담배만 축내는군요. 그래도 대학에 갓 입학한 딸아이가 자기 용돈이랑 버스비라도 번다고 주말마다 아르바이트를 나갔다 퉁퉁 부은 다리로 들어오면서도 엄마 힘내라고 말해주는 게 그나마 다행이에요.

짧게는 2년에서 길게는 9년 가까이 식당에서 밥하고 국 끓이고, 또 반찬 만들면서 조리원, 아니 '밥순이'로 일했던 저희들은 자격증 가지고 들어온 똑똑한 영양사들처럼 많이 알지 못해요. 그래도 굳이 한 말씀 드린다면, 철도공사와 관리단, 그리고 사무소에서 숱하게 "외주업체 식당에서 일하게 해줄 테니, 또 고용보장은 되니 걱정 말아라"는 유혹(?)과 협박에도 굴하지 않고 해고되면서까지 이렇게 구내식당 직영을 주장하는 것은 내 가족 같은 동료들의 건강과 밀접한 관계가 있기 때문이에요. 식당은 반드시 직영으로 운영되어야 해요. 식당이 외주업체로 넘어가면, 업체에서는 식자재비 외에 인건비, 유지비까지 식대에 포함시켜야 하기 때문에 식비는 당연히 인상될 수밖에 없어요. 직영일 때 2천 원 하던 식권이 외주로 넘어가자마자 800원이나 올라 2천 800원이 되었어요. 하지만 이것은 시작에 불과해요. 인건비와 유지비는 최소한 들어가야 하니까, 결국 값싼 식자재를 써서 식자재 구입비를 낮추려고 하겠지요. 그러면 당연히 식사의 질은 떨어지고, 직원들 건강은 나빠지겠죠.

해고된 지금, 지방본부로 아침 9시에 출근해서 회의실에서 교육을 받고 또 점심 선전전 준비 등을 하고 있어요. 저희도 사람이다 보니 가끔은 예전에 식당에서 같이 일하다 이번 달부터 무기계약이나 기간제로 현장에 배치된 영양사들을 생각하면 서운하기도 하고 한편으로는 부럽기도 해요.

끼니때마다 집에서 가족들 해 먹이는 마음으로 점심 밥상을 준비했지만, 지나고 나니까 잘한 일보다는 실수한 일이 더 많이 떠오르네요. 밥통을 올려놓다 허리를 다치고, 반찬을 만들다 기름이 튀어 손등을 데고, 설거지하느라 손가락이 물러 터져도 우리 남편, 시동생, 동료 들이 일하는 곳이라 생각하고 그동안 열심히 일했어요.

지금 저희들이 할 수 있는 일이라고는 점심시간마다 식당 앞에서 "식당은 직원의 건강이다, 식당 직영 운영하라" "식당 외주 위탁 저지! 대창 조합원 건강권 확보하자"라는 손 피켓을 들고, 동료들에게 보이지 않은 눈물로 호소하는 게 전부예요. 아침 일찍 나와서 오전 내내 일하다 허기진 배를 안고 구내식당으로 향하는 몇몇 동료들을 보면, 외주 식당에서 속이 불편한 식사를 하는 그이들만큼 저희도 솔직히 마음이 편하지 않아요. 그러나 아침 선전전을 하면서 도시락을 싸 가지고 출근하는 동료들을 만나거나, 점심 때 식당으로 가지 않고 라면을 사 가지고 부서 휴게실로 뛰어가는 동료들을 볼 때면, 약해진 마음을 다시 추스르게 돼요.

저희의 바람은 단 하나예요. 외주 위탁 나간 구내식당을 다시 직영으로 바꿔서 그 안에서 저희들이 제일 잘할 수 있는 밥을 짓게 해달라는 것이에요.

어제 점심 선전전이 끝날 무렵 누군가가 다가와 시작은 했지만 끝은 보이지 않는 싸움이 될 것이라고 위로 아닌 걱정을 하더군요. 하지만 저희들의 주장이 결코 헛되지 않음을 알기에 나중에 우리 아이들이나 가족들, 동료들에게 떳떳할 수 있게 오늘도 마음을 당차게 먹고 출근하고 있어요.

| **이민자** 철도노조 대전정비창지방본부 식당조리원, 2009년 7월 |

화장실에서 밥을 먹었습니다

다시 목련이 필 때는
반드시 승리한다!

　바로 어제 4월 26일은 '학습지 교사는 노동자가 아니다' 라는 대법원 판결이 난 지 만 9년이 되는 날이었다.

　큰아이를 학교에 보내고 떼쓰는 작은아이에게 억지로 옷을 입힌 뒤 인천 지방법원으로 갔다. 전국 스물세 곳의 법원 앞에서 대법원 판결에 항의하는 동시 다발 1인 시위를 진행하기 위해서였다.

　도대체 그토록 어렵다는 법을 공부한 얼마나 위대한 사람이 그런 판결을 내린 것일까? '학습지 교사는 노동자가 아니다' 라는 대법원의 판결로 얼마나 많은 이들이 피눈물을 흘렸을까? 나 또한 마찬가지였다. 그동안 복직 투쟁 과정 중 법적인 투쟁에 있어서는 단 한 번도 이겨본 적이 없다. 회사 쪽의 노무사나 대변인은 언제나 대법원의 판례를 들먹였고, 그것은 곧 나에게는 패배였다. 너무도 허무한 패배 말이다.

하지만 그날 법원 앞에서 한 1인 시위는 참 많은 사람들의 시선을 끌었다. 요즘 들어 학습지 교사의 죽음이나 부당 영업과 관련한 뉴스 기사가 자주 나와서 관심 있게 지켜보는 이들이 부쩍 많아졌음을 느낀다.

벌써 2년 전, 내가 복직 투쟁을 한창 하고 있을 때만 해도 학습지 교사의 현실은 세상에 그리 알려지지 않았던 것 같다. 그 사이 우리 학습지 노동자들의 끊임없는 투쟁이 있었고 또 그와 더불어 회사 쪽의 악랄함과 잔인함 때문에 세상의 이목을 집중시킬 만큼 가슴 아프게 죽거나 해고당한 이들이 여럿 있었기에 이제 세상이 우리 학습지 노동자들의 목소리에 조금은 관심을 기울이고 있는 것 같다.

재작년 이맘때였나? 해고되고 나서 투쟁에 물이 올랐을 때, 버스를 타고 어디론가 가던 중 길가 아파트 담장에 흐드러지게 핀 목련을 본 적이 있었다. 그리고 그때 다짐했다. '저 목련이 다 떨어지기 전에 난 반드시 승리하고 말 거다.'

그러나 목련이 피고 떨어지고 파란 잎이 돋아나는 시간은 너무나 짧았다. 시간이 지나고 다시 길가에 영산홍이 피었을 때, 나는 또 한 번 같은 다짐을 했다. 그리고 그해 길가에 핀 여름 장미나 가을 국화는 모두 다 나에겐 새로운 다짐을 약속하는 그런 존재였다.

그렇게 한 해를 보냈고, 정말 열심히 싸웠건만 내 곁엔 아직도 해고자 동지들이 하나둘씩 늘어가고 있다. 모두가 조합 활동을 했다 하여, 회사 비리를 폭로했다 하여, 부당 업무를 거절했다 하여, 갖가지 누명을 쓰고 그이들은 해고자가 되었다. 하지만 해고 동지를 얻는 것보다 더 가슴 아픈 것은 두 젊은 교사의 억울한 죽음이었다. '가라회원'의 회비를 대납하면서 혼자서 감당하며 가슴앓이 하다가 1년 전 사망한 울산의 이정연 교사, 회사 관리자의 공갈 협박에 고민하다 스스로 목숨을 끊은 재능교육의 서 아무개 교사가 그분들이다.

얼마 전 있었던 이정연 교사 추모 집회 때 나는 두 시간 내내 눈물을 멈추지 못하는 이정연 교사의 어머니를 보고 너무 마음 아파 집회 내용이 잘 기억도 나질 않는다. 회사 쪽에서는 단 한 번 어머니께 전화를 했다 한다. 사과의 말은 한마디도 없었고 '천만 원을 보낼 테니 통장 계좌번호를 대라'는 말만 했다고 한다. 게다가 교섭을 요구하는 노동조합엔 개별 사항이니 교섭할 수 없다는 답장만을 보내왔을 따름이다.

존재가 의식을 규정한다고 했던가? 자본가이기 때문에 그리 모질고 악랄할 수 있는 것인지, 아님 그리도 모질고 악랄하기에 자본가가 될 수 있는 것인지 고민해봐도 잘 모르겠다. 다만, 마치 화병이 나듯 가슴속에 뭔가 뜨거운 응어리가 박혀 있는 느낌이 들 뿐이다.

그리고 언뜻 이런 생각도 든다. 이정연 교사나 서 교사의 죽음 모두 노동조합에서 알지 못했다면 세상에 알려지지도 못했을 것이다. 더군다나 한 사람은 무리한 다이어트 때문에, 또 한 사람은 우울증 때문이라는 자본의 개들이 더러운 입으로 마음대로 지껄인 대로 그렇게 그냥 그렇게만 둘레 사람들이 알고 끝날 일이었다. 그렇다면 우리가 알지 못하는 엄청난 일들이 전국에서 얼마나 많이 일어나고 있을까? 그것은 죽음일 수도 있고 부당한 해고일 수도 있고 엄청난 경제적 손실일 수도 있다. 갑자기 참 무섭다는 생각이 든다.

앞으로도 학습지 교사를 비롯한 특수고용 노동자들의 처지가 얼마나 나아질지, 나 같은 억울한 해고자가 얼마나 많이 쏟아질지, 이정연 교사와 같은 안타까운 죽음이 또 얼마나 발생할지 알 수 없는 일이다.

하지만 어김없이 올해도 길가엔 목련이 피었다 지고 좀 더 지나면 영산홍이 필 것이고 그 다음엔 장미, 국화꽃도 필 것이다. 이것은 언제나 우리들에게 새로운 희망이고 다짐이다.

어찌 생각하면 인권과 노동권의 사각지대로 내몰린 우리 학습지 노동자들의 현실이 너무나 비참하지만, 달리 생각하면 지금 세상이 우리를 주목하고 있고 우리의 투쟁이 사람들의 눈과 귀를 열리게 하는 것도 엄연한 사실이 아닌가.

천박하고 잔인한 것이 자본가의 속성이라면, 의리와 강인함은 바로 노동자의 속성이 아닐까? 대법원의 판결이 어떻든 간에 우리는 누가 뭐래도 일하는 노동자가 아닌가. 그 노동자의 본성으로 나는 오늘도 또 한 번 이렇게 다짐해본다.

목련꽃이 다 지기 전에 반드시 승리하고 말 테다. 이정연 교사의 죽음에 대한 사과도 받아내고, 보상도 받아내고, 책임자도 처벌하고, 그리고 나와 우리 해복투(학습지해고자복직투쟁위원회) 동지들 모두 일터로 돌아가고……. 이렇게 말이다.

혹, 정말 눈치 없이 올해도 목련이 너무 일찍 져버린다 해도 크게 실망하지 않을 것 같다. 그동안의 투쟁이 나를 이렇게 강인하게 만들었고, 투쟁 속에서 얻는 기쁨은 사람을 긍정적으로 만들기 때문이다.

| **이은옥** 학습지해고자복직투쟁위원회 위원장, 2005년 6월 |

유치장은 무섭드라,
그래도 해야겠다!

　9월 마지막 날. 하루 종일 비가 내렸다. 생산라인을 점거한 철야 농성이 시작된 지 38일째 되는 아침 7시 20분, 철야 농성자들은 내리는 비를 고스란히 맞으며 짝짝이 박수를 치고 구호를 외쳤다.

　"목숨 걸고 투쟁하자! 행복하게 살아보자! 인간답게 살아보자!"

　7월 5일 노조를 결성하고 오늘로 두 달이 채 안 되었는데 기륭전자 노동자들은 어느새 여성에서 비정규직 노동 철폐의 투사가 되었다.

　기륭전자 정문에서 출근 인사를 하고, 오후 세 시에 기륭전자의 대주주인 아세아시멘트 강남 본사에서 집회를 시작했다. 이미 아세아시멘트 그룹이 집회 신고를 해서 며칠밖에 못한다는 소식을 들었다.

역삼역 1번 출구를 나와서 조금 걸으면 회갈색 최신식 빌딩이 우뚝 서 있다. 회전식 문 앞에서 1인 시위를 하고 있는 조합원이 눈에 띈다. 집회를 준비하는 자리에서 맨 앞에 있는 오성숙 씨가 반가이 인사를 한다. 오십 평생 아무것도 모르고 좋게만 살다가 업무방해로 고발되고, 일주일 만에 출석요구서가 세 번 오더니, 집에서 김치 담그고 출근하려다가 건장한 형사들에게 연행돼 조사를 받았단다. 조사를 받으면서 괜히 지나가는 형사들의 "왜 이런 곳에 왔냐?"는 말에도 무서워서 한참을 울어야 했다. 다음에 또 오면 구속될 것이라는 말에 무슨 큰 죄를 지은 것 같아 겁이 나서 또 울었단다.

조사가 끝날 즈음 오성숙 씨와 면회를 했다. 두 눈이 퉁퉁 부어 있었다. 많이 울었다는 오성숙 씨의 말씀을 듣고 걱정이 되었다. 담당 형사에게 들으니 체포 영장이 발부된 사람은 검사 지휘를 받는 시간에 '유치장에 유치'한다는 조항이 있어 밤샘 조사가 아닌 이상 저녁 시간을 유치장에서 보내야 한단다. 생전 처음 유치장에서 저녁을 맞이하는 기분은 어떨까? 별거 아니라고 말을 드렸지만 그저 메아리일 뿐이다. 남편에게는 이런 모습 보이고 싶지 않아 오지 말라고 했단다.

다음 날 세 시에는 검사 지휘가 떨어져서 나올 수 있을 거란 소식을 듣고 같은 지역에 있는 문재훈 소장과 '영접'하러 갔는데, 정문에서 잠시 기다리라고 하다가 3층 조사실로 가라 해서 갔더니만 이미 석방되었다는 말을 듣고 경찰관에게 희롱 당했다는 생각이 들었다. 알음알음해서 전화를 했더니만 방금 나와서 마을버스를 탄다고 하신다. 처음 당하는 일이라 마음이 어려웠을 텐데 앞으로가 걱정이다.

그렇게 총총히 떠나셨던 오성숙 씨가 아세아시멘트 본사 앞에서 1인 시위를 마치고 집회 맨 앞자리를 지키고 계셨다. 그리고 기륭전자 농성자를 대표해서 한 말씀 하신다. 격식 있는 딱딱한 연설은 아니지만 삶에서 우러나오는 말씀으로 사람들을 감동시켰다.

"유치장은 정말 무섭드라고. 그런데 어쩌겠어. 처음엔 우리만 이렇게 일하는 줄 알았는데 여기저기 다 똑같드라고. 그래서 생각했지. 우리 자식들은 이런 일 겪지 않게 해야겠다고. 내 구호가 하나 있는데, 한번 외쳐볼게."

"유치장은 무섭드라, 그래도 (투쟁을) 해야겠다. 유치장은 무섭드라, 그래도 해야겠다."

함께 외치는 사람들도 마음이 짠해 괜히 눈물이 서린 듯했다. 평생 처음으로 만들어 외쳤을 자기 구호를 하는데 왜 설움과 용기가 함께 필요한 것일까?

기륭전자를 생각하면 김옥분 씨를 잊을 수 없다. 몸이 작으

면서 단단한, 청순한 소녀 같으신 분이다. 김옥분 씨는 기륭
전자에서 10개월을 파견직 노동자로 근무하셨다. 4월 30일
퇴근 뒤에 가족이 둘러앉아서 오붓하게 저녁을 먹고 있을 때
어이없게도 휴대폰으로 계약 해지 통보를 받았다. 부서 이동
을 요구한 것이 계약 해지로 돌아온 것이다.

현장에서 김옥분 씨가 하는 일은 조그만 암실을 들여다보
면서 30초에 하나씩 검사하는 일이었다. 처음 얼마 동안은 할
만하겠지만, 하루 열 시간씩 들여다보면 눈이 빠질 정도로 힘
들다. 그 일을 10개월 동안 해오셨다. 나중에는 어깨까지 마
비가 왔다. 너무도 힘들어서 부서 이동을 요구한 것이 화근이
돼서 해고 통보로 이어졌다. 휴대폰 통화가 안 되면 마침내는
문자로 해고한다. 오석순, 윤종희 씨는 5월 3일 문자로 해고
통보를 받았다. 너무도 어이가 없어서 쫓아가서 따져 물었는
데, 해고 이유가 '잡담'이라고 해서 주위를 놀라게 했다. 김옥
분 씨도 38일째 농성에 참여하고 있다.

기륭전자는 비정상적인 회사다. 위성라디오와 내비게이션
수출을 중심으로 하며, 2004년 1천 700억의 매출액에 당기
순이익을 220억이나 올린 코스닥 등록업체이다. 이 회사에
는 500여 명이 일하고 있지만 신고된 인원은 200여 명에 불
과하다. 생산직 노동자 300여 명은 모두 기륭에서 일하지만
휴먼닷컴 같은 데서 파견된, 불법 파견 노동자다.(근로자파견

법에 따르면 생산직에는 파견 노동자를 사용할 수 없다.)

생산직 노동자 300여 명 가운데 정규직 노동자는 10여 명에 불과하고, 30~40여 명은 회사에서 직접 고용한 계약직 노동자이며, 250여 명은 불법 파견 노동자다. 정규직 노동자들의 처지도 그리 좋은 편이 못 된다. 10년 정규직 노동자의 기본급이 78만 원 정도. 가까운 다른 업체의 경우 생산직 초임이 80만 원을 넘는 것과 비교하면 기륭 노동자들의 근로조건은 10년 이상 이전의 상태에 머물러 있다. 정규직은 그래도 700퍼센트 상여금으로 버틸 수 있는데 파견직 노동자에겐 상여금도 없다.

처음 농성을 시작했을 때 어느 여성 노동자가 편지 글을 읽은 적이 있다. 그 여성 노동자는 기륭에서 소원이 계약직 노동자(정규직은 감히 꿈도 못 꾸고)가 되는 거라고 했다. 파견직으로 회사에 찍히지 않고 2년 정도 버티면 그때서야 계약직 노동자가 될 수 있다. 계약직 노동자는 정규직은 아니지만, 파견직보다 임금 조건이 상대적으로 높고 상여금도 400퍼센트나 된다. 그 여성은 자신이 예전에 품었던 꿈을 이야기하면서, 자식 대까지 비정규직을 물려줄 수 없다고 울먹이며 편지 글을 마쳤다.

기륭전자 같은 곳에서 노조를 만들어서 노동자들의 권리를 향상시키기는 대단히 힘들다. 정규직과 계약직, 파견직 노동자들을 하나의 노조로 만들기는 더욱더 힘든 문제이다. 다행히도 기륭전자 노동자들은 정규직과 계약직, 파견직 노동자들이 하나로 뭉쳐서 노조를 결성했다. 정규직 노동자를 대표하는 임원을 뽑고 대의원을 뽑았다.

김덕순 씨는 기륭에서 6년 넘게 일한 정규직 노동자다. 김덕순 씨는 아이를 낳고 산전산후 휴가를 쓰려고 신청했다가 마음의 상처를 많이 받았다. 친하게 지내던 관리자의 눈빛이 싸늘하게 변하고, 퇴사 압력이 들어오고, 마침내 휴가를 쓰고 일을 하는데 이제는 사람 취급도 안 하고 아는 체도 하지 않는다고 한다.

기륭전자에는 '기륭전자를 사랑하는 모임'이라는 구사대 조직이 있다. 거기서 얼마 전에 이런 구호를 외쳤다 한다.

"갑을전자 말아먹은 김소연은 물러가라!" "대성전기 말아먹은 오석순은 물러가라!" "불법파업 시다바리 윤종희는 물러가라!"

예전에 노조 활동을 했던 조합원들을 비방하려고 질렀던 구호다. 이 가운데 시다바리라고 불린 윤종희 씨는 초등학교 5학년인 딸아이와 이제 여섯 살 난 딸아이를 두고 있는 여성 노동자다. 남편은 미용실을 운영하느라 날마다 늦게 퇴근하는데, 엄마는 철야 농성 38일이 지났지만 한 번도 집에서 함께 자지 못했다.

기륭전자에는 광주에서 올라온 용역 깡패들이 있다. 정문 밖에는 체포영장이 발부된 조합원을 연행하기 위해서 경찰 체포조가 대기하고 있다. 한번은 용역들이 윤종희 씨를 낚아채서 경찰에 넘기려 하였다. 조합원들은 필사적으로 막았는데, 용역들은 윤종희 씨와 오석순 씨를 찍어서 폭력을 행사했다. 다행히 윤종희 씨의 연행을 막았지만 오석순 씨는 그때 당한 폭력으로 보름이 넘게 병원에 입원했다. 그때 오석순 씨는 머리채가 잡혀 넘어지고 목이 졸려 생명의 위협을 받고 군홧발에 가슴이 짓밟혔는데, 폭행을 저지른 용역의 팔을 정당방위로 물었다고 맞고소되어 어이없게도 피의자 신분으로 조사를 받았다 한다. 34명이 업무방해로 고발되고 체포영장이 발부되었으며, 16명에 대해서는 수많은 노동자들을 죽음으로 몰고 간 손배가압류 소송이 들어왔다. 최저임금보다 10원 많은 임금, 잔업·철야 열심히 해야 70~80만 원이 겨우 넘는 스물한 살 난 여성노동자에게도 13억 2천만 원이라는 손배소송은 전혀 현실감이 없다. 차라리 몇천만 원이라면 겁이라도 먹을 텐데…… .

기륭전자 노조가 요구하는 것은 간단하다. 성실하게 교섭하고 교섭 중에는 해고하지 말라는 것이다. 그런데 노조 분회장조차 9월 28일에 계약 해지라는 통보를 당했다. 성실하게 교섭하고 교섭기간 중에 해고하지 말라는 기본적인 요구를 위해 현장 철야 농성을 40일 넘게 하고, 그렇게 질기게 농성을 해도 관철되지 않는 나라가 이 세상에 또 있을까? 구사대가 조직되고, 용역 깡패가 동원되고, 회사 안에서 조합원은 걸음걸음을 통제당하고, 불법파견 판정을 받고, 교섭하자는 요구에 70명이 넘는 해고자가 나와야 하는 것이 우리 현실이다. 형식을 제외하면 1980년대보다 못한 처지가 지금이다. 하지만 그자들이 돈으로 폭력으로 공권력으로 협박해도 우리 노동자들은 스스로 자기 구호를 만들 줄 아는 이들이다.

이제 10월이다. 연휴로 들뜬 토요일 오후. 기륭전자 정문 앞이 복작댄다. 김치가 없다는 소리를 듣고는 여기저기서 김치를 가지고 와서 갑자기 김치 풍년이다. 어느 분은 라면 두 박스를 사다가 넣어주신다. 남부지역지회에서는 한 달째 밥을 해다가 안으로 넣는다.

그렇게 기륭전자 노동자들의 투쟁은 하루하루 쌓여 40일 철야 농성을 넘기고 있다.

| **최석희** 민주노동당 금천지역위원회 위원장, 2005년 11월 |

나부터
반성하고 싸운다

파업 126일째인가 127일째인가……. 이제 날짜를 세는 사람이 별로 없는 것 같다. 나는 무엇을 깨닫고 있는가, 때와 장소에 맞게 바뀌어가고 있는가, 성장하고 있는가, 내 할 일을 제대로 하고 있는가, 잘못을 거듭하고 있지 않은가. 파업 기간이 하루하루 늘어갈 때마다 그릇에 담을 것은 더 많아지는데 정작 내 마음 그릇은 작아지고 있어 괴롭다.

상황실에서 함께 일하는 한 동지가 투쟁을 그만두겠다는 친한 동기 몇몇과 술을 마시고 들어왔다. 평소에 취한 모습을 본 적이 없었는데 약간 혀 꼬부라진 소리로 그동안 하고 싶었던 말들을 쏟아내는 모습이 사랑스럽기까지 한 친구다. 나가겠다고 했던 동기는 친구들끼리 술 마시며 이런저런 얘기를 한 끝에 계속 투쟁하기로 했다고 하면서 술자리에서 오고 갔던 얘기들을 풀어놓았다.

요즘 들어 지부장이 어렵고 무서워 상담하기도 힘들단 얘기가 있다고 한다. 질책하거나 강압하듯 말하지 않았으면 좋겠고 따뜻하게 포용해줬음 좋겠다고 한다. 예전엔 모든 것이 완벽하리만큼 잘했는데 지금은 문제가 많다고 생각한다고, 힘들어도 조합원이나 간부 앞에서 힘든 내색 안 하는 게 좋겠다고 한다. 아무 말도 할 수 없었다. 모두 옳은 말이고 내가 요즘 고민하는 문제들이었다. 자꾸만 작아지는 내 마음 그릇 때문에 함께 투쟁하는 모든 동지들에게 면목이 없고 그런 만큼 자신감도 없어 하는 내 모습을 스스로 느끼고 있었다. 하지만 조합원에게는 늘 최선을 다했는데, 정말 그랬는데, 지부장으로서 내가 부족해서 힘들다고 말하다니……. 앞이 캄캄하고 조금은 서운했다. 지금까지 내 부족함 때문에 상처받거나 낙담했을 동지들을 생각하니 몸 둘 바를 모르겠다.

지금까지 살아오면서 전혀 겪어보지 못했던 극한 형편 속에서도 조합원들과 간부들은 모두 너무나 성실하고 훌륭하게 자기 몫을 다하고 있다. 이 주일에 한 번 휴가를 얻어서 집에 갔다가도 돌아오기로 한 시각에 농성장으로 들어온다. 자신만의 공간에, 가족과 함께할 수 있는 집에 있고 싶었을 테지만, 씻기도 힘들고 자신을 죽이고 다수를 생각하고 규율을 지켜야 하는 농성장에 하나둘씩 돌아오는 것을 보면서 나는 늘 마음이 아픈 한편 대견하고 존경심마저 느끼게 된다.

불완전하고 부족한 한 사람 한 사람이 모여 한 가지 목표를 향해 함께 가는 것이 얼마나 힘들고 어려운 것인지 직접 경험해보지 못한 사람은 모를 것이다. 그렇기에 투쟁 과정을 함께한 동지 사이에 생긴 '동지애'는 그 무엇과도 바꿀 수 없는 재산이 되는 것 아니겠는가!

이 투쟁을 통해 알리고 싶은 건 간접 고용의 문제다. 간접 고용인 한 노동자는 노동을 제공하고 정당한 대가를 받는 주체가 아니라 모든 차별과 멸시와 박탈을 참아내야 하는 노예가 되는 것이라는 사실을 알리고자 하는 것이다. 사용자가 노동자를 고용해서 노동을 제공받고 돈을 지급하는 데 편법이나 속임수가 있어서는 안 된다. 노동은 신성한 것이고 그 주체인 노동자는 물건이 아닌 존중받아야 하는 인간이기 때문이다. 하지만 지금 이 나라 정부와 사용자는 노동자를 더 싸고 편하게 부려먹을 생각에만 골몰하는 듯하다. 노동자가 인간이고 권리와 존엄성을 보장받아야 한다는 기본을 외면하고 무시하고 있는 것이다.

우리가 이 투쟁을 통해서 얻고 싶은 것은 철도공사에 직접 고용되어 일하는 것이다. 더는 물건처럼 이리저리 떠넘겨지지 않고 소모품처럼 버려지지도 않으며 일하는 데 필요한 교육을 받고 책임과 권한을 부여받고자 하는 것이다. 직원으로서 존중받고 능력만큼 인정받으며 일한 만큼 대가를 받고자 하는 것이다. KTX 여승무원에 대한 모든 지휘 권한을 갖고 있는 철도공사가 자회사가 저지르는 모든 불법 행위를 막고 직접 노사관계를 맺어 책임 있게 운영하라는 것이다. 정부와 철도공사가 이윤 추구에 빠져 더 이상 노동자의 인권과 노동권을 유린하고 무시하지 말 것을 요구하는 것이다.

어떤 목사님이 투쟁 현장에 격려하러 오셔서 이런 말씀을 하셨다고 한다. "약한 자가 모든 것을 버리고 싸울 때는 그 약한 사람의 말이 무조건 옳다"고 말이다. 자본과 권력을 쥐고 있는 사용자를 상대로 생계를 유지하기 위한 돈도 가족과 평범하게 사는 것도 포기한 채 온갖 탄압 속에서도 굴하지 않고 싸우기 위해서는 옳은 것에 대한 신념과 의지가 있지 않으면, 무엇보다 싸우는 이유가 옳지 않으면 불가능한 것이라는 것을 잘 아시기에 하신 말씀일 것이다.

노무현 정부와 철도공사 이철 사장은 언제까지 자본과 권력을 가진 자들 의지대로만 움직일 것인가! 정부는 지금이라도 일상의 행복과 기쁨, 생계를 포기하고 법과 폭력에도 굴하지 않고 절규하고 있는 이 땅의 노동자들 목소리를 귀담아 들어야 한다.

이 투쟁이 현대판 노예제도인 외주 위탁을 통한 간접 고용을 중단시키는 정당한 싸움이기 때문에, 우리는 KTX 승무원으로서 고객 안전과 서비스를 보장하기 위해, 인권과 노동권을 찾기 위해 투쟁을 포기할 수 없다. 무엇보다 나를 비롯한 자랑스러운 KTX 승무원들이 당당한 여성 노동자로서, 서로 배려하고 아끼는 동지로서 거듭나기 위해 우리는 이 투쟁을 포기할 수 없다. 우리는 자신들도 모르는 사이 '투사'가 되었지만 이제 스스로 선택해 당당히 'KTX 승무원'으로 돌아갈 것이고 이것으로 KTX 승무원들의 역사는 시작될 것이다.

나는 지금 세상에서 제일 힘든 노력을 하고 있다. '나 자신을 평가하고 반성한 후 변화시키는 것.' 평소에 말이 별로 없었던 동지에게 듣게 된 비판은 오랜 수배 생활로 긴장이 풀리고 무기력해져 자신에게 관대했던 내게 큰 충격을 안겨주었고 깊이 반성하게 해주었다.

이 새벽 옆에서 잠들어 있는 동지들을 보며 안쓰러움과 무한한 애정을 느낀다. 배려와 포용과 사랑을 더욱 깊고 넓게 펼칠 수 있는 내가 될 것을 또 한 번 다짐하며 피곤한 몸을 뉘어야겠다. 날마다 새로운 태양이 뜰 때마다 반성하며 성장해가야지. 변화시켜 가야지. 모든 사람이 꿈꾸는 새로운 세상을 향해서 포기하지 않고 끝까지 걸어가리라.

| **민세원** KTX 승무지부 지부장, 2006년 8월 |

명품 브랜드 뒤에
감춰져 있는 서러운 노동

　이미숙 씨. 중학교에 다니는 아들을 학교에 보내고 부랴부랴 출근 준비를 한다. 서울 가락동에서 출발하여 경기도 구리시에 도착하니 오전 아홉 시가 조금 넘는다. 백화점이 문을 여는 시간은 열 시 삼십 분. 하지만 한 시간 전부터 고객을 맞을 준비를 해야 한다.

　벌써 스무 해째다. 고등학교를 졸업하자마자 이미숙 씨는 화장품 회사에 입사를 했다. 이미숙 씨가 하는 일은 백화점에서 화장품을 판매하는 일이다. 처음 십 년은 국산 화장품 회사에서 일을 했다. 그리고 결혼과 출산을 하였다. 다시 이미숙 씨가 입사한 회사는 수입 화장품 회사다. 명품 화장품을 생산하는 62년 전통의 미국계 회사인 엘카코리아. 엘카코리아는 에스티 로더, 바비 브라운, 아베다와 같은 유명 브랜드 화장품을 판매한다. 2007년 매출액만 삼천억 원에 육박하는 엘카코리아는 국내 최고를 자부한다.

백화점 1층은 수십 가지가 넘는 다양한 브랜드의 화장품 매장이 주로 자리 잡는다. 화려한 백화점, 그 중심에서 고객의 아름다움을 훔치려는 경쟁이 불꽃 튀는 화장품 매상 가운데 하나인 에스티 로더에 들어서는 이미숙 씨의 어깨는 으쓱해진다. 자부심이다.

백화점 화장품 매장 판매 사원들. 해맑은 웃음을 한시도 잃지 않고 반갑게 고객들을 맞이하고 있다. 이미 바닥이 드러난 영양크림 통을 가지고 와서는 교환이나 환불을 해달라고 억지를 써도 인상 찌푸리지 않고 상냥하게 고객의 말을 끝까지 듣고 설명을 한다. 고객이 설령 욕을 해도 마음이 흐트러져서는 안 된다. 더욱 고객의 마음 깊숙이 들어가야 한다.

서비스 노동자의 숙명이다. 고객이 돌아간 뒤, 화장실로 달려가서 설움 한 뒷박 쏟고는 잊어야 한다. 거울 앞에서 눈가에 번진 화장을 고치고 다시 웃으며 매장 앞에 서야 한다. 더욱 무서운 것은 고객 모니터 제도를 통한 평가다. 지금 눈앞에 서 있는 고객이 자기를 평가하고 점수를 매기는 모니터라는 생각을 떨칠 수 없다. 말이 좋아 모니터 제도지, 늘 얼굴 앞에 CCTV가 놓여 있는 것과 다름없다. 고객이 매장에 들어서면 수능시험장에서 시험지를 앞에 둔 수험생처럼 두려움에 떨어야 한다. 이 숨 막히는 긴장에서 벗어나는 길은 하나다. '나는 서비스 노동자다, 고객은 왕이다'를 수천 번씩 되뇌며 나를 버리고 서비스 노동자로 태어나야 한다.

오전이 지나면 다리가 뻣뻣하게 굳어온다. 굽이 있는 구두에 갇힌 발가락들은 오그라드는 듯하다. 고객이 끊임없이 몰려오면 화장실에 갈 틈도 없다. 얼굴은 웃고 있지만 판매대에 가려진 다리는 쉼 없이 빌빌 꼬이며 비틀어진다. 그러다 보니 방광염에 걸리기 일쑤다.

샹들리에 조명 아래에서 곱게 화장을 하고 물건을 파는 것만이 이미숙 씨의 일은 아니다. 황금같이 비싼 매장 터에 제품들을 다 진열하고 팔 수가 없다. 화장품이 들어오는 날은 창고에 쌓는 일도 화장품 판매 노동자의 일이다. 창고의 통로는 비좁다. 하나라도 더 물건을 채우려고 천정이 닿도록 빼꼭하게 높이 물건을 쌓아놓는다. 화장품은 생각보다 무겁다. 삼백 상자 정도를 들어 옮기다 보면 허리를 다치는 경우가 많다. 비좁은 통로에 사다리를 놓고 제품을 쌓고 내리다 보면 사다리에서 떨어져 다치는 경우도 있다. 명품 화장품을 파는 아름다움 뒤에는 고된 '노역'이 어두운 창고 안에 가려져 있다.

다쳤다고 아프다고 맘대로 쉴 수도 없다. 주 5일제라고 하지만 휴일을 제때 찾아 쉴 수도 없다. 이미숙 씨의 매장에는 세 사람이 본사에서 배치를 받아 일을 한다. 세 명이서 교대로 휴일을 찾아 쉰다. 한 사람이 쉬면 둘이서 일을 해야 한다. 점심시간에는 혼자서 손님을 맞이해야 한다. 혹 팀원 가운데 한 사람이 며칠간 빠지는 날에는 둘이서 휴일도 없이 일을 해야 한다. 고객들이 밀려드는 날에는 아예 식사 시간도 거르기 십상이다. 끼니를 거르고 쉼 없이 말을 하다 보면 허기가 밀려와 식은땀이 줄줄 흐른다. 입에서 헛소리가 나올 지경이다.

남들이 쉬고 여행을 하고 쇼핑을 할 때가 백화점은 가장 바쁜 때이다. 빨간 날 쉬는 것은 아예 잊고 지내는 것이 맘 편하다. 매장에서 일하는 사람들은 대부분 이삼십 대가 많다. 결혼을 하지 않은 사람이 넷 가운데 셋이다. 데이트를 하려면 남들 쉬는 날에 해야 하는데, 꿈도 꾸기 힘들다. 그렇다고 평일은 어떤가. 빨라야 밤 아홉 시 퇴근이니 데이트는 언감생심이다. 신입사원들은 이 리듬에 적응하지 못하고 나가는 경우가 많다.

엘카코리아. 모두들 입사를 하고 첫 출근을 하는 날은 이미숙 씨처럼 자랑스럽게 어깨를 펴고 백화점 샹들리에 조명을 받으며 매장에 들어갔을 것이다. 하지만 날이 가고 달이 갈수록 화려함은 고된 노동이 되고, 아름다움을 파는 일은 설움을 삼키는 서비스 노동이라는 걸 깨우친다. 화장품 판매 노동자들에게 선망의 눈길을 받는 엘카코리아 직원의 평균 근속 연수는 삼 년에 불과하다. 최고의 명품 브랜드에서 일한다는 자부심은 직원들의 열악한 처우나 복지 현실에 부딪혀 무너지고 만다.

이미숙 씨를 만난 날 두 가지 충격을 받았다. 먼저 에스티로더라는 게 유명한 화장품 브랜드라는 사실. 이건 무지의 소치다. 두 번째, 저 화려한 매장에서 일하는 사람의 화사한 웃음 뒤에 감춰진 노동의 충격이다. 이건 무관심의 소치다.

이미숙 씨는 경기도 구리시에 있는 한 백화점 매장의 매니저다. 또한 천백 명의 엘카코리아 노동조합의 위원장이다. 지난해 9월 노동조합을 만들었다. 화장품 판매 업무의 베테랑이자 매장 매니저인 이미숙 씨가 왜 노동조합을 만들고 위원장을 맡았을까?

"엘카코리아 직원이라는 자부심을 가지고 직원 모두가 평등하게 일터에서 일했으면 좋겠어요. 조건 없이, 차별 없이, 누구는 예쁘다고 월급 많이 올려 주고 하는 관리자의 횡포와 같은 그런 거 없이 누구나 평등하게요."

엘카코리아 노동자들은 월급을 서로 알지 못한다. 관리자의 펜 끝으로 월급이 결정된다. 관리자의 눈에 들고 안 들고 하는 잣대에 따라 급여가 차등 지급되었다. 엘카코리아 노동조합은 누구나 인정할 수 있는 급여 기준을 공개하고 그 기준에 맞게 공정하게 급여를 지급할 것을 요구하였다.

또한 노조를 만든 지 아홉 달이 되어가지만 단체협약은커녕 대화조차도 성실히 하지 않는 회사에 맞서 노동조합은 지난 5월 14일 합법적인 파업에 들어갔다. 5월 14일 오후 종로 보신각. 전국의 매장에 몇 명씩 흩어져 일을 하던 조합원이 천 명 가까이 모였다. 이날 이미숙 위원장은 조합원 앞에서 눈물을 흘렸다.

"지난해 9월에 삼십 명 남짓이 모여 조합을 만들었어요. 조합이 만들어졌다는 소식에 전국 60여 개 매장에서 삽시간에 천 명이 넘는 조합원이 가입했어요. 14일 보신각에서 처음 모였어요. 스스로 놀라고 감동해서 저도 모르게 눈물이 솟구쳤어요. 조합을 만들고 위원장이 되었지만 기쁨보다는 두려움이 많이 앞섰거든요. 조합원을 만난 순간 두려움이 싹 사라졌어요."

조합원 앞에 선 이미숙 위원장은 "이에는 이, 눈에는 눈입니다. (승리의 순간까지) 끝까지 가겠다"며 결의를 밝혔다. 좀체 노조를 인정하지 않던 회사도 이날 파업에 참가한 조합원을 보고 뜨끔했나 보다. 교섭은 곧이어 시작되었고, 일주일 만에 협상은 타결되었다. 엘카코리아 노동자의 승리는 화장품 판매 노동자에게 희망의 불길을 피웠고, 백화점에서 일하는 전체 서비스 노동자에게 꿈을 안겨주었다.

아직 노동조합 사무실도 없고 전임자도 없다. 밤늦게까지 일을 하고 영등포에 있는 서비스연맹 사무실 귀퉁이에서 노동법을 공부하고 회의를 한다. 집에 들어가면 새벽 두세 시. 사춘기인 아들은 잠들어 있다. 볼에 입을 맞춘다. 미안하다. 한창 엄마가 돌봐주고 이야기를 할 때인데 함께해주지 못해서……. 하지만 이미숙 씨는 한 날 한 시에 매장을 뒤로 하고 일제히 거리로 뛰어나온 천여 명 조합원들의 선하고 맑은 눈길도 잊을 수 없다.

열두 시간 근무에 주어지는 한 시간의 점심시간이자 휴식 시간을 고스란히 인터뷰 시간으로 이미숙 씨에게 빼앗았다. 소중한 한 시간이 지나자 총총히 구두 발자국 소리를 남기고 백화점 안 매장 앞으로 달려가는 이미숙 씨. 발자국 소리가 어찌나 경쾌하고 상냥한지…….

지난 5월 14일에 열린 보신각 집회에서 '불나비' 노래가 나오자 박자에 맞춰 깡충깡충 뛰며 열광하던 조합원들의 발랄한 모습이 떠올랐다. 서비스 노동자들에게서만 볼 수 있었던 색다른 모습이었다.

| **오도엽** 작은책 객원기자, 2008년 7월 |

●어깨가 결릴 때 순간치료법

대우조선 노보 56호.

적어도 이렇게 살아야

삼양통상 노보 4호.

양천구청이
정말 몰랐을까요

저는 서울 양천구의 청소업체 한성용역에서 근무하는 환경미화원입니다. 다른 사람들이 하루 일과를 마치고 가정으로 돌아와 저녁 밥상에 둘러앉을 시간쯤이면 저는 출근 준비를 하느라 바쁩니다.

며칠 전 일하다가 주워놓은 작업복을 입고, 막내아들의 헌 운동화를 작업화 삼아 신고 골목 어귀에 세워놓은 리어카를 끌고서, 살인적이지만 삶의 터전인 작업 현장으로 가는 걸음걸음은 늘 애들 학원비 걱정과 살아가야 할 걱정이 긴 한숨과 함께합니다. 아내는 이른 새벽부터 목욕탕에 출근하여 청소를 하고 월 40만 원을 받습니다. 미안합니다. 아내에게 너무 미안합니다.

지난주엔 아내에게 건강이 좋지 않으니 "좀 쉬었다 일하면 어떻겠느냐." 하고 말했지만 빈 소리였다는 것을 아내는 잘 알고 있습니다. 둘이 뼈 빠지게 일해서 한 달에 190만 원으로 네 식구가 먹고살아야 합니다. 어느새 눈가에는 작은 경련이 느껴집니다.

오후 7시, 좁은 골목 집 앞에 내놓은 쓰레기봉투를 리어카에 실어 큰길가로 빼냅니다. 여름이 아니라도 입에서 단내가 날 정도로 정신없이 빼내고 나면 다음 날 새벽 2시경. 쓰레기 더미 옆에서 잠시 쪼그리고 앉아 눈을 붙이면 쓰레기 수거 차량 운전기사가 오는 새벽 2시 30분부터 쓰레기 수거 차량에 매달려 쓰레기를 싣습니다. 바람도 잠시 쉬어갈 듯한데 우린 쉬지 못합니다. 한 차가 차고도 넘칠 만큼 실어야 합니다. 위험하더라도 한 번에 최대한 많은 양을 실어야 합니다. 실을 수 있는 이상의 쓰레기를 싣고, 소각장으로 가서 쓰레기를 비우고 나면 이제 한 차가 끝난 겁니다.

소각장이 끝나는 오전 11시까지 일곱, 여덟 차를 하고 나서 나머지 한 차를 더 수거해 옵니다. 소각장은 문을 닫았지만 예비로 한 차를 더 채워놓으면 하루 일과가 끝이 납니다. 마치는 시간이 오후 1시, 또는 2시⋯⋯. 인간이 누려야 할 최소한의 기본권마저 박탈당한 삶!

남들이 냄새난다, 더럽다 하여 손으로 코를 막고 지나갈 때면, 남루한 옷차림에 리어카를 끌고 가는 내 모습을 자식이 보기라도 할 때면, 산더미처럼 쌓아올린 음식물 쓰레기더미가 쏟아져 내려 거리 곳곳에 흩어질 때면 쥐구멍이라도 들어가고 싶은 심정입니다. 장마철에 비가 와 앞이 보이지 않을 때, 엄동설한에 귀에 감각이 없어지고 손은 굳어 마비가 되고, 강풍에 숨쉬기조차 어려울 때에 잠시 쉬어갈 수 있는 공간이 있었으면 좋겠다는 마음이 간절했지만 현실은 제게 너무 냉혹했습니다. 냄새나는 손을 씻을 화장실도 하나 없는 여건에서 아침밥도 점심밥도 못 먹고 일하는 처지에 뭘 더 바랄 수 있을까요.

배가 고파 라면이라도 먹으려고 하면 "쓰레기가 천지인데 민원 들어오면 어떻게 할 것이냐." "밥 먹을 시간이 어디 있느냐." "그렇게 일하려면 내일부터 나오지 마, 인력시장에 전화하면 사람들 줄을 서 있어." 하면서 일을 재촉하는 중간 관리자 말 한마디에 아침밥 먹을 엄두도 못 냈답니다. 뇌까지 정지한 듯한 피곤함과 굶주림…….

일하다가 다쳐도 산재를 신청할 수도 없었습니다. 산재를 신청하면 회사는 사직서를 요구했습니다. 울며 겨자 먹기로 개인 보험 처리를 할 수밖에 없었습니다.

우리 한성용역 미화원에겐 명절도 없습니다. 명절 휴가는 하루이기 때문에 고향이 먼 동료들은 명절에 조상들을 뵈러 갈 수가 없습니다. 명절날 저녁에 우린 출근을 해야 하니까요.

그런 회사가 얼마 전에 원하지도 않았는데 우리에게 토요일 휴무를 실시하겠다고 한 겁니다. 올해부터 양천구 소각장이 주 5일제를 실시하면서 벌어진 일입니다. 우리에게 정상적인 주 5일 근무가 시행될 수 있다면 얼마나 좋았겠습니까. 그런데 회사가 말하는 주 5일 근무란 그저 토요일에 일을 안 하는 대신 밀린 일거리를 월요일에 한꺼번에 처리하게 하고 일당제인 우리의 월급을 깎을 수 있는 좋은 기회였습니다. 우리는 아침은 고사하고 점심 먹을 시간이라도 달라고 요구하고 있었고, 명절 휴무가 제대로 되지 않아 조상도 못 모시는 것에 대해 명절 휴가를 정상적으로 갈 수 있게 해달라고 요구해왔습니다. 그러나 그것을 받아들일 한성용역이 아니었습니다. 그런 와중에 회사가 주 5일 근무제를 실시하고 토요일 임금을 깎겠다고 할 때 우리는 해도 너무한다는 생각을 할 수밖에 없었습니다. 벼룩의 간을 빼먹어도 분수가 있습니다. 우리가 밤잠도 못 자가며 사람 이하의 대접을 받으면서 일한 대가로 한성용역이 벌어들인 돈이 적지 않을 것인데 어떻게 사람이 저런 식으로 돈을 버는가 하는 생각이 들었습니다.

동료들이 노동조합을 하자고 했을 때 저는 일말의 기대감으로 가슴이 뛰었습니다. 평소에 같이 일을 하면서도 일이 힘들어 동료들의 사정도 잘 모르고 지내던 우리가 서로를 자세히 알아가고 다른 동료들의 고충을 알아가게 된 것도 이때부터였습니다. 대부분의 동료들의 마음이 같았고 노동조합에 가입하지 못할 사정이 있는 몇몇 사람들을 제외한 모두가 노조 가입에 찬성했습니다. 노동조합을 결성하자 회사는 부랴부랴 근무 시간부터 조정을 했습니다. 일을 시작하고 몇 년 만에 제대로 숨 쉴 수 있었고, 여전히 아침을 굶지만 일 마친 동료들과 같이 점심식사도 할 수 있었습니다. 회사는 어떻게 하면 노동조합을 없앨까 바쁘게 궁리를 하였지만 관리자들이 우리를 대하는 태도는 예전과 조금 달랐습니다.

그동안 우리는 아들뻘 되는 공무원이나 직장 상사가 와 쌍욕과 손찌검을 해도 갖은 모욕을 줘도 아무런 말을 못했습니다. "오늘만 일하자. 내일까지만 일하고 다른 직장을 알아보자." 하면서 하루하루 지내온 날들을, 쓰레기 독에 괴로워하며 잠 못 이룬 날들을, 인간 이하의 대접에 체념한 채 살아온 날들을 마음속 깊이 감추고 싶었습니다.

노동조합을 한다고 술 먹고 들어와 행패를 부리는 관리자들이 있었지만 노동조합 차원에서 항의도 하고 유인물도 뿌리고 하니 작업 여건이며 근로 조건이 점점 나아지고 있습니다. 노동조합이 만들어지자 회사는 부랴부랴 컨테이너를 개조하고 세면실을 만든다, 수당을 인상한다, 소동을 피우고 근무 시간도 새벽 4시부터 하는 것으로 조정했습니다.

사람들은 이야기합니다. 지금까지 어떻게 그렇게 살았냐고……. 왜 이제 와서야 이런 이야기를 하느냐고 믿을 수 없어 합니다. 하루 17시간 일하는 것이 불법인데 몰랐냐고 합니다. 노동조합도 생소하지만 취업규칙도 근로기준법도 난생 처음 알았습니다. 오죽하면 양천구청 청소과 직원이 그렇게 억울한데 지금까지 왜 아무 말 안 했냐고 답답해합니다. 우리도 답답하긴 마찬가집니다. 양천구청은 한성용역과 대행 계약만 맺어놓고 이런 실태에 대해서는 아무것도 모르고 관리도 감독도 안 했다는 겁니다. 그것도 역시 놀랄 일이라고 생각합니다. 우리들의 현실을 양천구청이 몰랐다는 게 정말일까요. 한성용역과 대행 계약을 맺고서 말입니다.

일요일에도 어김없이 오후 7시면 다음 날 실어 나를 쓰레기를 빼내는 작업을 시작하여, 월요일 오후 1~2시까지 아무것도 먹지 못하고 굶으면서 일했던 어제의 일들이 이렇게 빨리 바뀔 수 있는 것이라는 걸 알았다면 더 일찍 노동조합을 만들지 않았겠습니까? 우리는 왜 지금까지 그렇게 살아왔을까요.

회사는 노동조합이 퍼질까 봐 전전긍긍하고 있고, 노동조합을 포기시키려고 별의별 짓을 다 하고 있습니다. 저에게 노동조합을 탈퇴하라고 강요하고 협박하는 것은 기본입니다. 회사가 인정하지 않는다지만 노동조합에 가입하고 나서

비로소 숨도 쉬고 라면이라도 먹고 살고 있습니다. 이런 게
그나마 사람같이 사는 거라는 생각이 듭니다. 이런 일들이
회사가 진정으로 정신을 차려서 일어난 일이면 얼마나 좋았
겠습니까! 회사는 노동조합에 든 우리에게 본보기를 보이느
라 네 명의 동료를 해고했습니다. 우리 노동조합이 불법이라
고 선전하고 있고 당연히 인정도 하지 않고 있습니다. 노동
조합을 그만두면 당연히 회사는 옛날로 돌아가겠죠. 너무나
명약관화합니다.

　나는 이제 네 사람의 동료들이 해고된 덕분에 이런 당연한
권리를 누리고 있습니다. 앞서 싸워주는 동료들이 고맙기도
하고 미안하기도 하고 내 처지가 불안하기도 하지만 후회하
지 않습니다. 노동조합이 인정받고 부당해고된 동료들이 복
직되고 우리들의 최소한의 권리를 보장받을 수 있을 때까지
끝까지 함께할 겁니다. 내가 사랑하고 나를 사랑하는 자식들
에게 떳떳하기 위해서……

| 양천구청 환경미화원, 2008년 9월 |

제발 일 좀 할 수 있게 해주세요

"열심히 일만 했죠. 근로자니까 열심히 회사 오가며 맡은 일 충실히 하면 되는 줄 알았는데……."

쉰둘의 김미랑 씨는 큰 한숨을 몰아쉬며 눈시울을 붉힌다. 김미랑 씨는 2002년 쌍용자동차 평택공장 도장라인에 비정규직으로 입사했다. 입사 3년차인 2005년, 쌍용자동차가 중국의 국영기업 상하이차에 팔려 경영진이 바뀌었다. 공장이 술렁거리고 조업이 중단되고 때론 휴업에 들어가더라도 김미랑 씨는 회사가 시키는 대로 묵묵히 일만 했다. 상하이차가 쌍용자동차에 해마다 3천억 원씩 1조 2천억 원을 투자하고 연간 30만 대의 생산을 유지한다고 했을 때는 경영진을 듬직이 생각하며 좀 더 신나는 일터가 되리라고 기대했다.

김미랑 씨는 쌍용자동차 비정규직 노동자의 시급이 법정 최저임금에 더하기 1원이라는 사실에 불만이나 원망이 없었다. 출근할 회사가 있으니 다행이었다. 주야 교대를 하면서 힘들어도 참았다.

지난해 미국의 경제 위기로 시작된 세계 경제 침체는 자동차 산업에 커다란 타격을 주었다. 자동차 산업의 생명과 같은 신차 개발이 없었던 쌍용자동차는 그 충격을 견뎌내기가 힘들었다. 5천 900억 원에 쌍용자동차를 인수한 상하이차는 약속과 달리 쌍용자동차에 그동안 10원짜리 한 푼 투자하지 않았다. 성실하게, 아니 순진하게 일만 했던 김미랑 같은 비정규직 노동자들이 가장 먼저 희생자가 되었다.

"구조조정을 해야 한다는 말이 나왔어요. 저희 라인에는 비정규직만 일했어요. 그런데 저희 라인으로 정규직 노동자들을 전환배치시키면서 저희들보고 희망퇴직을 하라는 거예요. 지금 희망퇴직을 하면 몇 푼 챙겨줄 건데 그러지 않으면 나중에 빈손으로 나갈 거라며 협박까지 하면서요. 아무도 희망퇴직을 원하지 않았어요. 그러니 한 사람씩 불러 퇴직을 강요하는 거예요. 희망퇴직서에 도장을 찍지 않으면 기약 없는 휴직이래요. 휴업이나 휴직이라면 시한이 있어야 하잖아요. 이건 무조건 일하지 말라는 거잖아요. 그것도 사나흘 전에 사무실로 불러서요. 무슨 잘못을 한 적도 없는데 말이에요."

2008년 11월 9일, 쌍용자동차 640명의 비정규직 노동자 가운데 300명은 희망퇴직, 40명은 휴업이라는 명목으로 일자리를 잃었다. 희망퇴직이 아니라 강제 사직이고, 휴업이 아니라 강제 해고와 다를 바 없는 일들이 쌍용자동차 비정규직 노동자들에게 일어났다.

"상하이차 자본은 쌍용차를 인수할 당시부터 먹고 튈 치밀한 계획을 세운 거죠. 정상적인 영업을 통해 수익을 창출하려는 뜻은 손톱만큼도 없이 자동차 설계 기술과 숙련 인력을 빼내서 중국에서 자체 생산하려고 한 거죠."

복기성 금속노조 쌍용자동차 비정규직지회 사무장은 상하이차는 '먹튀 자본'이라고 주장한다.

성장을 하던 쌍용자동차는 상하이차가 인수한 뒤로 하락의 길로 들어선다. 2004년 SUV 부문 국내 시장 점유율 27.3퍼센트이던 쌍용자동차는 2008년 3분기 15.3퍼센트로 급락하였다. 앞에서 말했듯이 새로운 차를 개발하여 시장에 내놓지 못한 까닭에 시장에서 도태된 것이다.

상하이차는 인수 직후부터 기술 개발보다는 기술 유출에 혈안이 되었다. 쌍용자동차 휘발유 엔진 공장의 중국 이전을 추진하였다. 2005년 11월에 사장과 부사장이 바뀌었는데, 상하이차의 기술 유출에 반대했기 때문이라는 말도 있다.

2008년 7월, 검찰은 쌍용자동차의 디젤 하이브리드 기술 중국 유출 혐의로 쌍용자동차 기술연구소를 압수수색하여 수사에 들어갔지만 수사 발표를 미루었다. 상하이차가 국영 기업이라 한중 외교적 마찰을 감안해 검찰이 발표를 미루고 있다는 의혹이 불거졌다. 디젤 하이브리드 기술은 정부의 재정 지원을 받아 진행하던 우리나라의 중요하고 전략적인 국책 사업이었다.

비정규직을 거리로 내몬 쌍용자동차는 정규직도 탄압을 가하기 시작했다. 지난해 12월 1일부터 직원들의 복지 혜택을 전면 중단하고 17일부터 1월 4일까지 휴업을 하겠다고 일방적으로 통보했다.

"처음부터 쌍용자동차가 지닌 기술 유출이 상하이차의 인수 목적이었으니 이젠 도망가겠다는 심보 아닙니까. 상하이차 자본은 투자는커녕 쌍용차에 줘야 할 기술 이전료 1천 200억 원도 전혀 주지 않았어요. 그러다 연말에 600억인가를 보냈죠. 공장 옮기고, 쌍용에서 생산 중인 '카이런' 차를 거의 공짜로 가져가 중국에서 생산하고, 연구진 빼가고, 거기에 국책 기술까지 도둑질해 갔으니 중국 자본에 우리나라 전체가 농락당한 거죠. 처음 상하이차 자본이 인수한다고 할 때부터 기술 유출 문제가 있다고 제기했는데 정부에서는 이를 막으려는 대책보다는 팔아먹는 데 앞장선 거예요."

복기성 사무장은 쌍용자동차 문제는 상하이차 자본과 노

동자 간의 문제로만 보지 않는다. 이미 외국 자본은 우리나라 주식시장의 40퍼센트, 시중 은행 주식의 65퍼센트를 잠식했고, 5대 주요 기업의 60퍼센트 이상을 차지하고 있는 현실이다. 외국의 투기 자본에 한국 경제와 노동자들은 언제든지 휘둘릴 수밖에 없다.

정종남 투기자본감시센터 기획국장은 "다른 투기 자본들이 유상감자나 고율 배당을 통해 현금을 빼돌렸다면 상하이차는 현금과 다를 바 없는 완성차 제작 기술을 빼내간 것이 차이"라고 한다.

2001년에 쌍용자동차에 입사한 유정희 씨의 처지는 더욱 안타깝다.

"남편이 8년 전에 사고로 왼쪽 팔을 다쳤어요. 망치로 때려도 아무 감각이 없는 팔인데, 계속 통증이 온대요. 통증이 시작되면 미치려고 해요. 실제로는 팔다리가 잘려나가고 없는데 계속 그곳에 통증을 느낀다는 그런 병인데, 들어봤어요? 머리로 통증을 느끼는 거래요. 정말 손 쓸 방법이 없어요. 8년 동안 큰 수술을 열 번씩이나 받고, 최후의 수단이라는 극한 수술도 받았는데……. 소용없어요. 지금은 뇌에 기계 장치를 넣었는데, 팔에 느끼는 통증을 다른 쪽으로 돌리는 거래요. 지금은 통증보다는 어지럼증을 느껴요. 일어서다가 픽 쓰러져 갈비뼈가 나가고, 또 일어서다 꼬꾸라져 머리에 피가 고

이고……."

남편은 통증이 시작되면 마루에서 자는 유정희 씨가 잠을 깰까 봐 방에서 손톱을 깨물며 밤새 고통을 참는다.

"아침에 방에 들어가면 손가락이 피범벅이에요. 덕지덕지 피가 붙어 있어요. 얼마나 참기 힘들었으면……. 며칠 뒤 방을 쓸면 손톱이 빠져서 바닥에 굴러다니고요. 그런데 이제 저까지 일터에서 쫓겨났으니, 어찌 살아야 할지……."

유정희 씨도 오른쪽 팔목을 깁스했다. 수근관증후군으로 왼쪽 손목에 이어 오른쪽 손목 수술을 하고 인터뷰를 하러 나온 참이었다. 수근관증후군은 오랫동안 손목을 굽히거나 뻗치는 동작을 반복함으로써 생기는 통증이다. 손으로 가는 신경을 끊어 통증을 없애는 수술을 받았다.

"공장에서 일할 때도 손에 통증이 오고 그랬는데, 당장 먹고 살려니, 제가 아니면 남편 병원비랑 생활비를 해결할 수 없으니 아파도 참고 계속 일을 한 거죠. 그런데 직장에서 밀려나고 난 뒤로 통증이 더 심해진 거예요. 손이 후끈거리고 시리고 저리고 전기 온 것처럼 찌릿찌릿하고, 너무 아파서 밤새도록 온 방안을 빙빙 돌아다니며 울고 그랬어요."

산업재해 신청을 하라고 하니 헛웃음을 흘린다.

"제가 하청 비정규직인데, 원청 직원이라면 모를까 어림없어요. 그리고 회사는 법정관리 신청하고 저는 강제 휴직 당한 상태인데…… 아예 그런 생각 안 해요. 그냥 다시 일만 할 수 있다면 아무 생각 없어요. 제발 일 좀 할 수 있게 해주세요."

쌍용자동차는 지난 1월 9일 법정관리를 신청했다. 법원이 법정 관리인으로 기술 유출에 관여했던 쌍용자동차 임원을 선임하여 노동자들의 반발이 예견되고 있다.

"비정규직지회에서 업체 사장들을 만나서 체불임금에 대해서 이야기하면 원청 가서 이야기하라고 해요. 원청을 찾아가면 법정관리 상태니까 법원에 가서 말하라고 하고요. 다 떠넘기기 식이에요. 돈이 없어 정규직한테도 월급을 주지 못하겠다고 한 12월에도 쌍용차 중국인 사장은 젤 먼저 자기 월급을 챙겨갔잖아요. 저희 비정규직 월급 다 합쳐야 그 사람 연봉에도 못 미치는데, 그걸 안 준 거잖아요. 부실의 책임자인 쌍용차 경영진과 상하이차 자본이 사재를 털어서라도 책임져야죠."

복기성 사무국장은 몇 푼 되지도 않는 비정규직의 임금을 무작정 체불하는 경영진에 대해 분노를 터뜨린다.

올해 경제 성장률은 마이너스라고 한다. 얼마나 많은 노동자들과 서민들이 유정희 씨와 같은 고통을 받을지 짐작조차 되지 않는다. 비정규직일수록 가진 것이 없을수록 힘이 약할수록 고통의 정도는 강할 것이 뻔하다. 운하를 판다고, 재개발을 한다고, 녹색 일자리를 만든다고 해서 거리로 쫓겨난 사람들의 신음은 줄어들지 않을 것이다. 그런데 자본가들은 노동자들에게 일자리를 나누라고 한다. 노동자들의 얄팍한 급여 봉투를 나누라고 한다. 국가의 기술과 부를 중국 자본이 고스란히 훔쳐가는 것에는 찍소리도 하지 못하는 자들이. 자신의 주머니에서는 한 푼도 내놓지 않고, 위기가 기회라며 더 많은 재산 축적에 눈먼 자들이…….

| **오도엽** 작은책 객원기자, 2009년 3월 |

불안하지 않게
살고 싶을 뿐이에요

　사촌오빠와 약속 때문에 서둘러 신촌에 도착했다. 바라보는 사람들의 눈에 동정이 서렸다 경계심이 서렸다 한다. 맞은편 여자의 시선을 쫓아보니 '단결투쟁' 머리띠와 '투쟁의 조끼'가 시야에 들어온다. 파업 60일을 향해 달리는 요즘 머리띠와 조끼가 내 피부처럼 착착 달라붙어 다닌다. 커피전문점 앞에서 머리띠와 조끼를 훌훌 벗어 가방에 조심히 접어 넣는다. 실업자 신분으로 천막에서 봉지커피만 즐기다 오랜만에 커피전문점에서 한 끼 밥 가격의 커피를 주문해본다.

　'사촌오빠가 조금 늦나 보다……!'

　주말에 조카의 돌잔치가 있다. 친척 어르신들을 만나 이런저런 이야기를 하는 것이 편치 않아 마음만 전하고자 바쁜 오빠를 나오라고 했다. 가방 깊숙이 넣어둔 돌반지를 꺼내 잘 골랐는지 열어본다.

'오빠가 좋아하겠지? 미안해하는 불편함은 사양하겠어!'

천막에서 '고용안정'을 외치는 우리 중 90퍼센트가 30대 여성이다. 부모에게 경제적으로 의지할 수 있는 20대와 달리 30대 여성은 없는 돈이라도 끌어다 엄마로서 누나로서 자식으로서 그 역할을 다해야 하는 사회의 구성원이다. 가벼운 통장을 털어 조카 손에 끼워질 돌반지를 기쁜 마음으로 준비했다. 상황에 따라 생략해도 되지 않겠냐는 사람도 있겠지만, 해야 할 역할을 다하지 않을 때 느껴지는 구겨짐은 이루 말할 수 없다. 내가 대학생일 때, 때마다 오빠가 챙겨줬던 용돈을 떠올리면 돌반지가 너무 작게 느껴진다.

아르바이트 학생이 아메리카노가 나왔다고 나를 부른다. 향기 좋은 커피를 쟁반에 받치고 돌아서자 사촌오빠가 유리문으로 들어와 매장을 둘러보는 것이 보인다. 나를 찾는 것이다.

"오빠! 여긴데!"

"순순!"

별명이다. 오빠는 내 본 이름보다 너무 순하다고 붙여준 '순순'이라는 별명을 더 좋아한다.

"많이 기다렸어? 우리 순순이 요즘 어떻게 지내? 잘 지내지?"

천막에서 투쟁하고 있다는 걸 이미 이모한테 들어 알고 있을 텐데, 시치미를 떼면서 애써 예의를 지킨다.

"음! 열심히 지내고 있어! 오빠, 나 실직했거든! 지난 2월 말 일방적인 임기 만료 통지로 하루아침에 실업의 쓰나미 속으로 던져졌어! 135명이나……. 그래서 노동조합 만들어서 '고용안정' 보장하라구 천막에서 농성하고 있어! 지방 노동위원회에 구제신청도 했구!"

오빠 미간에 걱정이 스민다.

"계란으로 바위 치기 같은 어려운 일인데 가능하겠냐?"

"오빠! 그게……. 어리석은 사람은 상대가 강한 것만 걱정하는데, 현명한 사람은 우리가 얼마나 약한가를 고민하거덩! 난 현명하잖아! 우리는 같은 처지에 있는 사람들하고 연대해서 힘을 점진적으로 키우고 있어! 아차! 일단 뭐 좀 마셔!"

주문하려고 일어서는 오빠의 뒤통수도 여유로워 보이지는 않는다. 그는 '위탁사업 계약자'로 건설현장에서 일하는 노동자다. 회사에서는 회사와 동등한 위치의 사업가라고 높여 주는 척하나 쥐꼬리만 한 기본급에 오빠가 몸이 부서져라 일을 따내야 겨우 처자식에게 체면치레를 할 수 있다. 2년 이상의 임시 사원을 정규직으로 전환해야 하는 비정규직법을 피하고자 악질적인 직군을 만들어 더 쉽게 노동 착취를 하고자 하는 자본가의 발상이다. 그래도 오빠는 그럭저럭 버티나 보다. 하지만 빨리 목돈을 모아 진정한 자기 사업을 해야 한다고 조급해한다. 자본가들의 횡포를 피해 살 수 있는 가구는 과연 얼마나 될까?

"끝까지 할 수 있겠어? 언제까지 해야 되니? 해야 되는 거야?"

"하하하! 당연히 이길 때까지 하는 거지! 명지대학교는 시간도 돈도 많아서 우리가 나가떨어질 것을 고대하고 시간을 끌지만, 우리 조합원들은 끈질기게 투쟁하기로 했어! 처음에는 내 일자리 때문에 울다 울다 시작했다! 근데, 운동을 하다 보니까 비단 내 일뿐이 아니라는 생각이 들어! 오빠도 비정규직법 악용 희생자고, 이모도 비정규직이고, 꼬맹이도 대학교 졸업하면 비정규직을 피하기가 어렵게 돼가고 있잖아! 그전에 비정규직법, 비정규직이라는 용어 없애야 하지 않겠어?"

"고용안정 보장이 뭐니? 4년으로 연장되면 괜찮은 거 아니야?"

"비정규직 기간 4년으로 연장된다구 4년 다 써주는 거 아니잖아! 해마다 언제 잘릴 줄 몰라! 운이 좋아 4년 다 채웠다구 해도 30대 중반에 일하던 곳에서 나와 또 신입으로 시작해야 되는 건데, 여자 나이 많아지면 일자리 환경이 점점 더 안 좋아지잖아! 그래서 우리가 명지대학교에 요구하는 건 정년 50세 보장이랑 최하직급의 정직원 80퍼센트 급여야! H대학에서 고용 보장 받은 걸 참고해서 만들었지! 너무나 소박한 요구안들이야! 너무 소박해서 좀 수정할 필요가 있다구 생각해!"

이렇게 소박한 요구안에 처음에는 터무니없다는 소리만 하던 학교가 이제는 부당해고된 135명과의 형평에 어긋나기 때문에 어렵다고 한다! 명지대학교가 그렇게 도덕적이고 배려심이 많은 학교였을까? 그래서 135명이나 되는 20~30대 여성 노동자들을 임기 만료 통지라는 간단한 서류로 길거리로 내쫓았을까? 몇 푼 되지도 않는 위로금을 입막음으로 쥐어주면서 말이다. 조교들이 해고된 자리는 행정보조원으로 채워졌다. 1월에 행정보조원 채용 공고 때가 생각난다. 채용하지도 않을 거면서, 위로금 청구를 조건으로 2월 임기 만료자들도 지원 가능하게 열어두어 노동조합에 사람이 모이는 것을 방해했다. 위로금을 받고도 바로 지원이 가능하다던 학교 측의 안내는 말 그대로 지원만 가능했다. 악덕 기업들이나 자행할 법한 꼼수를 따라하면서 감히 우리 앞에서 형평성이나 도덕성 문제를 운운한다. 악마 같은 얼굴을 했다 천사 같은 얼굴을 했다 하는 것이 오장육부를 비리게 한다.

"천막 생활은 할 만하니?"

점잖은 오빠가 조심스럽게 물어본다.

"음! 즐거워! 노동자라면 한 번쯤은 노동운동을 꼭 해봐야 한다 생각해! 생존권 운동을 하면서 평범하기만 했던 내가 좀 세련되어진 느낌이야! 보여주는 것이 전부가 아니라는 시각이 생겼어! 비판의 눈이! 예를 들면, 거북선을 만든 것은 비단 이순신만의 업적이 아니라 망치질과 못질에 노동자의 희생이 함께 깃들어 있었다는 거. 그들의 수고를 우린 철저하게 무시하고 살았다는 미안함 정도!"

오빠가 배시시 웃는다!

5퍼센트의 자본가에게 지배당하면서 자기가 자본가라고 착각하거나 자본가가 될 수 있다는 허영으로 사는 95퍼센트의 노동자들! 정규직과 비정규직으로 힘이 분산되어 '어쩔 수 없지……'라는 회의적인 태도로 자본가에게 아부하고 그자들의 횡포에 휘둘린다. 이제 알을 깨고 노동자가 하나 되어 인간답게 살기 위해 비정규직 철폐하고 고용안정 쟁취해야 한다.

| **조미지** 전국대학노동조합 명지대지부 조합원, 2009년 5월 |

화장실에서
밥을 먹었습니다

세월이 쏜살같다고 하더니 그리 오래되지 않은 것 같은데 입사한 지 벌써 만 6년이 되었습니다. 인하대 도서관을 새로 건축하고 문을 열면서 여자 15명, 남자 3명이 소장 감독 아래서 일하게 됐습니다. 나는 직장 생활도 미화원 일도 처음이어서 많이 서툴기도 하고 모든 점이 만만치 않았습니다.

소장은 날마다 직원들이 많이 지나다니는 곳에 하루에 세 번씩 아침, 점심, 퇴근 직전에 쭉 세워놓고 "나는 100명도 짤라봤다. 재계약 땐 집에 애기 보러 갈 사람이 많다. 돈은 좋고 일하긴 싫고……." 하면서 겁을 줬습니다. 또 개인적으로 집중 공격해서 거리가 먼 직장, 일하기 힘든 직장으로 세 명을 보냈습니다. 우리는 공포와 불안감 속에서 일했습니다.

일을 다 끝내고도 편히 쉬지 못하고 학생들이 공부하는 도서실 깊은 한쪽 구석에서 파트너와 둘이 빗자루, 쓰레받기, 걸레 등을 옆에 놓고 몰래몰래 잠깐씩 쉬어야 했습니다.

그러던 어느 날 전국여성노조 인천지부 사무장님(고 김미영 동지)과 아줌마들 서너 명이 와서 노조의 좋은 점을 자세히 얘기해주고 갔다고 했습니다. 나는 그 자리에 없었습니다. 며칠 후 연락을 받고 모이는 장소에 갔더니 여성노조 가입서를 몇 사람이 쓰면서 나보고 좋은 거니까 무조건 쓰라고 했어요. 두근거리는 가슴으로 모두 써냈습니다. 그렇게 해서 인하대 도서관에도 여성노조가 생겼습니다.

그 당시 우리는 점심으로 싸가지고 온 찬밥을 여자 화장실 맨 구석 좁은 한 칸에서 둘이 무릎을 세우고 먹었습니다. 학생들이 바로 옆 칸에 와서 "푸드득, 뿡~." 하고 용변을 보면 우리는 숨을 죽이고 김치 쪽을 소리 안 나게 씹었습니다. 이런 사실을 학교 신문과 방송에서 알고 학생들이 취재해갔고 그 상황을 대자보로 붙여서 온 학교가 다 알게 되었습니다. 이 문제를 놓고 지부에서 학교와 회사와 협상해서 오늘날과 같이 겨울엔 따뜻하고 여름엔 시원한 쉼터를 얻게 되었습니다.

앞서 말한 악덕 소장은 우리 직장에서 쫓겨났습니다. 두 번째 소장도 5, 6개월쯤 일하다 스스로 그만두었어요. 세 번째 소장은 본사에서 노조를 파괴하라는 강력한 지시를 받고 온 것 같았습니다. 당시 분회장이었던 나와 조합원들한테 사사건건 간섭하고 우리를 힘들게 했습니다.

우리는 근로계약서를 해가 바뀌어도 개개인이 쓰지 않기로 노조와 회사 협상 때 단체 계약을 했습니다. 늘 지부에서 개인적으로 계약서를 쓰지 말라는 당부가 있었지요. 그런데 어느 날 갑자기 소장이 계약서를 쓰라고 해서 몇 사람이 썼다는 얘기가 들렸습니다. 소장실에 달려가서 왜 계약서를 쓰게 하냐고 물으니 자기는 회사의 지시에 따를 뿐이라고 했습니다. 책상 옆에 쌓인 계약서를 보니 맨 위에 그날 결근자의 것이 보였습니다. 나는 사무실을 나와 지부에 전화를 했습니다. "오늘 결근자의 근로계약서에 사인이 되어 있다." 하고. 그 전화 소리를 안에서 소장이 듣고 펄펄 뛰었습니다. "내가 언제 그랬냐?" 하고 말입니다.

자세히 알고 보니 그 계약서는 2년 전 것이었습니다. 2년 전 계약서가 거기 나와 있으리라곤 생각도 못했고, 글씨도 작고 눈이 어두워 연도까지 자세히 보지 못한 제 실수였습니다. 나는 즉시 소장한테 눈이 어두워 잘못 본 제 실수였다고 "죄송합니다. 미안합니다." 하고 사과하고 소장 앞에서 지부로 전화해서 눈이 어두워 잘못 봤다고 정정 전화를 했습니다.

그런데 소장은 그 일을 가지고 분회장이 지부에 전화로 보고했다는 사실 확인서를 각 개인에게서 받아가지고 나를 고소한다고 했습니다. 고소 내용은 정신적인 충격 때문에 힘들어서 일을 못하겠으니 위자료로 3개월치 월급인 600만 원을 달라는 내용이었습니다. 우리 모두를 모아놓고 분회장을 이런 일로 고소한다, 며칠까지 이 직장을 그만두고 사회에 나가서 끝까지 법으로 해보겠다고 떠들어댔습니다. 그만둔다는 그날을 손꼽아 기다렸는데 그날이 지나도 그만두지 않았습니다. 우리를 모아놓고 그만둔다고 말한 적 없다고 거짓말을 했습니다. 남자가 참으로 비열하더군요.

그럭저럭 시간이 흐르고 그 일이 잠잠해질 무렵, 그해가 저물어가는 2006년 12월 중순쯤 나와 내 짝이 열람실 복도에 열심히 일하고 있는데 어떤 아줌마들 네다섯 명이 와서 여기 사람을 쓴다고 해서 소장을 만나러 왔는데 소장실이 어디냐고 우리한테 물었습니다. 우리는 깜짝 놀라며 "빈자리가 없는데 무슨 소릴 하는 거야?" 하면서 분회장에게 즉각 알렸습니다. 알고 보니 해가 바뀌면서 다른 회사가 들어오고 학교와 회사와 소장이 짜고서 새로운 사람들로 전원 교체하려고 이력서를 다 받아놓고 비밀리에 면접을 보던 중이었습니다.

우리는 곧바로 지부의 도움을 받아 투쟁에 들어갔습니다. 아침에 9시까지 열심히 일해놓고 10시부터 총무과 앞에서, 로비에서 투쟁하고 밤에는 총무과 사무실에서 은박지를 깔고 허리 아픈 사람은 누워서 날마다 보름 동안을 투쟁했습니다. 학생들이 연대해주어서 많은 힘이 되었습니다.

드디어 총무과에서 협상 제안을 들고 나왔습니다. 학생회 장단과 지부와 분회장들과 협상한 결과 전원 다 계속 근무하게 해주겠지만, 조합원만 임금 인상해주고 비조합원은 아무 혜택도 줄 수 없다고 했습니다. 학교 안에는 미화원들이 100여 명 있었는데 그 가운데 50퍼센트만 조합원이었습니다. 우리 여성노조와 분회장단은 비조합원도 같이 가야 한다고 버텼습니다. 평소 때 그렇게 노조에 가입하라고 해도 무서워 벌벌 떨고 말을 안 듣던 미화원들이 무리를 지어 속속 노조에 가입했고 드디어 전원이 다 조합원이 되었습니다.

결국 학교 측에선 전원 다 채용하고 월급도 올려주기로 했고 사무처장이 나와서 "미안합니다. 걱정하시지 말고 열심히들 일하세요." 하는 인사말을 해서 우리는 투쟁을 끝냈습니다. 그래서 우린 전원이 다 근무하게 되었습니다. 그 몹쓸 악덕 소장은 조합원 전원이 서명해서 직장에서 쫓아냈습니다.

야무진 분회장님과 임원 여러분들, 그리고 항상 우리 뒤에서 든든한 울타리가 되어주고 있는 여성노조 인천지부가 있어서 우리는 당당하게 웃으면서 마음 편히 일할 수 있어서 행복합니다. 끝으로 여성노조의 영원무궁한 발전을 기원합니다.

| **정정순** 전국여성노조 인천지부 인하대청소용역분회, 2009년 10월 |

이젠 노예로 살지
않겠습니다

 신생 노조였던 저희의 투쟁도 어느덧 지난 9월로 벌써 100일을 넘기게 되었습니다. 어쩌면 진짜 싸움은 지금부터일 테지만 그래도 100일이 조금 넘는 투쟁의 나날들을 보내다 보니 이제는 '투쟁'이나 '동지'라는 단어가 전처럼 낯설게만 느껴지지는 않습니다. 집회가 많은 여의도 일대에서 종종 마주치게 되는 피켓을 든 시위대나 노조원들의 행렬도 이제는 전처럼 무심하게만 지나칠 수는 없네요.

 KBS는 지난 6월 말 비정규직법 발효를 코앞에 두고, 갑작스레 비정규직 노동자들을 대량 해고했습니다. 사전에 아무런 설명이나 한마디 변명조차 없었기에 저희는 해고된다는 사실조차도 모르고 있다가 마른하늘에 날벼락을 맞게 된 것입니다. 준비나 대책도 없이 갑작스레 해고를 당하면서 저희는 어찌할 바를 몰라 울분과 당혹감 속에 우왕좌왕했습니다. 그저 눈물만 흘리고 있거나 이런 저런 통로로 회사의 입장을 확인하는 것 말고는 할 수 있는 일이 없었습니다.

어떤 분들은 미리 대책을 세우지 않았던 저희들을 탓하기도 했습니다. 어쩌면 그 말처럼 비정규직법이 악용될 가능성을 알면서도 '그래도 공영 방송인데 설마……' 하는 안일함과 '그래도 나는 다를 거야.' 하는 약간의 자만 섞인 기대와 '이렇게 열심히 일해왔는데 회사가 모른 체 하지야 않겠지.' 하고 현실을 외면해왔던 저희들의 탓일는지도 모르겠습니다.

하지만 그보다 먼저 드는 생각은 저희가 왜 그동안 받았던 차별에도 모자라 해고라는 절망과 고통을 강요당해야 하는 것인지였습니다. 더욱이 당시에 KBS는 '일자리가 희망입니다'라는 특집 방송을 내보내며 일자리 늘리기 캠페인을 벌이고 있었습니다. 하지만 정작 KBS의 비정규직 노동자들에게 일자리는 희망이 아니라 절망이었습니다. 7월이 지나자 여기저기서 실제로 해고가 일어났고, 아직 계약 일자가 남은 동료들은 마치 사형 집행을 기다리는 사형수와 같은 심정으로 하루하루를 극심한 고통과 불안 속에 보내야 했습니다.

하지만 그대로 앉아서 당할 수만은 없었습니다. 절박한 생계의 문제이기도 했지만 만약 이렇게 바보처럼 한마디 항변

조차 못한 채 도망치듯 쫓겨나고 만다면 그것은 나 스스로에게 떳떳하지 못한 일이기도 했습니다. 비정규직 노동자에게도 최소한의 자존심은 있으니까요. 그래서 저희는 생전 처음 노동단체의 문을 두드려 보기도 했고, 두꺼운 노동법 책을 펼쳐보기도 했습니다. 그리고 노조 결성의 필요성을 절감하게 됐습니다. 노동자이면서도 노조를 나와는 관계없는 것이라 여겼던 그동안의 무지함에 대해서도 반성하게 되었습니다.

그러나 너무나 많은 부서와 지역에 흩어져서 서로 다른 업무를 하고 있는 저희들의 특성상 한자리에 모이는 것조차 쉽지 않았습니다. 또한 아직 계약 만료 일자가 남은 사람들은 근무와 투쟁을 같이 해야 하는 부담감도 적지 않았습니다. 하지만 우리를 더 힘들게 했던 것은 그동안 약자로 살아온 세월이 너무 길어서인지 '힘없는 우리가 과연 해낼 수 있을까?' 하는 회의감과 '괜히 나섰다가 나만 다치는 건 아닐까?' 하는 두려움과 같은 우리 내부의 적이었습니다. 더러는 '우리 부서는 좀 힘이 있으니까 기다려 보자' 하는 생각을 가진 동료들도 있었습니다. 이런 것들을 깨고 하나로 모이기까지 참으로 힘들었습니다. 그런데도 저희가 느낀 억울함과 울분이 너무 컸기에 결국 우리는 하나로 뭉쳐 우리의 목소리를 내기로 뜻을 모으게 되었습니다.

그러나 처음 하는 노조 활동이다 보니 여러 가지로 어색하고 낯설었습니다. 첫 선전전을 나가 피켓을 들고 있다가도 아는 사람이 지나가면 왜 그렇게 부끄럽고 초라하게 느껴지는지 나도 모르게 얼굴을 가리기도 했습니다. 처음 외쳐보는 구호에 다들 박자가 틀려 돌림노래가 되기도 일쑤였습니다. 투쟁을 한다고 모이기는 했는데 무얼 어디서부터 해야 할지 몰라 길 잃은 아이처럼 막막하기만 했습니다. 그래도 좀 힘이 되어주겠지 하고 기대했던 정규직 노조에서는 성명서 몇 장 발표한 뒤로 우리를 외면하고 있었습니다. 때로는 "너희들이 그래 봤자 뭘 어쩌겠냐? 그냥 곱게 나가라." 하고 냉소를 보내는 상관들도 있었습니다.

하지만 다행스럽게도 몇몇 정규직 선배님들께서 자신의 일처럼 나서서 도와주기 시작하셨고, 민주노총과 여러 사회단체에서도 힘을 실어주었습니다. 자신의 일처럼 나서주시는 많은 분들을 보며 노동자의 단결과 연대가 무엇인지에 대해서도 눈을 뜨게 되었습니다. 그리고 함께하는 비정규직 동료들이 하나둘씩 늘어가면서 우리는 비로소 자신감을 얻고 더욱 조직적으로 대응할 수 있게 되었습니다.

그동안 무심히 지나쳐오던 비정규직 동료들과 함께 울고 웃으며 우리는 '동지'라는 단어가 무엇인지 가슴으로 느낄 수 있었습니다. 물론 때로는 흔들리기도 하고, 때로는 서로에게 실망할 때도 있었지만 그래도 우리는 서로가 부족한 그대로 동지임을 깨닫고 하나가 되어가고 있습니다. 그래도 끝까지 서로에게 힘이 되어줄 수 있는 것은 바로 우리들 자신밖에 없으니까요.

어느덧 저희의 투쟁이 100여 일이 지나면서 우리는 공식적으로 노조의 자격도 얻게 되었고 회사와 단체 교섭을 하는 성과도 얻게 되었습니다. 또한 우리 문제에 관심을 가져 주시는 분들도 조금씩 늘어나게 되었습니다.

앞으로 가야 할 길이 얼마나 남아있는지 아직 모릅니다. KBS는 여전히 형식적으로 교섭에 임하면서 부당해고를 계속하고 있습니다. 그리고 이제는 청원경찰들을 동원해 우리 활동을 조직적으로 방해하기 시작하였습니다. 여전히 알 수 없는 앞날에 대한 불안감과 도망치고 싶은 마음이 우리를 괴롭히기도 합니다. 그러나 여기서 도망친다면 어디를 가도 또다시 굴욕적인 삶을 살아야 하는 것을 알기에 끝까지 싸우고자 합니다. 그동안 약자로는 살아왔을지언정 체념과 무기력에 길들여진 노예로 살고 싶지는 않으니까요. 많은 분들께서 지켜봐주시고 응원해주셨으면 합니다. 꼭 승리해서 당당히 일터로 돌아가겠습니다.

| 홍성현 언론노조 KBS계약직지부 조합원, 2009년 11월 |

노동자가 일본으로
간 까닭은

한 번 가기도 힘든 해외를 두 번씩이나 가게 됐다. 여행으로 독일이나 일본을 다녀왔으면 얼마나 좋을까? 독일에 이어 일본으로 가는 원정 투쟁은 시작부터 순조롭지 않았다. 서울 본사 타격 투쟁 이후 재판에 걸려 있는 건이 있어서 재판부가 출국 확인서를 늦게 발급해주는 바람에 여권이 출국 바로 전날에 발급된 것이다. 선발대는 10월 29일에 떠나고 나 홀로 인천공항을 출발해 일본 나리타공항에 도착했다.

비행기에서 내렸는데 입국 심사부터 문제가 발생했다. 체류 기간, 숙소, 연락처 따위를 영어로 적는 난이 있었는데 공장에서 노동만 한 내게는 참으로 부담스러웠다. 다행히 다른 한국 사람이 도와줘서 한 고비를 넘기고 출국장을 나왔다.

두 시간의 비행과 입국 심사 때의 긴장을 담배 한 개비로 풀고 전철을 타고 숙소로 이동했다. 숙소에 도착해서 짐을 풀고 먼저 온 동지들과 우리를 도와줄 현지 사람들과 짧은 인사를 하고 내일부터 시작될 일정에 대해서 얘기를 들었다. 바쁜 일정들이 기다리고 있었지만 우리가 이 먼 일본까지 온 목적을 생각하면 무리한 일정도 아니었다.

원정 투쟁 첫째 날이 시작됐다. 각자 맡은 일들이 있어서 아침에 눈을 뜨자마자 시내로 나갔다. 일본의 노조 활동가나 예술인들을 조직하기 위해서였다. 한국에서 메일로 지원 요청을 할 때는 얼마나 많은 사람들이 연대를 해줄까 걱정도 했지만 다행히도 콜트콜텍 문제를 듣고 다들 분노하면서 함께하겠노라고 했고, '콜트콜텍 쟁의를 지지하는 모임'까지 바로 결성하는 것을 보면서 너무나 고마웠다.

그 뒤로도 하루하루 새로운 현지 활동가들을 만나서 콜트콜텍 문제에 대해서 얘기를 했고, 그네들은 우리와 함께할 것을 약속했다. 일본 활동가들은 이것이 한국만의 문제가 아니고 국제적으로 연대가 필요한 문제라고 한결같이 생각하고 있었다.

일본의 집회 문화는 한국과 너무 달랐다. 일본에서는 기물파손이라며 현수막을 나무나 건물에 달 수 없게 하고 바닥에 테이프를 붙일 수도 없다. 그런 점들 때문에 우리는 집회 방

식도 수정해야 했고 한국에서 만들어 간 선전물도 못 쓰고 현지에서 새로 만들어야만 했다.

일본 활동가들과 함께 거리 선전전을 시작했다. 거리 선전전을 하다가 경찰이 1차 경고를 하면 맞대응해서 괜한 몸싸움을 일으키지 말고 그냥 다른 곳으로 가야 한다고 현지인들이 충고를 해주었다. 예술인들과 콜트콜텍 노동자들, 그리고 작가들이 함께 거리 선전전과 거리 공연을 하면서 사람들에게 선전물을 나누어 줬는데, 사람들이 선전물을 잘 받지 않고 냉소적인 반응을 보일 때는 당황하기도 했다. 그래서 선전전은 주로 일본 활동가들이 하고 우리는 공연이나 퍼포먼스를 했다.

첫 거리 공연은 고엔 지역 근처에서 하고 그 다음은 신주쿠에서 했다. 신주쿠는 젊은 사람들이 많은 곳으로 서울의 명동과 같은 곳이라고 일본 활동가들이 말해주었다. 거리 공연을 시작한 지 얼마 되지 않아 비가 내리기 시작했다. 하지만 우리는 비를 맞으면서 선전전을 했고, 저녁 늦게 숙소로 이동하면서 녹초가 되어 전철에서 모두 잠이 들 지경이었다. 원정 투쟁 내내 숙소로 이동할 때의 모습은 항상 그랬다. 피곤했지만 숙소에 오면 하루를 평가하고 내일 일정을 점검하는 회의는 피할 수가 없었다.

콜트악기의 일본 총판인 이시바시에 가서 총무 담당자를

만나기도 했다. 면담 자리에서 그이는 콜트와 3년 전에 판매 계약을 했다고 했다. 품질에 대해서 물어봤더니 요즘은 예전과 다르다고 말했다. 콜트악기가 한국에서는 전혀 생산되지 않는다는 것을 알고 있느냐고 물으니 이시바시에서는 100퍼센트 한국에서 생산되는 것으로 알고 있었다고 놀라면서 콜트콜텍 노동자들의 문제를 해결하도록 사장 명의로 콜트악기에 항의 서한을 보내겠다고 했다.

요코하마 악기박람회가 시작했다. 우리는 개막 시각에 맞춰 기자회견을 했다. 그런데 주최 측의 대응이 만만치 않았다. 사유지 사용을 허용하지 않았고 1인 시위나 선전전도 금지했다. 우리는 공유지에서만 공연과 퍼포먼스를 했는데, 그래도 외국의 음악가들이나 일반 시민들의 많은 관심을 받았다. 신기하고 재미있는 눈빛으로 우리에게 관심을 보였고 우리가 건네주는 선전지를 받아갔다.

일본에도 박영호 같은 자본가가 있었다. 가와이악기라는 곳인데 그곳에서 일하다 부당하게 해고당한 사람들이 투쟁을 하고 있었다. 우리는 그네들과 함께 요코하마 악기박람회장 앞에서 연대 집회를 하고 거리 선전전과 퍼포먼스를 했고, 저녁에는 가와이악기 본점에 가서 항의 서한을 전달했다. 우리는 서로의 투쟁이 승리할 때까지 함께 연대하기로 약속하면서 투쟁 현수막도 교환했다.

원정 투쟁에 연대해준 현지의 동지들과 가와이악기 해고자들과 공원에서 뒤풀이도 하고 가벼운 마음으로 숙소로 향했다. 11월 8일, 그렇게 일본 원정 투쟁이 마무리됐다. 숙소에 도착해서 잠깐 이야기를 나누다가 이내 잠을 청했다. 밥도 제대로 못 챙겨먹고 바쁜 일정 때문에 잠도 모자라서 다들 얼굴이 안 좋았다.

　　이번 일본 원정 투쟁에서 얻은 가장 큰 성과는 일본에 콜트콜텍 쟁의를 지지하는 모임이 만들어지고 일본에 있는 활동가들의 네트워크를 구성했다는 것이다. 또 미국, 일본, 한국의 예술가들이 함께한 해외 원정 투쟁이라는 것이다. 앞으로 우리는 국제적인 불매 운동도 벌이고 미국과 남미의 악기쇼도 가면서 박영호 사장의 악랄한 노동 탄압을 세계에 알리며 투쟁할 것이다.

　　　　　　　　　| **김성일** 금속노조 콜트악기지회 사무국장, 2009년 12월 |